Mirjam Müntefering

Apricot im Herzen

SERIE PIPER

Zu diesem Buch

Franziska hat sich in Alex verliebt, die Neue in der 11. Klasse. Nach turbulentem Herzflattern und viel Aufregung finden sie schließlich zueinander, doch dann ertappt sie Alex' Vater inflagranti ... Seitdem ist er ziemlich unbequem, weswegen es Alex immer schlechter geht. Sie kann sich nicht entscheiden, zu ihrer Beziehung mit Franziska zu stehen und ein offenes und klärendes Gespräch mit ihrem Vater zu führen. Die beiden Mädchen stecken in einer ernsten Krise. Wäre da nicht Franziskas beste Freundin Mercedes, so würde der Alltag für Franziska wohl unerträglich. Mercedes erfährt auch als erste von ihren Gefühlen für eine gewisse Lydia, die es ihr angetan hat. In ihrem Leben scheint alles so einfach zu sein. Franzi ist ziemlich beeindruckt, aber auch beunruhigt, denn daß dieses seltsame Kribbeln in ihr aufsteigt, wenn sie Lydia anschaut, ist ihr nicht ganz geheuer. Und noch immer traut sie sich nicht, ihre Eltern mit dem Coming-out zu konfrontieren ...

Mirjam Müntefering, geboren 1969, studierte Germanistik, Theater- und Filmwissenschaft und hat einige Jahre fürs Fernsehen gearbeitet. Sie lebt als Autorin und Journalistin in Witten. Zuletzt erschienen ihre Romane »Apricot im Herzen«, die Fortsetzung zu »Flug ins Apricot«, sowie »Ein Stück meines Herzens«, »Das Gegenteil von Schokolade«, »Wenn es dunkel ist, gibt es uns nicht« und »Luna und Martje«.

Mirjam Müntefering
Apricot im Herzen

Roman

Piper München Zürich

Von Mirjam Müntefering liegen in der Serie Piper vor:
Flug ins Apricot (3802)
Apricot im Herzen (3803)
Wenn es dunkel ist, gibt es uns nicht (3957)
Luna und Martje (4342)

Dieses Taschenbuch wurde auf FSC-zertifiziertem Papier gedruckt. FSC (Forest Stewardship Council) ist eine nichtstaatliche, gemeinnützige Organisation, die sich für eine ökologische und sozialverantwortliche Nutzung der Wälder unserer Erde einsetzt (vgl. Logo auf der Umschlagrückseite).

Ungekürzte Taschenbuchausgabe
Piper Verlag GmbH, München
1. Auflage August 2004
2. Auflage Juli 2005

Umschlag/Bildredaktion: Büro Hamburg
Isabel Bünermann, Friederike Franz,
Charlotte Wippermann, Katharina Oesten
Foto Umschlagvorderseite: Marilia Engel
Foto Umschlagrückseite: Stefanie Grote
Satz: Vera Zwiauer
Papier: Munken Print von Arctic Paper Munkedals AB, Schweden
Druck und Bindung: Clausen & Bosse, Leck
Printed in Germany
ISBN-13: 978-3-492-23803-8
ISBN-10: 3-492-23803-3

www.piper.de

Während ich dieses Buch schreibe, sind viele Menschen in meinem Herzen zu Hause. Einigen von ihnen widme ich dieses Buch ganz besonders:
Für Claudia, die wie keine zweite weiß, wie spannend es ist, eine Geschichte zu schreiben.
Für Brigitte, die behauptet hat, sie sei gespannt darauf, wie es weitergeht.
Für Marina, die auf noch sehr vieles gespannt sein darf.
Für Sabrina, die schon auf vielen Lesungen gespannt hat.
Für Stefanie C., die unsere Schwofnächte immer wieder spannend macht.
Für Stefanie S., die mit Spannung nach der aus ihr gewachsenen Figur suchen darf.
Und auch noch für Dich. Weil ich hoffte, Du würdest zwei Zentimeter vorher stehenbleiben.

Nun sitzen wir schon seit fast einer Stunde hier auf dem Hochsitz und warten.

Alex und ich haben beide unsere Kameras auf dem Schoß liegen. Über der Wiese verflüchtigt sich langsam der Frühnebel, und am Rand der Lichtung sind jetzt schon unsere Räder zu erkennen, mit denen wir im Dunkeln hierher gefahren sind. Es wird heller. Seit einer Stunde singen die Vögel, was ihre Kehlen hergeben. Obwohl ich vor Kälte schon fast mit den Zähnen klappere, freue ich mich an dem Gezwitscher. Jedes Jahr im Winter vermisse ich diesen vielstimmigen Chor. Und jetzt, Mitte März, freue ich mich, daß ich sie endlich wieder zu hören bekomme. Trotzdem: nach zwei Stunden auf diesem Hochsitz könnte ich jetzt auch ganz gut wieder nach Hause. Der Gedanke an mein warmes Bett macht mir eine Megagänsehaut.

„Sie kommen bestimmt nicht mehr", flüstere ich Alex zu, die immer noch angestrengt über die Lichtung schaut.

Sie winkt nur ab. Wenn es nach ihr ginge, könnten wir hier noch den ganzen Morgen schweigend sitzen und auf die Rehe warten.

Seit sie irgendwo gehört hat, daß es jetzt Nachwuchs beim Wild gibt, ist sie von dem Gedanken besessen, niedliche Kitze in der Obhut von geschmeidigen Rehen und stolzen Böcken zu fotografieren. An einen Hirsch mit gewaltigem Geweih wagen wir beide nicht zu glauben. Das wäre ein riesiger Zufall, denn wir haben ja diesmal keinen Förster dabei, der den Wald genau kennt und weiß, wo sich solches Wild herumtreibt. Da hatten wir es vor einem halben Jahr mit unseren Dachsen viel leichter. Alex' Vater, der Immobilienmakler ist, fragte einen Kunden, der Förster war: Der hat uns um fünf Uhr morgens die Dachsfamilie des Reviers gezeigt. Es sind wunderbare Fotos geworden.

Ist das erst sieben Monate her?

Ich schaue Alex von der Seite an. Ihre hellblonden Haare

sind kurz geschnitten, und eine Strähne fällt ihr über die grünen Augen. Ihre Wangen sind gerötet, denn es ist empfindlich kalt – so früh morgens im März. Meine Güte, ist die hübsch. Mein Herz macht vor Freude einen kleinen Hüpfer. Ich kann's noch immer nicht glauben.

Als Alex nach den großen Ferien neu zu uns in die Klasse kam, zugezogen aus der Großstadt, hielt ich sie zuerst für ziemlich eingebildet und cool. Aber ich hab' meine Meinung schnell geändert, als wir uns näher kennenlernten. Daß ich mich dann Hals über Kopf in sie verlieben würde, hätte ich nie im Leben gedacht. Aber als es dann geschah, konnte mich auch wirklich nichts mehr bremsen.

Was für ein Glück, daß es Alex genauso ging. Sie war ja schon vor mir mit einem Mädchen zusammen gewesen, damals in der Stadt. Doch das scheint weit entfernt zu sein. Ich kann mir jedenfalls nicht mehr vorstellen, ohne sie zu sein. Wie habe ich mein Leben nur ausgehalten ohne ihr Lachen, ihre sprühende Art und ihr cooles Gehabe?

Alex wendet den Kopf und wirft mir einen fragenden Blick zu.

„Was guckst du so?" wispert sie.

„Hab' deine Sommersprossen gezählt", flüstere ich zurück.

„Wieviele sind es?" raunt sie.

„Ich komme nicht viel weiter als bis dreizehn oder vierzehn. Dann sind immer deine Augen im Weg."

Ein langer Blick.

Ihre Augen sind hell und brennen in meinen. Ich spüre ein heftiges Ziehen im Bauch. Dieser James Dean-Blick, den sie bei mir drauf hat, der wirkt einfach immer noch.

Ob sie mit mir hier oben eine Runde knutschen würde?

„Ich weiß, was du denkst", grinst sie und wedelt mit dem Zeigefinger vor meiner Nase herum. „Franzi, Franzi, du bist ganz schön verdorben ..."

Ich lege ihr einfach den Finger an die Lippen und sie verstummt. Ein wunderschöner Kuß. Unsere kalten Gesichter schmiegen sich mit weicher Haut aneinander. Unsere Lippen sind viel wärmer. Für ein paar Minuten vergessen wir, die Lichtung im Auge zu behalten.

Ich genieße das. Ihre Umarmung, ihren Atem. Sie hat dieses gewisse Etwas, das mich vollkommen verzaubern kann. Mein ganzer Körper prickelt.

Ich schaue auf die Uhr. „Wenn du mit zu mir kommst, haben wir noch bestimmt zwei Stunden, bis meine Eltern aus den Federn kriechen“, locke ich sie.

Alex grinst.

„Denk an mein warmes, weiches, kuscheliges Bett. Dämmerlicht. Leise Musik ...“, versuche ich es weiter.

Sie gibt mir einen Kuß auf die Nase. „Worauf warten wir noch?“ meint sie und tut so, als sei es meine Idee gewesen, hier oben zu frieren.

Wir stehen steif von der schmalen Holzbank auf und strecken uns, bevor wir die wacklige Leiter hinunterklettern. Als wir unten angekommen sind, werfe ich noch einen Blick hinauf.

Dieser Hochsitz hat eine Geschichte für mich. Hier haben Alex und ich uns im letzten Sommer durch Zufall zum ersten Mal außerhalb der Schule getroffen. Hier hat sich meine beste Freundin Mercedes heulend versteckt, als ihr Freund sie hat sitzenlassen. Und jetzt bekommt dieser Unterstand auf Stelzenbeinen noch ein weiteres Kapitel hinzu: Alexandra und Franziska warten vergeblich auf Rehe mit Jungen und beschließen schließlich, möglichst rasch das nächstgelegene Bett aufzusuchen.

Ich lächele über mich selbst, während wir unsere Räder aufheben und sie über den Waldweg schieben. Denn das hat sich in meinem Leben seit dem letzten Sommer auch verändert: Ich denke unheimlich oft in Geschichten und Kapiteln.

Unsere Deutschlehrerin, Marion, hat mich darauf gebracht. Weil ich so einen tollen Aufsatz geschrieben hatte. Und seitdem schreibe ich viele Sachen. Geschichten, und manchmal auch Gedichte – wie es mir gerade so einfällt.

Ich habe sogar an einem Wettbewerb teilgenommen: *Jugend schreibt!* Es sollte für die drei besten Geschichten Geldpreise geben, und die zehn besten sollten veröffentlicht werden. Müßte die Jury nicht bald mal ein Urteil fällen? Ich habe den Termin völlig vergessen, schon lange nicht mehr dran gedacht. Es ist ja auch so viel passiert. Mit Alex und mir. Und dann diese schreckliche Begegnung mit ihrem Vater. Wenn ich daran denke, dann wird mir ganz anders …

„Franzi, guck mal!" entfährt es Alex. Über den Feldern hebt sich die Sonne wie eine schwere goldene Kugel von der Erde. Am Horizont leuchtet ein schmaler Streifen Apricot am Himmel.

Alex schaut und schaut, genauso wie ich.

Dann seufzt sie, schaut mich an und lächelt. Ich weiß, sie denkt auch daran. An diesen Morgen, an dem wir die Dachse fotografiert hatten. Auch damals standen wir am Waldrand und bestaunten die wunderschönen Farben der Natur. Und ich sagte ihr, ich würde gern ins Apricot des Himmels fliegen. Weil das etwas ganz Besonderes sei. Am Abend desselben Tages haben wir uns zum ersten Mal geküßt.

Ich habe eine sehr ausgeprägte romantische Ader. Und Alex läßt sich immer wieder anstecken.

Wie wir so da stehen und miteinander den Sonnenaufgang bewundern, höre ich plötzlich ein paar Meter neben uns ein leises Knacken.

Ich wende den Kopf und erstarre. Ohne ein Wort zu sagen, tippe ich Alex an, und als sie sich zu mir umdreht, sieht sie es auch: Etwa zwanzig Meter von uns entfernt treten vier Rehe aus dem Wald. Der Bock wittert zu uns herüber, und für einen Augenblick steht die ganze Gruppe wie erstarrt. Dann springt er los, und die drei Rehe fliehen ihm nach über das Feld, hinein ins nächste Dickicht.

Wir stehen etwas dumm am selben Fleck. Unsere Kameras baumeln unbenutzt um unsere Hälse.

„Weißt du", sagt Alex versonnen und nimmt meine Hand. „Das war doch jetzt ein echtes Wunder, nicht?" Ich nicke. „Und Wunder lassen sich in der Regel nicht vorschreiben, wann sie uns überraschen."

Ich lege meine Arme um sie und ziehe sie an mich. Normalerweise mag sie das „in der Öffentlichkeit" nicht so. Aber jetzt und hier läßt sie es einfach geschehen.

„Wir sind zwei hoffnungslose Romantikerinnen", flüstere ich ihr ins Ohr.

Sie raunt nur ein „Hm-hm" und küßt mich. Dann trollen wir uns durch die rauen Märzfelder hindurch, um möglichst rasch ins Warme zu kommen.

Als wir um elf Uhr aus den Federn kriechen – nachdem wir warm gekuschelt und eng aneinandergeschmiegt geschlafen haben, sitzen meine Eltern auch noch am Frühstückstisch.

„Setzt euch. Ich dachte mir, ich laß euch ausschlafen", begrüßt uns Mama. „War eure Pirsch denn erfolgreich?"

Alex und ich schütteln den Kopf.

„Umsonst um halb fünf aufgestanden? Au weia, Franzi!" kann Papa sich nicht verkneifen.

Ich schaue ihn vergnügt an. Nach diesem schönen Morgen mit Alex in meinem Bett kann mir wirklich nichts die Laune verderben. Auch nicht die Tatsache, daß Papa mich immer noch gern aufzieht. Seit mein älterer Bruder Achim vor ein paar Monaten ausgezogen ist, ist es sogar noch schlimmer geworden mit seinen Neckereien. Vielleicht denkt er, ich würde den ewig herumstichelnden Achim sonst zu sehr vermissen.

Meine Eltern wundern sich nicht, daß Alex nach unserem Ausflug mitgekommen ist. Sie kennen das schon, daß wir immer aneinanderkleben. Was sie allerdings nicht wissen, ist die Tatsache, daß Alex und ich nicht einfach nur supergute Freundinnen sind, etwa so wie Mercedes und ich es sind. Nein, meine Eltern wissen nicht, daß ich im letzten Sommer so verliebt war wie noch nie. Sie wissen nicht, daß ich durch die Hölle gegangen bin, weil ich Angst hatte, daß es Alex nicht so geht. Und sie wissen nicht, daß ich es ihnen seitdem immer und immer wieder sagen wollte … und einfach nicht den Mut dazu fand. Bis heute noch nicht.

Sie haben inzwischen nur mitbekommen, daß Alex' Vater mich nicht besonders gern mag. Daß seine Aversion allerdings damit zusammenhängt, daß er seine Tochter und mich beim Knutschen erwischt hat, das ahnen sie bestimmt nicht. Er hat es ihnen jedenfalls nicht erzählt. Überhaupt scheint er mit niemandem darüber gesprochen zu haben – nicht einmal mit Alex selbst. Nur daß er sich „nicht abgerackert hat für so was", das hat er damals in seinem ersten Schrecken gebrüllt. Und das war das Letzte, was Alex mit ihm zu diesem Thema besprechen konnte. Nicht, daß sie es nicht versucht hätte! Sie hat es auf so ziemlich alle Arten versucht, die uns eingefallen sind. Aber alles, was dabei herauskam, war noch mehr Ablehnung seinerseits. Wenn er die Tatsache, daß seine einzige Tochter lesbisch ist, einfach so vergessen will, dann wird das wohl mal mächtig ins Auge gehen – wenigstens für ihn, aber wahrscheinlich auch für Alex. Denn sie hat nur noch ihren Vater, weil ihre Mutter gestorben ist, als Alex noch ganz klein war.

Meine Güte, ich starre plötzlich mißmutig in meine Cornflakes. Wieso denke ich heute morgen denn ständig an solch unangenehme Dinge? Immerhin ist Sonntag, und Alex und ich haben einen ganzen, freien Tag für uns!

Aber so ist das nun mal: Probleme, die so still und leise

neben dir dahinschleichen, melden sich einfach hin und wieder zu Wort.

„Das Konzert!“ quiekt Mama plötzlich mit einem gehetzten Blick auf ihre Armbanduhr, und mir fällt klirrend der Löffel in die Milch. Sie stört sich nicht daran, sondern stürzt ins Wohnzimmer und schaltet den Fernseher ein. Es ertönen jene Geräusche, die ein großes Orchester beim Stimmen der Instrumente veranstaltet. Keine Ahnung, was sie da mal wieder unbedingt sehen und hören muß, weil es super „hip“ ist. Papa grinst in sich hinein, murmelt seinen Leitsatz „Jedem Kind sein Räppelchen“ und verschwindet ebenfalls, wahrscheinlich ins Arbeitszimmer. Das ist für ihn an den Wochenenden eigentlich tabu, weil Mama meint, er arbeitet sowieso viel zu viel. Aber offenbar ist er der Meinung, daß er die sich ihm plötzlich auftuende freie Zeit auch „sinnvoll“ verbringen könnte. Also, an Mamas Stelle hätte ich ihn einfach mitgezogen. So ein Konzert kann doch zum Kuscheln auf dem Sofa einladen. Aber so ist das eben, wenn zwei schon seit zig Jahren verheiratet sind.

Alex nimmt sich noch einen Toast und bestreicht ihn gleichmäßig mit Butter. Ich wette, sie ißt jetzt Erdbeermarmelade. Und eine Sekunde später greift sie nach dem Marmeladenglas.

„Wann sagst du es ihnen mal?“ fragt Alex da. Ganz ruhig. Aber mir fällt der Löffel fast ein zweites Mal aus der Hand.

„Wie kommst du jetzt darauf?“ zische ich mit Blick zur Tür.

Alex zuckt ganz cool die Schultern. „Dachte gerade so: Wenn sie wüßten, daß wir ein Paar sind, würde deine Mutter mir dann auch ein Frühstücksei kochen?“

Ich bin völlig von den Socken. So was kenne ich nicht von ihr.

Meine Freundin Mercedes, ja, die bringt alle naselang solche Sprüche. Mercedes ist der Meinung, meine Eltern würden unheimlich prima reagieren, wenn ich ihnen von Alex und mir erzählen würde. Deswegen drängt sie mich manchmal regelrecht dazu, doch endlich mal die berühmte „Katze aus dem Sack“ zu lassen. Ja, Mercedes hätte das jetzt auch gut sagen und mich damit aus der Fassung bringen können.

Aber Alex weicht diesem Thema normalerweise lieber aus. Manchmal habe ich schon geglaubt, sie hätte es am liebsten, wenn es gar niemand wüßte. Ihr Vater nicht, meine Eltern nicht, Mercedes und ihr Freund Carsten nicht, niemand.

Es ist, als hätten wir die Rollen getauscht. Ich meine, sie kam aus der Großstadt, hatte mächtig viel Erfahrung mit allem und wußte schon, was ihre Gefühle für Mädchen bedeuten und daß sie bleiben, nicht wie andere „Phasen“ einfach so wieder verschwinden. Sie kannte sogar die sogenannte „Szene“: Discos und Cafés in den großen Städten, in denen man unglaublich viele Frauen treffen kann, die auf Frauen stehen. Das alles hatte sie mir voraus. Denn ich, oh, je, ich hatte doch wirklich die Hosen voll. Ich wußte ja gar nicht, wie mir geschah, als ich mich so sehr in sie verliebte. Und ich dachte, ich sei die einzige auf der ganzen Welt … naja, zumindest die einzige in unserem kleinen Kaff.

Alex war diejenige, die mich heimlich in Hauseingängen küßte, die mich ihren Freundinnen in der Großstadt vorstellte und dort ganz öffentlich mit mir Hand in Hand herumspazierte.

Aber dann passierte das mit ihrem Vater und … PENG … war alles anders. Sie war plötzlich voller Angst, wurde scheu und zurückhaltend. Manchmal mag sie nicht einmal im Wald meine Hand nehmen, obwohl weit und breit niemand zu sehen ist.

Sie spricht auch nicht mehr gerne darüber. Es ist, als hätte ihr dieses Ereignis einen richtigen Schock versetzt, von dem sie sich immer noch nicht erholt hat, obwohl es schon mehr als fünf Monate her ist.

Vielleicht haben wir auch einfach nur die Rollen getauscht. Denn schließlich war ich anfangs diejenige, die sich nicht traute, das Wort „lesbisch" auszusprechen. Weil es sich eben komisch anhörte aus meinem Mund, und weil ich nicht recht glauben konnte, daß dieses Wort zu mir, zu uns dazugehört. Heute hab' ich keine Probleme mehr damit. Auch nicht mit dem Küssen, und auch nicht mit dem Händchenhalten. Aber Alex dafür um so mehr. Deshalb ist es sehr ungewöhnlich, daß sie so eine Frage stellt. Und ich werde das dumme Gefühl nicht los, daß sie mal wieder eine ätzende Auseinandersetzung mit ihrem Vater gehabt hat.

„Fragst du das, weil du möchtest, daß ich es ihnen sage?" will ich wissen.

Alex kaut lange an einem Bissen Toast mit Erdbeermarmelade.

„Weiß ich nicht", antwortet sie schließlich und beißt sofort wieder ab, um bloß nicht noch mehr sagen zu müssen.

„Also, mir kommt es eher so vor, als ob du dich nur wieder mal selbst malträtieren willst. Von wegen ‚Franziskas Eltern würden mich auch nicht mehr mögen, wenn sie die Wahrheit wüßten, genau wie Papa'. Kann das sein?"

Sie zuckt die Achseln, kauend.

„Dabei ist das Unsinn", versichere ich ihr. „Meine Eltern mögen dich total gerne. Meine Mutter steht richtig auf dich, weil du dich in Klamotten gut auskennst und Geschmack hast, genau wie Mercedes. Und mein Vater findet deine Fotografiererei super. Er hat neulich sogar was von einer Ausstellung gesagt. Das hab' ich dir noch gar nicht erzählt. Wie findest du das?"

Alex schluckt den großen Bissen herunter. Auf ihrer Stirn hat sich in Form vieler kleiner Fältchen eine düstere

Wolke zusammengebraut. Sieht nicht so aus, als könnte sie jetzt an eine Fotoausstellung denken. Und wirklich, da kommt es auch schon …

„Ich finde, wenn du wirklich so davon überzeugt bist, daß sie es positiv aufnehmen, daß wir …“, sie senkt ihre Stimme, und ich kann es kaum verstehen, „… lesbisch sind“, jetzt wird ihre Stimme wieder lauter, „dann kannst du es ihnen ja auch einfach sagen. Warum zögerst du dann noch?“

Ich staune. „Möchtest du das gern?“

„Eigentlich nicht.“

„Wieso sagst du es dann?“

„Ich will nur mal hören, daß du's genauso siehst wie ich.“

„Was denn?“

„Daß wir es so viel schwerer haben als alle anderen.“

Wir sehen uns an. Alex mit einer Spur Trotz. Und ich mit einer gewaltigen Portion Ratlosigkeit.

Am nächsten Morgen in der Schule haben wir in der ersten Stunde Deutsch.

Das hab' ich früher schon gern gemocht, aber seit wir in der elften Klasse unsere neue Deutschlehrerin bekommen haben, ist es mein absolutes Lieblingsfach geworden.

Marion kommt nämlich, genau wie Alex, aus der Großstadt und hat uns gleich gezeigt, daß sie vorhat, mit uns anders umzugehen, als es sonst so üblich ist. Das bedeutet, daß sie uns immer noch duzt – obwohl alle anderen Lehrer uns in der Oberstufe mit „Sie“ anreden. Das bedeutet aber gleichzeitig, daß wir Marion auch duzen dürfen. Sie sagt, daß sie nicht daran glaubt, daß das Wort „Sie“ einem Lehrer Respekt einbringt. Vielleicht Distanz, aber keine Achtung.

Wenn ich mir jetzt angucke, wie sie vor der Klasse steht, dann kann ich ihr nur zustimmen. Denn obwohl wir „du“

zu ihr sagen, haben wir alle große Achtung vor ihr. Das ist ganz einfach daran zu erkennen, daß in ihrem Unterricht immer alle hellwach sind.

So wie jetzt, wo ein Gedicht besprochen wird.

Daran, wie Marion den Text vorliest, merkt man, daß sie ihren Beruf mag. Sie liebt die Literatur, die wir durchnehmen, und sie liebt es zu unterrichten. Dessen bin ich ganz sicher. Und wenn jemand behaupten würde, ich würde Marion bewundern, dann würde ich das wahrscheinlich nicht mal abstreiten können. Ich finde es nun mal toll, wenn Menschen etwas aus ganzem Herzen heraus tun. Und sei es auch nur, 25 OberstufenschülerInnen ein Liebesgedicht vorzulesen.

„*Siehst du mich / Zwischen Erde und Himmel? / Nie ging einer über meinen Pfad. / Aber dein Antlitz wärmt meine Welt, / von dir geht alles Blühen aus. / Wenn du mich ansiehst, / wird mein Herz süß. / Ich liege unter deinem Lächeln / Und lerne Tag und Nacht bereiten, / Dich hinzaubern und vergehen lassen, / Immer spiele ich das eine Spiel.*

Wer braucht noch einen weiteren Beweis dafür, daß Else Lasker-Schüler eine großartige Dichterin war?"

Alle schweigen.

„Mit dieser Antwort bin ich einverstanden", grinst Marion. „Bitte Johanna, lies das Gedicht noch einmal. Ihr anderen hört genau hin und macht euch Notizen, was euch dazu einfällt. Immer im Hinblick auf das, was wir letzte Stunde besprochen haben, natürlich."

Johanna liest.

Ich zücke meinen Stift. Aber ich schreibe dann nichts auf, sondern schaue mich in der Klasse um.

Olli, der mir schräg gegenübersitzt, wirft immer wieder Blicke durch die Klasse in Richtung Nadine. Komisch, die beiden kennen sich schon seit der Fünften, aber seit ein paar Wochen sind sie plötzlich ganz anders miteinander. Das fällt allen auf. Und wie er sie jetzt anschaut … du lieber Himmel! Nadine bekommt einen charmanten Gesichtsausdruck und lächelt zurück. Früher hat sie immer „Ollipolli" zu ihm gesagt, weil sie ihn blöde fand. Und jetzt schmachtet sie ihn an. Ist ja zum Piepen!

Mercedes schmiert auf ihrem Schulblock herum, und dabei kommen heute auch nur Herzchen heraus. Gut, daß wir aus dem Alter raus sind, in dem man da auch noch Namen reinmalt, die von einem Pfeil durchbohrt werden. Falls ja, stünde da jetzt bestimmt „Carsten" …

Die beiden sind seit ein paar Monaten zusammen, und am Anfang war das wirklich seltsam für mich, denn Carsten ist ein guter Freund von meinem älteren Bruder Achim. Ich war es anfangs gar nicht gewöhnt, daß sich unsere Freundeskreise plötzlich so verschmischt haben. Und ich glaub', Achim fand es auch seltsam. Nur Mercedes hatte damit keine Probleme. Seit sie im letzten Jahr eine echt unglückliche Liebe erlebt hat, nutzt sie jede Gelegenheit, um happy zu sein. Und mit Carsten schwebt sie permanent auf einer rosa Wolke.

Ich gönne es ihr von ganzem Herzen. Schließlich bin ich ja auch heilfroh, daß Alex zu mir gehört – und ich zu ihr.

Als ich jetzt zu ihr hinüberschaue, begegne ich dem vertrauten, hellen Blick aus grünen Augen. Sofort kribbelt es in meinem Bauch, und ich muß grinsen. Wahrscheinlich hat sie mich schon länger so angeschaut.

Sie lächelt zurück und schiebt ihre Unterlippe vor, als würde sie schmollen. Das ist unser Zeichen dafür, daß sie jetzt gerne eine Runde küssen möchte.

Ach, seufz. Schule kann einen schon echt an den wirklich wichtigen Dingen im Leben hindern. Wir können eben nicht immer das tun, was wir gerade für besonders wichtig halten.

Marion mit diesem Liebesgedicht, und dann all diese

verträumten Blicke durch den Klassenraum. Ich glaube, es wird jetzt endlich Frühling.

Nach der Stunde packen wir rasch unsere Sachen zusammen und ziehen los.

Seit wir in der Oberstufe sind, weiß ich, was die Älteren früher immer mit der sogenannten „Völkerwanderung" gemeint haben: Weil in der elften Klasse das Kurssystem beginnt, finden viele Unterrichtsstunden nicht in unserem eigentlichen Klassenraum statt, sondern in den jeweiligen Fachräumen. Da heißt es immer: schnell sein, um pünktlich anzukommen.

Also pilgern wir alle mit unserem Kladden und Zeichenutensilien unter dem Arm über den Gang in Richtung Kunstraum.

„Hoffentlich wird nicht nur die Ausführung, sondern auch die Idee bewertet", überlegt Mercedes gerade, die alles für überflüssig hält, bei dem sie länger als zehn Minuten still sitzen muß – somit auch die Aquarellmalerei, die wir gerade durchnehmen.

„Franziska?" ertönt es da von hinten.

Marion eilt heran, einen Zettel schwenkend.

„Oh, gibt's schon wieder einen Schreibwettbewerb?" erkundigt sich Mercedes freundlich. Ich glaube, meine Schreiberei ist ihr irgendwie unheimlich. Sie zieht es nämlich vor, in ihrer Freizeit im Pferdestall herumzuhängen, ihr Pferd Charly zu striegeln, bis sie sich drin spiegeln kann und kleinen Mädchen, die zu viele Möhren verfüttern wollen, auf die Finger zu hauen.

„Nein, diesmal nicht. Aber eine formlose Einladung zu einer Schreibgruppe", antwortet Marion, etwas außer Atem. Sie reicht mir den Zettel und ich lese halblaut vor: *„Die Kunst der Kurzgeschichten lernen! Am kommenden Dienstag beginnt im Kulturhaus, Stromer Straße, ein neuer Workshop zum Thema ‚Kurzgeschichten'. Wer Interesse hat, meldet sich unter folgender*

Telefonnummer an oder kommt einfach um 18 Uhr vorbei. Bitte Schreibblock und Stift mitbringen! Kommender Dienstag? Und in der Nachbarstadt", murmele ich, auf die genaue Adresse schauend.

„Morgen", erklärt Marion. „Der Kurs ist nicht teuer und bringt bestimmt viel Spaß. Mal ganz davon abgesehen, was es dort zu lernen gibt. Das Kulturhaus ist direkt an der Bushaltestelle."

„Dienstags ist doch super!" freut sich Alex. Seit sie Dienstagabend einen speziellen Fotokurs an der VHS belegt hat, habe ich öfter mal rumgemurrt, weil dieser Abend grundsätzlich für unsere Treffen nicht in Frage kam. Wahrscheinlich sieht sie jetzt die Chance auf eine Dienstags-außer-Ehe-Harmonie.

Ich stecke den Zettel ein und nicke Marion zu. „Vielleicht probier ich's aus", sage ich vorsichtig. Marion hat mir inzwischen öfter mal Wettbewerbsausschreibungen oder ähnliches zugesteckt. Aber von der einzigen Ausschreibung, bei der ich mich beteiligt habe, habe ich bisher noch nichts gehört. Wahrscheinlich sind die Preise längst vergeben, und ich werde nicht mal benachrichtigt, weil meine Geschichte viel zu schlecht ist.

„Mach das! Vielleicht triffst du ja den Dieter Lotzer aus der Zwölf. Ihm hab' ich den Zettel auch kopiert. Also dann …" Marion winkt noch einmal und stürmt weiter den Gang entlang Richtung Lehrerzimmer, wo sie sich gerade noch vor dem Rektor durch die Tür quetscht.

Mercedes quietscht und stößt mich in die Seite. „Mensch, super, Franzi! Ist doch toll, oder? So was suchst du doch schon lange: eine echte Schreibgruppe … Was machst du denn für ein Gesicht?"

„Das kann ich dir sagen", feixt Alex. „Unsere Prinzessin dachte bisher, sie sei die einzige, die von Marion als schreibendes Nachwuchstalent gefördert wird. Von einem Dieter, wer immer das auch sein mag, war bisher nämlich nicht die Rede."

Ich finde es gräßlich, daß sie mich inzwischen so gut kennt und versuche, ein unbeteiligtes Gesicht zu machen.

„Du liegst vollkommen falsch", flöte ich mit spitzen Lippen. „Kannst nicht davon ausgehen, daß alle solche Allüren haben wie du, Miss Sonnenbrille-auf-dem-Haar. Ich war mir immer im klaren darüber, daß ich für Marion nichts Besonderes bin."

„Achte auf die Wortwahl", amüsiert sich Alex und kraust die Nase, „gestelzter geht's nicht! So quatscht sie nur, wenn ihr irgendwas mächtig schwer im Magen liegt."

„Aber für uns bist du was Besonderes!" ruft Mercedes da mit ihrem ganz typisch südländischen Pfeffer-im-Arsch-Temperament und haut mir klatschend ihre Zeichenmappe auf den Hintern.

„Und wie!" beteuert Alex und nickt so übertrieben, daß Mercedes einen Lachanfall bekommt.

Ich hab' sie so verdammt lieb, alle beide!

Wie wir so den Gang entlanggehen und ich den Zettel in meiner Hand spüre, denke ich, daß ich wohl nicht hingehen werde. Wahrscheinlich sind da nur Ältere, mindestens zwanzig Jahre alt, die schon eine Menge Erfahrung haben. Vielleicht ist ja sogar derjenige dabei, der bei meinem Schreibwettbewerb den ersten Preis gewonnen hat? Was soll ich da?

Jetzt bin ich also hier. Und logischerweise eine halbe Stunde zu früh, wie immer, wenn ich aufgeregt bin.

Ich öffne die Tür des Kulturhauses und stakse mit ungelenken Schritten durch die Eingangshalle zur Theke. Eine ältere Frau mit lila Lippenstift sortiert gerade an dem Ständer daneben das Informationsmaterial.

„Entschuldigung?" räuspere ich mich. „Guten Tag."

Sie schaut auf und mich von oben bis unten an. Es kommt ihr offenbar nicht in den Sinn, meinen Gruß zu erwidern.

„Wo findet denn der Schreibkurs statt?“ frage ich und ärgere mich über meinen braven Tonfall, bei dem ich mich leider immer mal wieder ertappe, wenn Erwachsene mich auf diese kritische Weise mustern.

„Welcher Seminarleiter?“ fragt die Frau mit strengem Blick.

„Gisela Sommer“, antworte ich wie aus der Pistole geschossen. Gut, daß ich während der halbstündigen Busfahrt den Einladungszettel noch einmal gründlich studiert habe.

„Raum 304.“ Sie wendet sich wieder ab und schiebt weiter Zettel und Karten schön ordentlich übereinander.

Ich schaue ratlos zur Treppe, dann in die beiden Gänge, die von der Halle abgehen.

„Dritter Stock“, muffelt die Frau, ohne mich noch eines Blickes zu würdigen.

Ich straffe die Schultern, sage „Danke“ und gehe los.

Stufe für Stufe fällt die lächerliche Aufregung von mir ab und macht einem Groll Platz. ‚Welcher Seminarleiter? Raum 304. Dritter Stock‘, denke ich. Was anderes kann die wohl nicht sagen?

Wenn ich eins hasse, dann sind das Erwachsene, die denken, sie hätten das Recht, Höflichkeit mit Unfreundlichkeit zu erwidern, nur weil sie ein paar Jahrzehnte älter sind.

Alter bedeutet doch gar nichts! Alt werden alle ganz automatisch. Aber derart griesgrämig braucht man sich doch deshalb nicht zu benehmen.

Und ich selbst könnte mir auch in den Hintern treten! Wie oft hab' ich mir schon vorgenommen, mir so was nicht bieten zu lassen. Wenn ich mir doch wenigstens das letzte „Danke“ verkniffen hätte! Schließlich habe ich sie nicht mal danach gefragt, ob sie mir den Weg zeigen kann. Und wenn ich nicht so aufgeregt gewesen wäre, wäre ich auch selbst sofort darauf gekommen, daß 304 nur im dritten Stock liegen kann. Die erste Zahl bei diesen Raumnummern ist doch immer das Stockwerk. Ach, ich ärgere mich! Und wieder mal finde ich es schade, daß ich nicht Mercedes' schnelle Zunge habe. Die hätte bestimmt eine gute Antwort parat gehabt. Zum Beispiel: „Entschuldigen Sie, aber kann es sein, daß Sie gerade einen Prospekt verschluckt haben? Oder warum können sie nur zwei Worte auf einmal sagen?" Ja, das wäre gut gewesen! Das hätte ich sagen müssen. Ich bin einfach zu artig.

Ich nehme die letzten Stufen mit viel Schwung und schaue den Gang entlang. Da steht schon jemand, ein langer, schlaksiger Typ in einem legeren Sportanzug. Er lehnt an der Wand vor Raum 304 und schaut aus dem gegenüberliegenden Fenster. Als ich näherkomme, erkenne ich ihn. Ich hab' ihn in der Schule hin und wieder im Oberstufentrakt gesehen. Das muß Dieter sein. Ich gehe langsam auf ihn zu und hebe cool die Hand.

Er grinst. „Na? Auch am Hausdrachen vorbeigekommen?" meint er.

„Du meinst Frau Lila-Dünnlippe?" flachse ich und fühle mich gleich um einen Zentner leichter. Scheinbar hat er auch eine unangenehme Begegnung mit der Dame unten gehabt. Dann lag es ja wenigstens nicht an mir persönlich.

„Die Sportgruppe trifft sich nebenan vor der Turnhalle!" keift Dieter mit verstellter Stimme.

„Oh, sie hat mehr als zwei Worte gesagt? Und in so einem herzlichen Ton?"

„Tja, sie hat sich eben Mühe gegeben. Scheint mir ein intellektueller Typ zu sein, die nicht so auf Sportler an sich steht. Als ich ihr gesagt habe, daß ich zur Schreibgruppe will, war sie gleich sanft wie ein Lämmchen und sagte: ‚Raum 304!'"

Wieder stellen sich mir bei seiner famos verstellten, bellenden Stimme die Nackenhaare auf. „Da bin ich aber froh, daß sie alle Schreiberlinge gleich nett behandelt. Genau das hat sie nämlich zu mir auch gesagt“, lächele ich.

Wir erlauben uns beide ein Grinsen von einem Ohr zum anderen, und ich lehne mich mit etwas Abstand auch gegen die Wand.

Dieter hat ein Bein angewinkelt und seinen beturnschuhten Fuß gegen die Wand gestellt. Wie er so mit verschränkten Armen dasteht und versonnen aus dem Fenster schaut, erinnert er mich an meinen Bruder Achim auf dem Tennisplatz.

„Was schielst du mich so an?“ fragt er da. Es klingt lustig, nicht, als wäre ihm meine Musterung unangenehm.

„Ach, ich hab' gerade gedacht, daß du wirklich nicht so aussiehst, als würdest du gern schreiben“, antworte ich ihm ganz ehrlich.

„Danke, gleichfalls“, erwidert er zufrieden. „Du machst auch nicht den Eindruck eines blassen, kränklichen Stubenhockers.“

Ich habe das Gefühl, als könnte ich mich mit ihm anfreunden.

Wir kommen nicht dazu, noch mehr zu reden, denn jetzt erscheinen nach und nach die anderen KursteilnehmerInnen auf der Bildfläche. Es sind ziemlich viele Frauen, nur zwei junge Männer, die gemeinsam kommen und die ganze Zeit die Köpfe zusammenstecken. Dieter tut ganz cool. Ob der gar nicht nervös ist?

Als die Kursleiterin die Treppe heraufkommt, erkenne ich sie sofort. Einfach daran, wie selbstbewußt und sicher sie sich bewegt, mit ihrer Kladde unter dem Arm und der Hand voller Kugelschreiber.

Sie ist ein kleiner, drahtiger Typ, vielleicht fünfzig oder so, und mir gleich sympathisch.

Sie schließt den Raum auf, und alle gehen zögernd hinein, als ob sie noch unschlüssig seien, ob sie bleiben oder doch lieber gleich wieder verschwinden sollen.

Na, dann scheine ich ja nicht die einzige zu sein, die mit gemischten Gefühlen auf einem der Stühle Platz nimmt.

Dieter setzt sich neben mich. Ein bißchen komme ich mir jetzt schon vor, als seien wir Verbündete. Vielleicht, weil wir beide die Feuerprobe der „Lila-Lippenstift-Frau“ überstanden haben und noch darüber lachen konnten.

Gisela Sommer kramt in ihrer Tasche herum und stellt dann ein Namensschild vor sich auf den Tisch. Darauf steht nur ihr Vorname.

„Schön, daß ihr alle hier seid“, sagt sie ganz schlicht und lächelt einmal in die Runde.

Wir sitzen alle rund um einen langen Tisch – und sie vor Kopf.

Sie erzählt ein wenig über sich, was sie bisher so gemacht hat und wie sie auf die Idee gekommen ist, hier im Kulturhaus eine Schreibgruppe anzubieten.

Ich lausche andächtig ihren Worten und komme mir irgendwie verrückt vor. Ein vorsichtiger Blick in die Runde zeigt freundliche Gesichter, in denen manchmal aber auch etwas Skepsis zu lesen ist.

Es sind mehrere Frauen um die Vierzig und ein paar jüngere. Die beiden einzigen Männer außer Dieter schätze ich so auf Mitte Zwanzig. Sie sehen aus, als würden sie in einer Bank arbeiten. Was die sich wohl von dieser Gruppe erhoffen?

Mir direkt gegenüber sitzt eine ziemlich junge Frau, nicht so wahnsinnig viel älter als ich, schätze ich mal. Sie hat blonde Haare, die so aussehen, als würden sie gerade aus einem Kurzhaarschnitt herauswachsen.

Als sie den Kopf wendet, sehe ich rasch weg und starre auf meinen Kugelschreiber, den ich krampfig in der Hand halte.

Sonderbar komme ich mir vor. Jetzt sitzen wir hier, alle mit Blöcken oder Kladden bewaffnet, und wollen etwas schreiben. So auf Kommando. Das ist gar nicht einfach, weiß ich aus Erfahrung. Manchmal, wenn ich nicht damit rechne, fallen mir plötzlich Geschichten ein, und ich könnte tagelang nur schreiben. Aber dann wieder, wenn ich unbedingt etwas Bestimmtes aufschreiben will, dann klappt es gar nicht. Ich sitze stundenlang vor einem leeren Blatt. Alles, was ich in dieser Anti-Schreib-Stimmung verzapfe, kann ich anschließend wegwerfen, weil es richtig schlecht geworden ist.

„Wollen wir anfangen?" fragt Gisela, und alle rutschen auf ihren Stühlen hin und her.

Die Blonde mir gegenüber schraubt schon ihren Füller auf. Die hat es ja richtig eilig. Sie lächelt mir zu. Irgendwie aufmunternd. Sehe ich so verschüchtert aus? Ich lächele freundlich zurück.

„Eigentlich ist bei jedem Kursanfang das fällig, was man Vorstellungsrunde nennt. Aber die lassen wir mal aus. Ich habe nämlich etwas ganz Besonderes vor. Damit uns der Beginn hier nicht so schwerfällt, werden wir alle jetzt ein paar Mutmaßungen anstellen … Mutmaßungen über unser Gegenüber."

„Huch", macht Dieter neben mir leise. Ihm gegenüber sitzt die Älteste im Kreise, eine richtige Omi, die ihn jetzt herausfordernd angrinst.

Die Blonde und ich mustern uns scheu.

„Eurer Phantasie sind keine Grenzen gesetzt. Schreibt einfach drauflos. Wie stellt ihr euch das Leben eures Gegenübers vor? Falsch und richtig gibt es bei dieser Schreibübung nicht. Niemand verlangt, daß ihr richtig ratet. Ihr sollt nur aufschreiben, was euch einfällt zu diesem Gesicht."

Zu diesem Gesicht? Da fällt mir ein, daß sie hübsch ist. Aber wahrscheinlich nicht besonders eitel. Sie ist völlig ungeschminkt, hat nicht mal einen winzigen Kajalstrich drauf.

Und die Haare, also die haben heute wohl noch keine Bürste gesehen. Trotzdem ist sie hübsch. Soll ich das etwa schreiben?

„Ach so, bevor ihr anfangt: Stellt bitte Namensschilder mit euren Vornamen auf. Die solltet ihr voneinander schon wissen."

Ich reiße eine Seite aus meinem Block und schreibe meinen Namen drauf. Ich muß mehrmals drüberschreiben, denn mein Füller schreibt ziemlich dünn. Als ich das Schild aufstelle, werfe ich einen Blick hinüber. Sie ist wohl auf alles eingestellt, denn ihr Schild ist mit Edding gemalt, und da steht *Lydia*.

Also, wie „Lydia" sieht sie nicht aus. Eher wie eine, die „Antonia" heißt, und die alle „Toni" nennen. Na also, da ist er doch, der erste Gedanke ...

„Lydia heißt mit zweitem Namen Antonia und wurde als Kind von allen Toni genannt", schreibe ich. *„Sie hat keine Geschwister und macht gerade ihr Abitur mit den Hauptwahlfächern Deutsch und Sozialwissenschaften. Im dritten Fach hat sie Sport. Sie spielt Feldhockey in einer Mannschaft, auch Turniere. In ihrer Freizeit liest sie gern und trifft sich mit ihren Freundinnen, die alle in die gleiche Stufe gehen. Ihre Eltern sind beide Lehrer, und sie wohnen in einem urigen Holzhaus mit Moos auf dem Dach. Ihre Mutter kann Klavier spielen. Ihr Vater haßt Rasenmähen ..."*

Dann sitze ich da, kaue an meinem Stift und lese durch, was ich geschrieben habe. Ich bin versucht, den Text einfach durchzustreichen. Aber ehrlich, ich wüßte nicht, was ich sonst hinschreiben sollte. Es kann ja auch nichts Gescheites dabei herauskommen, wenn ich sie nicht genau anschaue. Und das mache ich nicht. Weiß nicht, wieso, aber ich habe ein wenig Scheu, sie anzustarren.

Immer wenn ich aufschaue, begegnet mir ihr Blick. Und zwischendurch schreibt und schreibt sie, als wolle sie einen Roman über mich entwerfen.

„Noch eine Minute!“ ruft Gisela plötzlich, und es geht ein Raunen durch den Raum. Was schreiben die denn da bloß alles? Ich bin längst fertig, und mir fällt nichts mehr ein. Ich schiele heimlich rüber auf Dieters Papier, über das immer noch sein Bleistift kratzt. Fast beneide ich ihn um sein „Gegenüber“, denn mir kommt der Verdacht, daß es mir vielleicht nicht so schwerfallen würde, mir etwas über die Omi auszudenken. Da würde ich mich eben nicht so komisch fühlen, wenn ich sie mal länger anschauen würde. Aber bei Lydia ist das seltsam. Ich sitze also nur da und warte, bis die Minute um ist und alle aufschauen.

Auf den meisten Gesichtern liegt ein fast erstauntes Lächeln. So einfach war das also mit dem ersten Schreiben in der Gruppe.

„Ich hoffe, ihr denkt nicht, daß es damit schon geschafft ist“, grinst Gisela und tippt mit ihrem Kuli auf den Tisch. „Jetzt habt ihr nochmal drei Minuten Zeit, um in Kurzfassung das aufzuschreiben, was ihr über euch selbst erwähnenswert findet. Die Gegenüberstellung der Mutmaßung und eurer selbst verfaßten Texte wird euch verblüffen. Also los!“

Diesmal brauche ich die komplette Zeit und habe auch keine Probleme. Schließlich kenne ich mich ziemlich gut und muß nicht immer in ein fremdes Gesicht schauen, um mich inspirieren zu lassen …

„Ich bin fast siebzehn Jahre alt und gehe aufs Städtische Gymnasium der Nachbarstadt. Meine Wahlfächer sind Bio, Deutsch, Kunst und Sozialwissenschaften. Meine Mutter führt eine Boutique in der Innenstadt und hat einen echten Klamottenfimmel. Mein Vater ist als Manager einer Computerfirma leider öfter mal auf Reisen unterwegs und beschert damit mir regelmäßig eine superschlechtgelaunte Mutter. Mein älterer Bruder Achim kriegt das jetzt nicht mehr so ab, denn er ist vor einem halben Jahr ausgezogen, weil er seine eigenen vier Wände haben wollte. Manchmal vermisse ich ihn richtig, vor allem

dieses ‚Plopp, plopp', das ich immer aus seinem Zimmer gehört habe. Er hatte nämlich einen eigenen Fernseher, um auch bloß kein Tennisspiel zu verpassen. Nach dem Abi will ich Bio oder Zoologie studieren, immer im Hinblick auf Verhaltensforschung, denn das interessiert mich am meisten. Darauf bin ich gekommen, weil ich im letzten Jahr viel über die drei Forscherinnen gelesen habe, die die drei großen Menschenaffenarten erforscht haben. So was würde ich auch gerne machen, etwas Neues herausfinden, das uns hilft, Tiere besser zu verstehen und besser schützen zu können. Ich finde es sehr wichtig, daß wir Menschen nicht vergessen, daß wir uns die Erde mit den Tieren und Pflanzen teilen ...“

Ein lautes Klopfen auf den Tisch läßt mich aufblicken. Gisela winkt uns zu. Die drei Minuten sind um. So schnell?

„So, und jetzt kommt das, was am Schreiben am meisten Spaß macht: das Vorlesen“, verkündet Gisela fröhlich und schaut erwartungsvoll in die Runde. „Wer meldet sich freiwillig?“

Zwei Plätze weiter hebt sich eine Hand. Sie gehört einer Frau um die Vierzig, die einem der beiden jungen Männer gegenübersitzt. Der schmunzelt nun, etwas nervös.

„Super, ich liebe Freiwillige! Wir fangen mit deinen Mutmaßungen über dein Gegenüber an, Hilde. Und dann hören wir uns an, was Andreas über sich selbst geschrieben hat. Schieß los!“

Hilde räuspert sich und liest: „Sportlich, spielt Tennis, interessiert an bildender Kunst, besonders Bildhauerei, ißt gern Französisch und Persisch, kann drei Fremdsprachen, spricht aber nicht gerne, mag keine Spinnen, haßt die Farbe Violett, hat als Kind eine Zahnspange getragen, liebt Käsesahnetorte, fährt ungern U-Bahn, weil er Platzangst hat, kann mit links schreiben ...“ So geht es noch ein bißchen weiter. Als sie schließlich aufhört und aufblickt, bin ich fast genauso außer Atem wie sie. Und das alles ohne einen einzigen Punkt!

Alle klopfen mit den Fingern auf die Tischplatte, als

Gisela es uns vormacht. Andreas hat natürlich besonders aufmerksam zugehört. Jetzt nickt er grinsend und tippt mit seinem Bleistift aufs Papier.

„Und?" fragt Gisela.

„Ich hatte wirklich eine Zahnspange", sagt er und zeigt uns allen ein strahlendes Lachen mit weißen, schönen Zähnen.

Alle lachen.

„Dann lies doch mal vor, was du so über dich aufs Papier gebracht hast", fordert Gisela ihn auf.

Ich finde das lustig. Ist ein bißchen wie in der Schule, in Deutsch, bei Marion. Obwohl doch die meisten hier längst nicht mehr zur Schule gehen.

„Als ich vor achtundzwanzig Jahren auf die Welt kam, habe ich mir sicher nicht träumen lassen, daß ich einmal hier sitzen würde", beginnt Andreas mit angenehmer Lesestimme. „Meine Familie war das, was man heute ‚aus einfachen Verhältnissen' nennt. Wir waren fünf Geschwister zu Hause, und meine Eltern mußten sich ziemlich abrackern, um uns alle satt zu bekommen. Ich mußte schon als Zehnjähriger Zeitungen austragen, und meine Geschwister halfen meiner Mutter, in Heimarbeit Gardinenstangen zu kleben. Mit Lesen und Schreiben hatten wir alle nicht viel zu tun. Erst als ich mit sechzehn meine Lehrstelle im Büro antrat, änderte sich das. Denn da lernte ich meine erste Freundin Pia kennen. Pia las ständig und hat mich irgendwann angesteckt. Zum Spaß haben wir uns Gedichte geschrieben und gemeinsam ein kleines Theaterstück. Leider ging diese Beziehung nach drei Jahren zu Ende. Aber meine Leidenschaft fürs Schreiben ist geblieben."

Als Andreas jetzt aufblickt, ist es für ein paar Sekunden ganz still. Dann klopft Hilde wild mit den Fingern auf den Tisch, und wir anderen machen sofort mit. Ich merke, wie ich Andreas jetzt mit anderen Augen betrachte. Dieter neben mir nickt beeindruckt.

„Habt ihr was gemerkt?" will Gisela von uns anderen wissen. Doch ihr munterer Blick bringt diesmal niemanden zum Reden. „Also, mir ist etwas ganz doll aufgefallen. Etwas, das ich in jeder Schreibgruppe aufs neue erfahre: der unterschiedliche Stil. Während Hilde kurz und knapp ihre Gedanken formuliert hat, hat Andreas uns eine kleine Geschichte erzählt. Eine ganz unterschiedliche Herangehensweise an die gestellte Aufgabe."

Hilde knipst an ihrem Kuli herum und sagt: „Na ja, ich schreibe ja auch noch nicht so lange." Etwas verlegen klingt das.

„Oh, nein, bitte!" wehrt Gisela ab. „Keine Entschuldigungen! Dein Text ist nicht schlechter als der von Andreas. Du hast etwas instinktiv richtig gemacht, was viele erst mühsam lernen müssen: du hast ihn angeschaut und stichwortartig aufgeschrieben, was deiner Meinung nach seine Person ausmachen könnte. Das ist Phantasie! Das ist Kreativität! Wow! Wenn wir später lernen, fiktive Figuren zu erfinden, werden wir alle solche Aufstellungen schreiben. Das ist absolut notwendig, wenn wir selbst unsere Figuren kennenlernen wollen. Denn so bekommen wir ein klares Bild von ihnen."

Ich merke, wie ich Gisela anstarre. Sie ist mit solch einer Begeisterung dabei, das ist ja fast unheimlich.

„Nun bin ich aber gespannt, was Andreas über Hilde geschrieben hat", sagt die Frau, die zwischen Hilde und mir sitzt und die mit Hilde gekommen ist.

Also liest Andreas seine Mutmaßungen vor, die sich genauso hübsch in eine kleine Geschichte fügen wie sein Text über sich selbst.

Und Hilde erwidert das mit einem ebenso atemlosen Stakkato von selbstbeschreibenden Worten, daß einige in der Runde ein Lächeln nicht unterdrücken können.

Es gefällt mir. Es gefällt mir, hier zu sein und zu hören, was die anderen in diesen wenigen Minuten geschrieben haben. Trotzdem bin ich ein wenig aufgeregt, als ein paar Minuten später ich selbst dran bin. Zuerst soll ich meine etwas spärlichen Mutmaßungen über Lydia vorlesen und bin natürlich schnell damit fertig.

Lydia läßt währenddessen keinen Blick von mir und schmunzelt.

Als ich geendet habe, klopft sie besonders laut mit dem Finger auf den Tisch. Es ist mir ein bißchen peinlich, denn schließlich habe ich nichts Großartiges geleistet.

„Mein Vater und Rasenmähen!" lacht sie.

„Dann hat Franziska ja wohl recht gehabt?!" meint Dieter.

„Nicht ganz", erwidert sie. „Mein Vater kann den Rasen gar nicht mähen. Er sitzt im Rollstuhl."

Ich werde stellvertretend für Dieter blutrot. Aber er meint nur: „Es gibt doch diese Trecker, auf denen man sitzen kann?!"

„Das könnte ich meiner Mutter mal erzählen", lächelt Lydia, die den Vorschlag gar nicht schlimm zu finden scheint.

„Also, Lydia, was hast du über dich zu sagen?" erklingt es vom Kopf des Tisches.

Lydia raschelt spannungssteigernd – jedenfalls kommt es mir so vor – mit ihrem Papier und beginnt: *„Bin auf keinen Fall noch Kind, bin langsam richtig Frau. Bin auf keinen Fall unwissend, und doch noch nicht weise. Bin Studentin an der Hochschule und Lehrerin für mir Anvertraute. Ich schlüpfe gern in verschiedene Rollen, seit ich weiß, was meine wirkliche Rolle im Leben ist. Seit ich mich richtig kennengelernt habe, und das ist schon viel für einundzwanzig Jahre, probiere ich gerne vieles aus. Wie diese Schreibgruppe. Von der ich mir Lernen und Spaß erhoffe, erfüllte Abende mit Menschen, die Sprache und das Jonglieren mit Worten ebenso lieben wie ich."*

Ihre Stimme hängt noch im Raum.

Mit Verwunderung stelle ich fest, daß ich eine Gänsehaut

bekommen habe. Das war schön. Sehr schön hat sie das gemacht, etwas über sich erzählt. So poetisch. Nicht so pragmatisch wie ich. Aber was hat Gisela gerade noch gesagt: wir sollen uns nicht selbst abwerten in unserem Schreiben, weil wir anderes für besser halten? Alles ist eine Entwicklung und eine Frage der Übung? Ich glaube, ich muß noch viel üben, bis ich so was auf Kommando schreiben kann.

„Und deine Mutmaßungen über Franziska?"

„Franziska ...", sagt Lydia. Nur das, nur meinen Namen, und raschelt wieder mit den Blättern, „... *ist auf keinen Fall noch Kind, ist langsam richtig Frau. Ist auf keinen Fall unwissend, und doch noch nicht weise. Ist vielleicht Schülerin der Oberstufe und lehrt ihre Freunde dies und das übers Leben. Sie schlüpft gern in verschiedene Rollen, seit sie sich immer mehr selbst entdeckt. Seit sie sich richtig kennenlernt, und das ist schon viel für, sagen wir mal, siebzehn oder achtzehn Jahre, will sie nicht mehr nur die Hälfte der Welt, sie will alles ausprobieren. Wie diese Schreibgruppe. Von der sie sich Lernen und Spaß erhofft, erfüllte Abende mit Menschen, die Sprache und das Jonglieren mit Worten ebenso lieben wie sie.*"

Ich klopfe mit meinem Finger auf den Tisch und lächele in die Runde. Aber in mir drin bin ich wie vom Donner gerührt. Der Text klingt fast genauso wie der, den sie über sich selbst geschrieben hat. Das haut mich einfach um. Ob sie tatsächlich glaubt, daß wir uns so ähnlich sind?

Lydia schiebt ihre Zettel ineinander und wieder auseinander.

„Interessant, interessant", freut sich Gisela. „So viele unterschiedliche Möglichkeiten, diese Aufgabe zu lösen. Wahnsinn."

„Soll ich jetzt meins lesen?" Ich möchte es schnell hinter mich bringen. Denn meine Texte erscheinen mir plötzlich stupide und einfallslos. Da kann Gisela hundertmal sagen, daß wir das nicht vergleichen sollen.

Ich gebe mir beim Vorlesen viel Mühe, damit wenigstens das gut rüberkommt. Wenigstens in einer Hinsicht muß ich meinen „Affenfrauen" die Ehre erweisen und richtig gut sein.

Mit Erfolg! Hilde sagt: „Was für eine schöne Stimme! Wenn wir mal ein Märchen vorzulesen haben, mußt du das machen", und einige andere nicken.

„Du hast viel über dich erzählt", meint Gisela und schaut Lydia an. „Hast du noch eine Frage an dein Gegenüber?"

Wieso fragt sie das? Das hat sie bei den anderen doch nicht getan.

Lydia schnalzt leise mit der Zunge und betrachtet das Blatt, das vor ihr auf dem Tisch liegt. Ohne mich anzuschauen, sagt sie: „Ich möchte wissen, wieso du gerne schreibst." Dann hebt sie den Blick und sieht mich fragend an.

Ich bin ziemlich baff. Wieso ich gerne schreibe? Das hat mich noch nie jemand gefragt. Ich fürchte, alle sehen mir an, daß ich keine Antwort parat habe.

„Also, ich weiß nicht", stammele ich verlegen. „Ich schreibe, weil es mir Spaß macht. Weil ich mir gerne Geschichten ausdenke."

„Da wollen wir mal hoffen, daß es den anderen auch so geht", sagt Gisela und wendet sich Dieter zu.

Alle hören ihm gespannt zu, wie er seine Mutmaßungen zu seinem Gegenüber vorliest. Nur Lydia schaut noch nachdenklich drein und schielt immer wieder zu mir. Ich werde das Gefühl nicht los, daß sie mit meiner letzten Antwort nicht zufrieden ist. Dies beschäftigt mich eine ganze Weile. Auch wenn ich den anderen zuhöre, frage ich mich immer wieder, was dieser fragende Blick von Lydia zu bedeuten hatte.

Als alle durch sind und wir noch ein anderes Schreibspiel gemacht haben, erklärt Gisela uns, was wir zu Hause fürs nächste Mal vorbereiten sollen. Der erste Abend in der Schreibgruppe ist vorbei.

Die zwei Stunden sind so schnell vergangen, daß ich es kaum glauben kann. Aber alle Uhren zeigen dieselbe Zeit, es ist schon acht, und in zehn Minuten fährt mein Bus.

„Hat Spaß gemacht, nicht?" sagt Dieter zu mir. „Ist das erste Mal, daß ich richtig heiß auf eine Hausaufgabe bin."

Ich nicke und stehe gemeinsam mit ihm auf.

An der Tür entsteht ein Engpaß, weil alle gleichzeitig hinauswollen, wie das eben immer so ist. Plötzlich stehe ich neben Lydia. Sie ist etwas kleiner als ich, nicht so groß wie Alex. Und sie lächelt mich an.

„Kommst du nächste Woche wieder?" fragt sie. Sie hat ein Grübchen in der Wange.

„Klar", antworte ich etwas sparsam. Aber was anderes fällt mir, ehrlich gesagt, nicht ein.

„Tja, dann bis dann!"

Damit dreht sie sich um und geht den Gang entlang davon, während ich noch auf Dieter warte, der gerade erst durch die Tür kommt.

Ich sehe Lydia kurz hinterher. Sie trägt eine völlig verwaschene Jeans und ausgelatschte Turnschuhe. Ihr Rucksack sieht schon reichlich mitgenommen aus.

Alex mit ihrem Klamottenwahn würde wohl nur die Nase rümpfen. Tja, wenn ich Lydia mit Alex vergleiche, dann steht fest, daß sie nicht eitel ist. Sie nimmt ihr Selbstbewußtsein wohl aus etwas anderem – jedenfalls nicht aus ihrem hübschen Äußeren.

Aber wieso sollte ich sie mit Alex vergleichen?

Am nächsten Tag muß ich natürlich alles haarklein Alex und Mercedes erzählen. In der Schule immer häppchenweise in den Pausen. Aber auch am Nachmittag ist meine Schreibgruppe noch Thema, als wir uns zu viert – Mercedes' Freund

Carsten ist auch dabei – am Rande des Schützenhallenparkplatzes zum Inlinern treffen.

„Die hat ein Gedicht über dich geschrieben?" staunt Carsten.

„Kein Gedicht", korrigiere ich ihn rasch. Alex schnürt gerade ihre Inliner-Schuhe zu und schaut nicht auf. „Ich hab' nur gesagt, daß ich es sehr poetisch fand, was sie geschrieben hat. Es klang so verträumt."

Mir ist das Thema unangenehm. Irgendwie dreht sich das Schreibgruppengespräch immer zu sehr um Lydia. Und ich weiß nicht, woran es liegt, jedenfalls fühle ich mich dabei nicht so wohl.

„Romantikerin", meint Mercedes und probiert den linken Schuh aus, an dem sie neue Rollen angebracht hat. Sie fährt graziös auf einem Bein eine kleine Runde und kommt dann holpernd vor uns wieder zum Stehen, wobei sie sich an Carsten festhält.

Er rudert ein wenig mit den Armen, denn er hat seine Inliner noch nicht so lange und ist noch nicht so standsicher. Mercedes lacht ihn aus, aber doch eher an, denn jeder kann sehen, daß sie unheimlich verknallt in ihn ist.

Die beiden passen auch wirklich gut zueinander, finde ich. Mercedes' Mutter ist Griechin, und das sieht man meiner Freundin wirklich an. Sie hat wunderschöne, schwarze Locken und dunkle Kohlenaugen. Sie ist sogar im Winter immer ein bißchen braun. Eine echte Südländerin eben. Carsten ist zwar kein Schönling, aber er hat weizenblonde Haare und sehr sanfte braune Augen. Da, wo Mercedes feurig ist, ist er angenehm warm. Wo sie mit ihrem Temperament überschäumt, ist er ruhig und gelassen. Sie ergänzen sich eben ganz toll. Von daher finde ich es super, daß die beiden sich gefunden haben. Auch wenn ich mir immer mal wieder auch Sorgen mache. Das hängt damit zusammen, daß Mercedes jetzt irgendwie „dazwischen" hängt. Sie ist zwar immer noch meine beste Freundin, aber sie ist auch Carstens Freundin. Und wenn sie mit ihm, meinem Bruder Achim und dessen Freundin Jutta loszieht, dann paßt mir das nicht unbedingt immer in den Kram. Nicht, daß ich eifersüchtig wäre. Auf Carsten ja sowieso nicht, und auf meinen Bruder schon gar nicht. Aber Mercedes erzählt nach solchen Treffen immer so oft von Jutta, daß mir das nicht ganz geheuer ist. Jutta hat eine tolle neue Hose ... Jutta kennt denundden Song auswendig ... Jutta kann Spagat ... Jutta macht dies und Jutta kann das ... Ich meine, es klingt manchmal so, als seien die beiden richtig dicke Freundinnen geworden, bloß weil ihre Freunde sich seit Jahren gut kennen. Das finde ich ziemlich affig. Und vielleicht, na ja, vielleicht bin ich dann doch manchmal etwas eifersüchtig ...

Mercedes findet mich dann immer „zickig". Denn sie meint, daß diese Situation doch ganz einfach zu lösen sei. „Ihr müßt nur hin und wieder auch mit von der Partie sein, Alex und du", hat sie schon oft gesagt.

Ich würde mir das ja noch überlegen, obwohl es bestimmt komisch wäre, meine Freizeit mit Achim zu verbringen. Das haben wir nicht mehr gemacht, seit er zwölf war oder so. Aber wir werden ja älter und verändern uns, und ich würde es sogar mal ausprobieren, wenn, ja, wenn Alex sich nicht so dagegen sträuben würde.

„Es reicht doch, wenn wir uns in der Schule verstellen müssen und uns nicht anfassen dürfen und so. Das brauche ich nachmittags nicht auch noch", sagt sie regelmäßig, wenn mal wieder die Sprache auf so eine gemeinsame Unternehmung kommt.

Einmal habe ich gewagt, sie darauf hinzuweisen, daß wir es Achim und Jutta doch einfach sagen könnten. Da hat sie gelacht, laut, und gar nicht fröhlich. „Das will ich sehen!" hat sie gesagt. Mehr nicht.

Manchmal weiß ich gar nicht, ob ich mich nicht traue,

weil sie es nicht will. Oder ob wir beide so feige Socken sind. Weiß ich wirklich nicht. Ich weiß nur, es wäre einfacher, wenn sie ein bißchen mehr so wäre wie zu der Zeit, als wir uns kennengelernt haben. Da hätte sie diese Herausforderung einfach angenommen, selbstbewußt und zuversichtlich. Aber das war vor der Geschichte mit ihrem Vater.

Mercedes zieht Carsten jetzt lachend hinter sich her. Er quiekt ein bißchen, gar nicht so wahnsinnig männlich. Ich habe es mir auf meinem Stück Zaun bequem gemacht und schaue ihnen zu, während Alex immer noch an ihren Schuhen herumfummelt.

„Wie sieht die denn aus?" fragt sie, ohne mich anzuschauen.

„Wer?" frage ich verwirrt, mit den Gedanken noch ganz bei dem schweren Thema, das mich gerade beschäftigt hat.

„Diese Lydia." Jetzt hebt sie den Kopf und richtet sich auf. Ihre Unterlippe ist noch zwischen ihren Zähnen eingeklemmt. Längst nicht so hübsch wie du, denke ich. Aber es wäre Unsinn, das zu sagen. Danach hat sie ja nicht gefragt.

„Tja, wie sieht sie aus?" murmele ich und tue so, als müßte ich überlegen. Dabei sehe ich Lydias Gesicht ziemlich genau vor mir. „Blond und braune Augen."

„Keine grünen?"

„Nein, braune", wiederhole ich störrisch. Sie will mich necken. Hat mal wieder eine empfindliche Stelle gefunden.

Alex' Gesicht nähert sich meinem, bis ihre Augen nur noch wenige Zentimeter entfernt sind. „Möchtest du mir nicht sagen, wieviel lieber du grüne Augen magst als jede andere Farbe?" säuselt sie.

Ich grinse. Ihre Sommersprossen verschwimmen vor meinen Augen, so nah ist ihr Gesicht jetzt. Ihre Nase ist kraus, weil sie versucht, ihr Lachen zu unterdrücken. Mein Herz wird ganz weit und mein Magen ganz warm.

„Ach, meine Süße ...", seufze ich und unsere Lippen

berühren sich ganz sanft, vorsichtig. Ich fühle mich ihr so nah.

„Was denn?“ flüstert sie, während ihr Gesicht immer noch vor mir schwebt, und ich weiß, daß sie mich gleich nochmal küssen wird.

„Ich wünschte, du wärest wieder öfter so“, murmele ich.

„Wie denn genau? So wie jetzt?“ wispert Alex und küßt mich zart. Ich sie aber auch. Küssen mit Alex ist das Größte.

„So wie jetzt. So wie früher. So eben“, antworte ich leise.

Ihr Gesicht entfernt sich ein kleines Stückchen. Sie guckt mich fragend an. „Was meinst du denn damit?“

Oh, oh! Jetzt muß ich vorsichtig sein. Ihre Stimme klingt ein klein wenig mißtrauisch. Als könnte eine Antwort von mir auch falsch sein.

„Du weißt schon. Bevor das mit deinem Vater passiert ist, bist du ganz anders gewesen. Hast es viel leichter genommen mit uns. Und dann warst du immer so wie jetzt“, sage ich und will sie wieder küssen.

Aber plötzlich sind Alex’ Lippen fort, und ihre Augen auch. Ihr Blick fällt an mir vorbei. Also war diese Antwort die falsche.

„Und *ich* wünschte, du könntest einen schönen Moment einfach mal schön sein lassen“, brummt sie.

Peng! Herzlich willkommen in der Wirklichkeit!

„Ich hab’ doch nur gesagt ...“

„Dich mal wieder beschwert, daß es nicht mehr so einfach ist mit uns“, unterbricht Alex mich.

„Ich beschwere mich nicht“, erwidere ich trotzig. „Ich gebe dir ja keine Schuld daran, daß alles so ist, wie es ist. Aber ich kann mir doch wohl wünschen, daß es anders wäre, oder?!“

„Klar, wünschen kannst du es dir. Aber dann bitte nicht

mit diesem vorwurfsvollen Blick. Da kann ich nicht drauf, das weißt du. Ich bin nicht diejenige von uns beiden, deren Eltern bisher nicht einmal eine Ahnung haben. Vergiß das nicht!“

„Keine Bange. Das vergeß ich bestimmt nicht. Ich denk' jeden Tag dran, mehrmals. Aber ich hatte einfach noch nicht die richtige Gelegenheit. Das ist nicht einfach. Ich habe es immerhin mit einer ganzen Front zu tun. Bei dir war es nur einer. Das ist doch viel einfacher. Ich stelle mir immer vor, wie Mama, Papa und Achim vor mir sitzen und mich anglotzen mit so riesigen Augen. Ich weiß nicht, ob ich das aushalten kann“, sage ich und finde, daß meine Stimme plötzlich regelrecht verzweifelt klingt.

„Einfacher?“ quäkt Alex. „Bei dir piept's wohl! Wie schwierig es ist, hängt doch wohl ganz davon ab, wie sie reagieren. Und wie Papa reagiert hat, das wissen wir ja nur zu gut.“ Ihre Miene ist düster, als sie das sagt.

Diese Situation. Allein die Erinnerung bereitet mir immer wieder Übelkeit. Alex und ich knutschend auf ihrem Bett, und plötzlich ihr Vater in der Tür, leichenblaß. Toben. Schreien. Mich hinauswerfen. Ich dachte, er kriegt sich nie wieder ein. Und das hat er ja eigentlich auch nicht. Hat sich nicht wieder eingekriegt, denn von Klärung kann gar keine Rede sein. Eher von Totschweigen. Einem Totschweigen, an dem Alex und ich langsam ersticken.

Wie frech Alex war! Wie erfinderisch, wenn es darum ging, mich irgendwo heimlich zu küssen. Keine Ecke oder Nische war sicher vor ihren Falkenaugen. Besenkammern. Schultoiletten. Aber seit dieser Sache mit ihrem Vater ist damit Schluß. Nie im Leben würde sie auf der Straße meine Hand nehmen – auch wenn das noch so viele Mädchen in unserem Alter miteinander tun. Sie ist so vorsichtig und immer in Sorge, daß irgendwer uns durchschauen könnte.

Ich schaue sie an, ihre steile Falte auf der Stirn vor lauter Anspannung. Ihre Augen sehen dunkel aus und nicht so wunderschön grün, wie ich sie kenne. Fast ist es so, als lebe sie zwei Leben, oder als habe sie zwei Gesichter. Das eine ist ihr Franziska-Gesicht. Das besitzt sie nur, wenn wir allein sind. Dann leuchten ihre Augen, ihre Wangen glühen, und sie ist so weich und anschmiegsam. Ich werde immer ganz schwach, wenn sie so aussieht und wenn sie so ist. Denn genau das ist es, warum ich mich in sie verliebt habe. Wenn nur das andere Gesicht nicht wäre. Denn das ist angespannt und kontrolliert. Jeder Blick wird sorgfältig darauf geprüft, ob er ihre Gefühle zu mir verraten könnte. Es macht mich immer traurig, wenn sie dieses andere Gesicht aufgesetzt hat. Und das wird in letzter Zeit immer häufiger.

Mercedes und Carsten ziehen Hand in Hand ruhige Kreise über den Parkplatz. Mercedes erklärt ihrem Freund, wie er seine Füße in den Kurven zu setzen hat.

„Und jetzt?" frage ich, weil ich nicht weiß, was ich sagen soll. In den letzten Wochen kommen wir immer an die gleiche Stelle. Wir stehen stumm voreinander. Dann breitet sich eine Leere in mir aus, die ich gar nicht beschreiben kann. Warum, verdammt, ist das alles nicht einfacher?

„Was'n los?" ruft Mercedes da und kommt herangeprescht. „Warum fahrt ihr nicht?"

Als sie mein Gesicht sieht, trocknet ihr Lachen ein wie eine alte Aprikose. Sie legt eine perfekte Bremsung hin und kommt genau vor uns zum Stehen.

„Sagt nicht, ihr habt euch gleich zu Anfang von unserem Treffen schon wieder gestritten?!"

„Wir streiten nicht!" sagen Alex und ich wie aus einem Mund. Alle drei grinsen wir ein bißchen schief.

„Wenigstens darin seid ihr euch einig", stellt Mercedes fest.

Carsten kommt von hinten vorsichtig angewackelt. „Worum geht's?" will er wissen.

Alex starrt auf ihre Schuhspitzen. Nichts könnte ihr unangenehmer sein. Ich traue mich auch nicht, etwas zu sagen, weil ich sie nicht noch saurer machen will. Mercedes schweigt das Schweigen der guten Freundin, aber sie tippt dabei ungeduldig mit ihren Fingern auf den Jackenaufschlag.

„Frauengespräche? Oder wollt ihr mich ausgrenzen, weil ich so ein schlechter Rollschuhläufer bin?" flachst Carsten.

Mercedes wird noch unruhiger. Als weder Alex noch ich antworten, sagt sie: „Also, Mädels, das ist mir jetzt zu doof." Und an Carsten gewandt: „Es geht mal wieder ums leidige Thema, nehme ich an. Aber man spricht auch mit mir nicht darüber."

Dann will sie Anschwung geben und starten, aber ich erwische sie noch am Ärmel. „Warte mal!"

Sie stoppt ihren Schwung und sieht mich herausfordernd an.

„Du hast ja recht. Aber wenn es uns beiden schon so schwerfällt miteinander darüber zu reden, was meinst du, wie das dann erst vor anderen ist?"

Mercedes schnaubt und bemüht sich sichtlich, nicht zu Alex zu schauen, die immer noch auf ihre Schuhe starrt, als hätte sie dort etwas höchst Interessantes entdeckt. „Das Problem dabei ist, daß wir nicht ‚andere' sind. Wir sind eure Freunde. Und wenn ihr schon mit uns nicht darüber reden könnt, mit wem denn dann, bitte schön?!"

Sie hat schon wieder recht. „Ist ja nicht so, daß Alex' Vater nicht wüßte, was Sache ist." Das wissen die beiden sowieso schon längst. „Aber man kann einfach nicht mit ihm darüber reden. Er ist hart wie Stein, was das angeht."

„Und deine Eltern?" fragt Mercedes ungerührt.

Sie ist ja immer der Meinung, meine Eltern würden das ganz locker wegstecken. Schade, daß sie diese Sache nicht für mich übernehmen kann. Sie würde das ganz cool durchziehen, da bin ich mir sicher.

„Ich warte auf eine günstige Gelegenheit“, erwidere ich etwas lahm. Das sage ich jetzt seit mehreren Monaten. Und in diesem Moment kommt es mir selbst wie eine einzige große Ausrede vor. Mist.

Niemand antwortet.

Alex neben mir atmet ganz flach. Als würde sie am liebsten gar nicht da sein.

Über dem großen Platz, der zu Zeiten der Schützenfeste völlig überfüllt ist und auf dem man dann sein eigenes Wort nicht versteht, liegt die Stille der Verlassenheit.

Ich schaudere. Es ist kalt. Erst März. Plötzlich habe ich Sehnsucht nach dem Sommer.

„Erzähl es doch erst mal nur Achim“, schlägt Carsten da vor. „Der ist doch nicht blöd. Der denkt sich was. Ich weiß ja schon gar nicht mehr, was ich sagen soll, wenn er mal wieder so eine Bemerkung macht ...“

„Du hast ihm doch nichts gesagt?“ Mercedes bohrt ihren Finger so heftig in seine Seite, daß er kurz zusammenzuckt.

„Quatsch“, sagt er und hält ihre Hand fest, „hab' ich doch versprochen, daß ich das nicht mache. Obwohl ich nicht ganz kapiere, wieso ich darüber schweigen soll. Euch geht's gut miteinander. Für Mercedes ist's o.k., für mich ist's o.k. Also? Ich komme mir langsam blöde vor, nichts sagen zu dürfen. Schließlich sind wir ziemlich gute Freunde, Achim und ich.“

„Manchmal wünschte ich, es würde ihnen irgend jemand einfach so sagen“, murmele ich.

„Wie?“ fragt Alex. Es ist das erste Wort, das sie sagt, seit Mercedes und Carsten dazugekommen sind.

„Nichts“, antworte ich schnell.

Carstens Augen sind nachdenklich. Ob er mich gehört hat?

„Laßt uns endlich losfahren“, mault Alex schlechtgelaunt. Das Thema bringt sie regelmäßig in miese Stimmung. „Ich friere mir sonst den Hintern ab.“

Und damit legt sie richtig los und fetzt einmal über den gesamten Platz.

Ich fange einen Blick auf, den Mercedes und Carsten sich zuwerfen. Wahrscheinlich halten die beiden uns, und besonders Alex, für einen hoffnungslosen Fall.

Recht haben sie ja. Denn wir sind tatsächlich im Moment hoffnungslos. Wir haben einfach keine Hoffnung, daß sich die Einstellung von Alex' Vater in absehbarer Zeit ändern könnte. Und daran hängt eigentlich alles. Weil Alex so an ihrem Vater hängt. So einfach ist das. Hoffnungslos.

Mürrisch stoße ich mich vom Zaun ab, auf dem wir gesessen haben, und fahre müde ein paar Runden in gleichmäßigem Eins-Zwei-Rhythmus.

Carsten hat vollkommen recht. Wenigstens ich sollte es angehen und zumindest mit Achim reden. Aber nicht mal das bringe ich über mich.

Alex kommt an mir vorbei, fährt plötzlich rückwärts und grinst mich aufmunternd an.

Sie hat die Begabung, unbequeme Dinge relativ schnell wieder aus ihrem Kopf wischen zu können. Sie sagt einfach „Kann ich nicht ändern“ und versucht ein strahlendes Lächeln. Und meistens gelingt ihr das auch. Manchmal, wenn ich so richtig in Rage bin wegen etwas, könnte ich sie deswegen auf den Mond schießen. Meiner Meinung nach macht sie dann nämlich genau das, was ihr Vater ja auch so toll praktiziert: einfach etwas totschweigen, das einem auf der Seele lastet. Aber heute habe ich selbst keine große Lust dazu, mir noch länger den Kopf zu zerbrechen.

Ich sehe ihr zu, wie sie Achten fährt, ein Bein hochhebt und dabei sogar noch hüpft. Und da ertappe ich mich, wie ich auch lächele bei den Spirenzchen, die sie veranstaltet, um meine düsteren Gedankenwolken zu vertreiben.

Wenn doch bloß alles so einfach wäre wie die Aufgabe, ein Lächeln auf mein Gesicht zu zaubern. Denn das kann sie nun einmal wie keine andere. Egal, wie schwierig es momentan auch sein mag, das mit dem Lächelnzaubern, das kann sie!

Die ganze Woche geht mir dieses Gespräch nicht aus dem Kopf.

Nie hätte ich gedacht, daß es so schwierig sein könnte, meinen Eltern etwas über mich zu erzählen, etwas, das mich ausmacht. Aber durch die Reaktion von Alex' Vater fühle auch ich mich wie verbrannt und traue mich jetzt keinen einzigen Schritt voran.

Alles geht so weiter wie immer. Wir gehen jeden Tag in die Schule. Wir treffen uns an den Nachmittagen. Abends sitze ich oft mit Mama und Papa am Tisch, und wir essen gemeinsam. Alles ist wie immer und wird sich auch nicht ändern – solange *wir* nichts ändern!

Genauso wie letzte Woche sitze ich also am Dienstagabend im Bus und fahre in die Nachbarstadt, meinen Rucksack mit den Schreibunterlagen auf dem Schoß.

Ich bin nicht so nervös wie letzte Woche, aber doch etwas unruhig. Irgendwie habe ich so ein Gefühl, als würde sich bald etwas tun. Und diese sonderbare Vision macht mich kribbelig.

Diesmal gehe ich erhobenen Hauptes und ohne einen Gruß an der Frau hinter der Theke in der Halle vorbei. Ich finde es klasse, daß sie zu mir hinschaut und offenbar erwartet, daß ich etwas sage. Mache ich aber nicht. Ätsch. Ich bin die erste auf dem Flur. Aber es dauert nicht lange, bis Dieter kommt. Ich freue mich richtig, ihn hier wiederzusehen. In der Schule haben wir uns hin und wieder im Oberstufentrakt gesehen und uns zugezwinkert. Er kann sich auch eine fiese Bemerkung über „unsere Freundin da unten“ nicht verkneifen, und wir grinsen beide wissend. Als dritte im Bunde gesellt sich bald Lydia zu uns. Ich habe gerade aus dem Fenster geschaut und sie nicht die Treppe heraufkommen gesehen. Deswegen erschrecke ich ein bißchen, als ihre angenehme Stimme plötzlich direkt neben mir ertönt: „Hi, ihr beiden. Auch zu früh, aha! Da bin ich aber froh, daß ich nicht die einzige bin, die offenbar auf die Fortsetzung von letzter Woche brennt.“

Ich sehe sie an und versuche, mir einzureden, daß es die gleiche Wiedersehensfreude ist, die ich auch für Dieter empfunden habe. Allerdings müßte ich dann das leichte Kribbeln im Bauch ignorieren, das sich plötzlich dort einnisten will. Ich hatte sie gar nicht sooo gutaussehend in Erinnerung. Klar, ich wußte, daß sie hübsch ist. Aber irgendwie war die Erinnerung neben Alex doch ziemlich schnell verblaßt. Aber jetzt, wo sie so vor mir steht …

Dieter nutzt meine Stummheit und fängt eine Unterhaltung über unsere Hausaufgabe an. Ich bin super gespannt, wie Lydia es gelöst hat. Nach wie vor bin ich von ihren Texten der letzten Stunde beeindruckt. Aber natürlich holt sie sie jetzt nicht raus und gibt uns eine Kostprobe. Wir reden einfach nur darüber, wie schwer es uns angeblich gefallen ist. Dabei würde ich jede Wette eingehen, daß die beiden dabei genauso schwindeln wie ich. Denn auch aus ihren Augen leuchtet die Begeisterung für diese neue Art des Schreibens, die wir jetzt alle im Rahmen der Gruppe entdecken.

Dann kommen nach und nach auch alle anderen an. Nur Gisela läßt auf sich warten. Es ist schon Viertel nach sechs, als wir endlich Schritte auf der Treppe hören. Alle schauen hin. Aber statt Gisela taucht dort die verknitterte Frau Lila-Lippe auf. Um ihre Mundwinkel liegt ein genervtes Zucken. Anscheinend kann sie es nicht ausstehen, die Stufen hochzulaufen. Dieter grient von einem Ohr zum anderen. Aber nur bis „unsere Freundin“ den Mund aufmacht: „Ich habe gerade einen Anruf vom Mann ihrer Kursleiterin erhalten“, beginnt sie. Ohne einen Gruß – wen wundert's? „Frau Sommer ist heute nachmittag mit einer Blinddarmentzündung ins Krankenhaus eingeliefert worden. Der Kurs fällt daher aus.“

„Was du nicht sagst“, murmelt Dieter leise, der genauso enttäuscht aussieht wie die meisten von uns.

Die Verkünderin der Hiobsbotschaft dreht sich auf dem Absatz um und rauscht die Treppe wieder hinunter.

Unsere Gruppe bleibt kursleiterinnenlos zurück.

„Schade“, sagt jemand. Andreas Freund meint: „Mist!“ Und das entspricht eher meinem Gefühl. Alle diskutieren ein bißchen darüber, daß es Gisela doch hoffentlich bald wieder besser gehen wird und sie ja vielleicht nicht mal operiert werden muß. Ich kann aber, ehrlich gesagt, nur daran denken, daß mein Abend jetzt gründlich versaut ist.

Dieter dagegen schaut auf seine Uhr und meint: „Dann schaff' ich es ja vielleicht noch zum Videoabend“, winkt Lydia und mir kurz zu, sprintet den Gang hinunter und ist schon verschwunden.

Auch die anderen wenden sich zum Gehen und schlendern in Grüppchen davon.

Lydia und ich stehen als einzige noch am gleichen Fleck. Ich schaue aus dem Fenster und verziehe das Gesicht.

„Es regnet“, sage ich.

Lydia zuckt die Achseln. „Aus Zucker sind wir ja nicht.“

„Aber an der Haltestelle ist keine Überdachung, und ich hab' meinen Bus gerade verpaßt. Der nächste fährt erst in einer Stunde“, jammere ich. Es ist mir ein bißchen peinlich, allein mit ihr hier zu stehen.

„Hast du Hunger?“ will Lydia wissen.

„Woher weißt du das?“ frage ich zurück.

„Du siehst aus, als hättest du das letzte Mal heute mittag etwas gegessen und könntest jetzt eine Pizza vertragen“, erklärt sie ganz sachlich und hebt die Augenbrauen.

„Sehe ich vielleicht auch so aus, als könnte das eine Pizza mit Brokkoli und Pilzen sein?!“ frage ich mit gespieltem Ernst.

„So genau nehme ich es mit dem Belag nicht“, meint Lydia.

Wir grinsen uns an.

„Gegenüber ist ein toller Italiener“, sagt sie.

Und so gehen wir Seite an Seite los. Wie wir so nebeneinander hergehen, fällt die anfängliche Verlegenheit von mir ab, und ich nenne mich innerlich selbst eine „hysterische Kuh“. Lydia ist einfach eine Kursteilnehmerin – wie ich auch. Und weil die Schreibgruppe ausfällt, tun wir uns in einer Art Nutzgemeinschaft zusammen, um nicht allein auf den Bus warten zu müssen. Das ist alles.

Als wir uns in der gemütlichen Pizzeria einen kleinen Tisch ausgesucht und unsere Nasen in die Speisekarten gesteckt haben, frage ich sie über den Kartenrand hinweg: „Wann fährt dein Bus denn?“

Lydia schaut gar nicht auf. „Ich hab’ ein Auto“, antwortet sie und fährt sich mit der Zunge über die Lippen, als liefe ihr bei den Beschreibungen der Gerichte bereits das Wasser im Mund zusammen.

„Ach so“, mache ich tonlos und schaue weiter in die Seiten.

Sie hat ein Auto. Muß also gar nicht auf den nächsten Bus warten. Warum hat sie mich dann gefragt, ob ich mit in die Pizzeria komme? Oder hat sie das gar nicht gefragt? Habe ich das nur in ihre Worte hineininterpretiert? Habe am Ende gar *ich* sie zu dem gemeinsamen Essen aufgefordert? Ich versuche, mich an den genauen Wortlaut des

Gespräches zu erinnern, aber es will und will mir nicht einfallen. Erst, als plötzlich der Kellner vor mir steht, reiße ich mich zusammen und gebe meine Bestellung auf.

Dann sieht Lydia mich auffordernd an. „Wie bist du an die Schreibgruppe geraten?“ will sie wissen, während ihre Hände sich mit einem Bierdeckel beschäftigen.

Ich erzähle ihr von Marion und den Ausschreibungen und dem Zettel, den sie mir neulich zugesteckt hat.

Sie hört aufmerksam zu und nickt. Dann berichtet sie mir davon, daß sie früher schon öfter in solchen Gruppen war, hier im Kulturhaus, bei der Vorgängerin von Gisela. Daß sie diese Tradition in ihrer Studienstadt fortsetzen wollte, dort aber nichts Gescheites gefunden hat.

„Meine Güte, die waren so elitär!“ stöhnt sie.

Ich denke: Elitär! Elitär?! Hoffentlich kann ich mir das Wort merken, um zu Hause nachzuschlagen, was es heißt. Lydia jetzt danach zu fragen, käme natürlich überhaupt nicht in die Tüte!

„Na ja, und was mache ich also? Fahre einmal pro Woche hierher und gehe weiter hier in die Schreibgruppe. Ist ja nur eine knappe Stunde Fahrt. Die lohnt sich dann aber auch. Es macht so viel Spaß, finde ich. Und bisher hab' ich immer nette Leute kennengelernt.“

Ich tue so, als hätte ich den letzten Satz nicht gehört, weil ich nicht weiß, wie ich darauf reagieren soll. „Deshalb waren deine Texte letzte Woche also so toll“, sage ich stattdessen. „Du hast schon Übung.“

„Du etwa nicht?“ erwidert sie. „Schließlich hast du schon an Ausschreibungen und so teilgenommen.“

Ich greife mir auch einen Bierdeckel und drehe und wende ihn zwischen meinen Fingern. „Nur an einer“, relativiere ich. „Und davon habe ich nie wieder was gehört. Das hat also wirklich nichts zu bedeuten.“

Lydia schaut mich an, als würde sie mir das nicht glauben. Und ich bin heilfroh, daß in dem Augenblick der Kellner mit unseren Pizzen auftaucht.

Wir stürzen uns darauf, als seien wir beide absolut ausgehungert.

„Was ich dir noch sagen wollte", beginnt Lydia nach ein paar Minuten des Schweigens wieder und schneidet wild an ihrer riesigen Pizza herum, „wegen letzter Woche, meine ich. Meine Frage, wieso du schreibst …"

„Ja?" Ich nehme einen kleinen Schluck Cola.

„Ich wollte dir keine Falle stellen oder so. Falls das so aussah, wollte ich es nur nochmal richtigstellen."

Das finde ich stark, daß sie das so sagt, es nicht einfach stehenläßt. Ich würde das nie machen. Schließlich kennen wir uns gar nicht.

„Hab' ich nicht als Falle empfunden. Es war nur … so schwierig, es zu beantworten. Ich hab' mir noch nie vorher Gedanken darum gemacht, wieso ich gerne schreibe. Was hättest du denn geantwortet?"

„An deiner Stelle?"

„An meiner Stelle."

Ihre Gabel kreist schwebend über den Teller und stößt plötzlich auf eine Olive nieder. Ich wäre fast zusammengezuckt.

„Ich an deiner Stelle hätte gesagt, daß das Schreiben meine Art ist, mich auszudrücken. Und damit meine ich nicht, daß ich einfach zu faul zum Reden bin, oder daß ich nicht reden könnte. Aber es ist nun mal eine Tatsache, daß wir ganz anders reden als schreiben. Stell dir vor, jemand würde in Reimform sprechen – oder auch nur so gestelzt wie manche Texte. Und dann die Thematiken, die man sich so aussucht zum Schreiben. Da kommen Themen vor, über die ich sonst nie ein Wort verlieren würde. Und es ist eine ganz andere Form der Ansprache möglich. Ich kann jemandem etwas mitteilen. Darüber, wie es mir geht, wie es mir mit ihr oder ihm geht. Oder ich kann eine Sache ganz allein für mich klären. Ich lasse im Schreiben meine Seele fließen."

Ihre Erklärung kommt ihr so locker und einfach über die Lippen. Und sie spricht mir damit aus der Seele. Die Seele, die auch bei mir fließt, wenn ich schreibe.

Plötzlich weiß ich, daß das meine Erklärung ist! Deswegen schreibe ich gerne! Aus genau dem gleichen Grund! Ich wußte es nur vorher noch nicht. Und jetzt wird es mir mit einem Schlag klar. Ist ja irre.

Was hat sie letzte Woche wohl gedacht, als sie mir diese Frage stellte und ich dann nur so knapp und bündig gesagt habe, daß es mir Spaß macht, Geschichten zu erfinden?

„Da wirst du ja ganz schön enttäuscht gewesen sein über meine Antwort", mutmaße ich mit gedämpfter Stimme.

„Nö", meint Lydia. „Ich wußte ja, daß da noch was anderes war. Das, was du nicht gesagt hast."

„Woher wußtest du das?" wage ich zu fragen.

Sie zuckt die Achseln, und ein verlegenes Lächeln spielt um ihre Mundwinkel, als traue es sich nicht richtig raus. „Wußte ich eben."

Ich ahne, was sie meint.

Denn plötzlich schießt es mir durch den Kopf, daß sie vielleicht deswegen den Text über sich und den Text über mich so ähnlich formuliert hat.

Sie hat irgendwie gespürt, daß wir uns in dieser Hinsicht total ähnlich sind. Keine Ahnung, wie sie das gemerkt hat, aber ich selbst muß auch so was gemerkt haben. Schließlich war sie für mich auch von Anfang an irgendwie etwas Besonderes. Auch wenn ich selbst nicht hätte sagen können, wieso eigentlich.

„Hübscher Ring, den du da hast", stellt sie fest und deutet auf meine Hand.

Der Ring! Der Freundschaftsring, den Alex und ich tragen. Ein silberner Rosenstrauch, der sich um meinen Finger windet.

„Oh, ja“, murmele ich. „Ist auch ein ganz besonderer Ring.“ Aber mehr sage ich nicht. Obwohl Lydia mich mehrmals fragend anschaut, als warte sie auf die ‚besondere Geschichte‘ zu diesem Ring.

Ich sage nichts. Was soll ich auch sagen? Ich bin es einfach nicht gewöhnt, durch die Gegend zu laufen und wildfremden Menschen von Alex und mir zu erzählen. Besonders nicht, wenn diese Menschen mich so verwirren, wie es Lydia tut. Deswegen sage ich erst mal nichts. Aber dann finde ich es schon regelrecht unhöflich, einfach nur so stumm dazusitzen und ein Stück Pizza nach dem anderen in den Mund zu schieben. Deswegen frage ich: „Was ist eigentlich mit deinem Vater? Ist er krank?“

Lydia hebt den Blick von meiner Hand und schüttelt den Kopf: „Er hatte einen Unfall. War Vertreter und natürlich viel mit dem Auto unterwegs. Und immer rasend schnell. Es war nur eine Frage der Zeit, wann mal was passiert. Tja, und vor zehn Jahren war es dann soweit. Er hat echt noch Glück gehabt.“

Glück, denke ich. Er sitzt im Rollstuhl. Aber er hat Glück gehabt.

Lydia räuspert sich. Ihre Augen schweifen über die Pizza, als suche sie einen besonders leckeren Happen. Aber ich glaube, das Thema berührt sie irgendwie ganz tief. Na, super. Da wollte ich sie einfach nur von meinem Ring ablenken, und was ist? Ich wähle ein Thema aus, das ihr unangenehm ist.

„Klingt vielleicht komisch, aber er sagt heute selbst, daß es ihm geholfen hat, wieder bewußter zu leben. Der Unfall passierte in einer schwierigen Zeit. Meine Eltern verstanden sich nicht mehr. Sie wollten sich scheiden lassen. Und dann so was! Du kannst dir vorstellen, was da los war. Meine ältere Schwester und ich mußten den gesamten Haushalt versorgen, und meine Mutter hat wochenlang im Krankenhaus gewohnt. Sie hat sich nur noch um unseren Vater gekümmert. Na ja, dann wurde er entlassen und kam in die Reha-Klinik, und dann stand fest, daß er nie wieder laufen lernen würde. Er mußte umschulen, um arbeiten zu können. Ist jetzt Lektor für einen großen Verlag und seitdem der Meinung, ich hätte das Schreiben angefangen, weil er so gerne liest. Er arbeitet nur noch zu Hause, und das macht ihm Spaß. Ein Jahr nach dem Unfall begannen unsere Eltern plötzlich, den Umbau des Hauses zu planen. Alles mußte rollstuhlgerecht werden. Niemand sprach mehr von Scheidung."

Wieder essen wir eine Weile schweigend.

Ich habe ihre Stimme im Kopf, wie sie gerade so etwas Privates von sich erzählt hat. Als würden wir uns schon lange kennen. Es macht mich stolz, daß sie mir das erzählt hat. Und ich möchte ihr gern zeigen, daß es mich wirklich interessiert.

„Warum sind deine Eltern dann doch zusammengeblieben?" frage ich vorsichtig.

Lydia strahlt mich an. „Weißt du, daß ich genau das gleiche gefragt hätte?" sagt sie. Ihre Augen leuchten. „Schließlich könnte man ja meinen, daß meine Mutter bloß Mitleid gehabt hat, nicht? Aber ich glaube, es ist einfach ein kleines Wunder passiert. Du glaubst nicht, wie die beiden sich heute wieder mögen. Sie kleben aneinander, verreisen oft gemeinsam und so. Ist ja auch ganz logisch: Meine Mutter war früher echt einsam. Sie hat es gehaßt, wenn er weg und sie mal wieder mit uns allein war. Sie ist zwar 'ne tolle Mutter, aber sie braucht ihn eben bei sich. Und das hat sie jetzt. Den beiden geht es toll miteinander. Erst recht, seit wir jetzt beide nicht mehr zu Hause wohnen, meine Schwester und ich."

„Das ist irre!“ platze ich raus. „Das hört sich genauso an wie bei uns zu Hause. Mein Vater ist zwar nicht so oft weg, wie deiner es war. Aber immer, wenn er auf Geschäftsreise ist, ist Mama megamies drauf, das kann ich dir aber flüstern. Ich glaube, meine Mutter wäre auch viel glücklicher, wenn sie immer bei ihm sein könnte.“

„Warum fährt sie nicht mit?“ will Lydia wissen.

„Sie hat eine Boutique.“ Natürlich kenne ich dieses Argument bis zum Abwinken: „Die kann sie nicht allein lassen.“

„Aber sie könnte sich doch eine Aushilfe anlernen? Dann ginge es“, schlägt Lydia vor.

Sie scheint es gewöhnt zu sein, sich Lösungen für Mißstände auszudenken. Vielleicht durch das Training in ihrer Familie. Wenn ein Familienmitglied plötzlich so stark körperlich eingeschränkt ist, werden bestimmt alle mitdenken müssen – immer.

„Bisher hätte das mit der Bezahlung nicht hingehauen, aber ich glaube, mitlerweile geht es dem Geschäft ganz gut. Vielleicht sollte sie nochmal drüber nachdenken“, überlege ich.

„Nicht nur drüber nachdenken“, ergänzt Lydia. „Das ist mein Leitspruch. Den kannst du gerne an deine Mutter weiterreichen: ‚Nicht nur drüber nachdenken!‘ Das wichtige sind nämlich die Taten, nicht die Gedanken.“

Was sie nicht sagt! Vielleicht sollte ich mir diesen Leitsatz auch mal zu Herzen nehmen? Soviel wie ich über manche Dinge nachdenke … Wenn ich nur halb soviel handeln würde, würde mein Leben wahrscheinlich ganz anders aussehen.

„Denkt dein Vater wirklich so?“ frage ich.

„Was meinst du?“

„Du hast vorhin gesagt, daß dein Vater denkt, du würdest schreiben, weil er gerne liest. Ist das so?“

Lydia starrt mich einen Augenblick verwundert an,

dann schüttelt sie den Kopf, als sei sie über sich selbst überrascht. „Hab' ich das gesagt?" murmelt sie und grinst dann. „Du hörst ganz schön aufmerksam zu."

Ich kann nicht anders, so, wie sie das sagt, muß ich mich einfach geschmeichelt fühlen.

Lydia zuckt die Achseln, während sie ein paar Krümel von ihrem Teller pickt. „Ich weiß nicht, ob es wirklich so ist. Natürlich mag ich es, wenn er manchmal was von mir liest und ihm die Sachen gefallen. Würde dir das nicht gefallen?"

Mir? Ich könnte mir nicht vorstellen, Papa etwas von mir zu lesen zu geben. Was denn auch? Etwa einen meiner Schulaufsätze? Oder meine endlosen Briefe an Silke? Als ich Alex kennenlernte letztes Jahr, habe ich viele Briefe an Silke geschrieben, die ich alle in einem hübschen Karton aufbewahre. Denn sie abzuschicken, wäre leider sinnlos. Silke lebt schon lange nicht mehr. Sie hat sich umgebracht, als wir beide dreizehn Jahre alt waren. Aber die Briefe an sie, die habe ich immer weiter geschrieben. Ob Lydia ihrem Vater auch so etwas zeigen würde? Plötzlich frage ich mich zum ersten Mal, wie vertraut andere Menschen mit ihren Eltern sind. Ich kenne ja nur meine Freundinnen und mich. Und da ist die Beziehung zu den Eltern eigentlich recht ähnlich: nett, aber nicht gerade innig. Ich überlege, ob ich Lydia das sagen soll, da kommt mir wieder ihr Leitsatz von gerade in den Sinn. Nicht nur daran denken!

Also öffne ich den Mund und sprudele meine Gedanken raus. Was meine Eltern für mich bedeuten, was mein Schreiben mir bedeutet. Und daß ich, obwohl beides mir doch viel wert ist, das einfach nicht zueinander bekomme. Es ist so, als würde das Schreiben schon zu einem anderen Leben gehören, in dem meine Eltern nichts mehr zu suchen haben.

Ich rede und rede und merke plötzlich, bei dem nächsten Bissen Pizza, daß mein Essen kalt geworden ist.

Etwas kariert starre ich auf meinen Teller. Anscheinend

gab es ziemlich viel zu erzählen, über meine Eltern und mich. Ich fühle mich wie betäubt. Von dem, was ich erzählt habe. Von dem, was mir beim Erzählen mit einem Mal ganz doll bewußt geworden ist. Und von der Tatsache, *daß* ich es erzählt habe. Ich glaube, das ist mir noch nie passiert: daß ich eine erst seit einigen Stunden kenne und ich ihr gleich so was Intimes erzähle. Was ist das nur? Woran liegt das? An der Schreibgruppe? An Lydia? Oder vielleicht auch an diesen ernsten, oft problematischen Gesprächen, die Alex und ich in der letzten Zeit führen?

Lydia merkt nichts von meiner Irritation. Sie trinkt den letzten Schluck Apfelschorle und putzt sich den Mund mit der Serviette ab. „Ist nicht so, als ob ich das nicht kennen würde", sagt sie. „Vielleicht klingt es jetzt wie Friede, Freude, Eierkuchen, wenn ich von meiner Familie erzähle."

„Ein bißchen schon. Ich meine, du benimmst dich so erwachsen, und deine Eltern behandeln dich auch so. Nicht mehr wie ein Kind, das sie immer noch im Auge behalten müssen."

„Das war auch nicht immer so", lächelt sie etwas süßsauer, als würde sie sich an diese Zeit sehr deutlich erinnern. „Dieses tolle Verhältnis zu ihnen habe ich eigentlich erst nach meinem Coming-out bekommen."

Was sagt sie da?

Ich bin elektrisiert. Krampfhaft muß ich den Impuls unterdrücken, den Kopf zu schütteln, um das loszuwerden, das da offenbar meine Ohren verstopft. Denn so fühle ich mich: als hätte ich nicht recht gehört.

„Coming-out?" wiederhole ich vorsichtig.

Sie sieht mich einen Augenblick lang überrascht an. So, als wollte sie fragen: Ach, hab' ich das noch nicht erzählt? „Coming-out", sagt sie, „bedeutet, daß ich meiner Familie und meinen Freunden und überhaupt allen gesagt habe, daß ich lesbisch bin."

„Natürlich ...“ beeile ich mich zu sagen. Das kalte Hefebrötchen, das ich in die Salatsoße dippen wollte, fällt mir aus der Hand, und ich muß es mit hektischen Bewegungen davor retten, auch noch vom Tisch zu kullern. „... natürlich weiß ich, was ein Coming-out ist. Ich meinte nur ... ich wußte nicht ... ich war nur überrascht, das ist alles.“

Jetzt hält sie mich bestimmt endgültig für total hinterwäldlerisch und zurückgeblieben. So ein Gestammel ist ja megapeinlich.

Lydia aber greift ganz ungerührt zur Dessertkarte und tut so, als sei nichts. „Tja, so was Ähnliches haben meine Eltern damals auch gesagt. Ich meine, daß sie überrascht sind. Aber ich hab' ihnen gesagt, daß das kein Wunder ist. Wenn sie sich jahrelang um nichts anderes kümmern als um Papas Rollstuhl, dann können sie ja auch nicht mitbekommen, wie sich ihre Kinder entwickeln, oder?“

Ich kann nur nicken und schlucke trocken. Soll ich es sagen? Ich könnte es sagen. Jetzt. Was soll passieren? Sie wird sich wahrscheinlich freuen und mir auf die Schultern schlagen: Du auch?! Das gibt's ja nicht! Ich bleibe stumm. Beiße mir auf die Lippe. „Wie hast du es ihnen gesagt?“ bekomme ich schließlich heraus.

Lydia lacht leise. „Bestimmt nicht so, wie ich es hätte machen sollen. Du weißt schon: Günstige Situation abwarten, nette Stimmung, gemütliche Atmosphäre, vertrauliches Gespräch über wichtige Entwicklungen und so weiter. Happy Kadaver. Ne, es war überhaupt gar nicht ideal. Im Gegenteil. Du mußt dir vorstellen: Ich steckte gerade mitten im Abi und war dauergestreßt, weil ich Prüfungsangst hoch hundert habe. Eines schönen Tages kommt meine Mutter vom Einkaufen heim, hochbeladen mit Tüten und Kartons. Mein Vater bleib natürlich in seinem Arbeitszimmer, weil er ihr angeblich dabei eh nicht helfen kann. Was nicht stimmt.

Er war nur einfach zu bequem dazu. Meine Mutter reißt meine Zimmertür auf und schräpt in diesem Feldwebelton: ‚Beweg dich doch gefälligst mal und hilf mir ein bißchen!' Ich natürlich empört zurück: ‚Ich lerne! Stör mich nicht!' und knalle die Tür wieder zu. Meine Mutter, inzwischen schon auf dem Weg zur Haustür, brüllt: ‚Lydia, hier ist auch Essen für dich dabei. Tu was dafür!' Ich brülle zurück: ‚Das ist auch das einzige, was ihr könnt: mich vollfüttern! Ansonsten kümmert es euch doch herzlich wenig, was mit mir ist!' Meine Mutter, mittlerweile unten an der Treppe angelangt, wahrscheinlich mit den Händen in den Hüften, keift: ‚Ach, ja?! Was *ist* denn mit dir?' Und ich hatte eigentlich nur die Prüfungen im Kopf, aber ich wollte sie so richtig der Länge nach schocken und kreische: ‚Ich bin lesbisch, verdammte Scheiße!'"

Mir entfährt ein Quietschen, das nur entfernt an ein Kichern erinnert. Peinlich! Aber Lydia muß ja selbst über ihre Schilderung lachen.

„Du kannst dir vielleicht annähernd denken, was dann bei uns los war. Mein Vater kam langsam aus seinem Büro gerollt und stand stumm mitten im Gang. Während meine Mutter heulend zwei weitere Kartons aus dem Auto wuchtete. Ich dachte nur die ganze Zeit, das darf nicht wahr sein, das habe ich nicht wirklich gesagt. Aber es war einfach passiert, wie aus dem Affekt, verstehst du? Mann, das war hart."

Wenn ich sie jetzt anschaue, dann scheint es eher eine Lachnummer gewesen zu sein. Ihre Augen schauen verschmitzt, und ihr Mund trägt ein Dauergrinsen. Sie erzählt, wie es weiterging, von den vielen Diskussionen und Gesprächen, von den Tränen, aber auch dem langsamen Verstehen und Begreifen, dem Verständnis und der liebevollen Anteilnahme ihrer Familie.

Ich höre ihr zu. Nein, ich lausche. Ich bin vollkommen gefangen von dem, was ich erfahre. Zum ersten Mal habe ich die Gelegenheit, zu erfahren, wie das laufen kann. Wie es laufen könnte, wenn es gutgeht.

Alex' Freundinnen aus der Großstadt habe natürlich auch alle ihre Erfahrungen mit Eltern gemacht. Aber Alex tut immer so, als sei es bei denen auch so schwer und so kompliziert, so hoffnungslos wie bei uns.

Das hier klingt nun aber vollkommen anders. Lydia versteht sich heute so gut mit ihren Eltern. Ihre Mutter war sogar einmal mit auf einem Frauenschwof, gibt's das?! Als Lydia eine Freundin hatte, wurde die sehr herzlich aufgenommen, zu den Familienfeiern auch eingeladen und gern gesehen. Wenn ich da an Alex' Vater denke ... au weia, davon könnte der sich echt 'ne Scheibe abschneiden!

Und dann, als das mit der Freundin auseinanderging, da hat Lydias Mutter sie getröstet. Nicht nur so klopf, klopf auf die Schulter hauen und sagen „Es gibt ja noch andere", sondern mit richtig guten Gesprächen über Liebe und Beziehungen, und über die Ehe der Eltern, die ja auch mal eine schwere Krise hatte. Also, echt, ich finde, das klingt alles zu schön, um wahr zu sein. Aber Lydia erzählt es so selbstverständlich, so locker und fröhlich. Ich glaube ihr jedes Wort. Und ich beneide sie furchtbar.

Wenn in meinem Leben doch auch alles so einfach wäre wie bei ihr. Plötzlich will ich ihr alles erzählen. Ich möchte sie fragen, was sie mir raten würde, und wie ich es anfangen soll. Aber ich zögere und zögere, und Lydia spricht schon weiter. Es gibt so viel Interessantes in ihrem Leben. Sie ist jetzt an der Uni, wo sie Germanistik studiert, im Autonomen Frauen- und Lesbenreferat aktiv. Dort leitet sie eine Coming-out-Gruppe für junge Frauen. Das hat sie damit gemeint, als sie in ihrem Text letzte Woche von den „Schutzbefohlenen" schrieb. Und sie berichtet, daß sie dort nicht nur ständig ernste Themen diskutieren, sondern auch viel Spaß haben, wenn sie gemeinsam Dinge unternehmen.

Coming-out-Gruppe. Wußte nicht, daß es so was gibt. Eine ganze Gruppe von Frauen, die die gleichen Probleme haben wie Alex und ich? Das kann ich mir ja fast nicht vorstellen. Was ich mir allerdings gut vorstellen kann: Lydia, die diesen Frauen ihre eigene Geschichte erzählt, lachend, und allen damit Mut macht.

Den Mut, den ich ganz sicher nicht habe. Denn noch immer habe ich nicht auch nur einen leisen Wink von mir gegeben, der sie vermuten lassen könnte, daß ich nur zu gut weiß, wovon sie spricht. Wahrscheinlich hält sie mich einfach für enorm neugierig. Eine neugierige Schülerin, die am liebsten alles über Coming-out-Gruppen wissen möchte. Da lachen ja die Hühner. Gackgack.

Franziska, du bist eine feige Socke, sage ich mir selbst. Was kann dir schon passieren? Sieh es doch so: Es wäre eine tolle Übung für alle weiteren Offenbarungen dieser Art. Also, tu es endlich, sag es ihr! Nicht nur drüber nachdenken!

„Eigentlich ist es ja dumm, daß ich es bisher nicht erwähnt habe", beginne ich, von plötzlicher Entschlossenheit erfüllt.

Lydia sieht mich interessiert an, doch dann fällt ihr Blick kurz an die Wand hinter mir. „Oh!" rutscht es ihr laut heraus, und sie zeigt an mir vorbei.

Ich drehe mich um. An der Wand hängt eine große Uhr.

„Wann fährt dein letzter Bus?"

Ein jäher Schreck geht mir durch und durch. So lange haben wir jetzt hier gesessen? Fast vier Stunden? „Mist!" entfährt es mir, und ich reiße meine Jacke von der Stuhllehne, fische mein Portemonnaie aus der Tasche und zähle rasch das Geld ab. „In genau drei Minuten! Wenn ich mich nicht beeile, ist er weg."

Hastig nehme ich meine Tasche und mache schon einen Schritt zur Tür. So eine Schande, daß ich jetzt so eilig aufbrechen muß. „Sorry. Ich …"

„Ist doch in Ordnung. Wir sehen uns nächste Woche", erwidert Lydia und winkt mir zu.

Ich nicke, drehe mich um und stehe schon auf der Straße. Es sind nur zweihundert Meter bis zur Haltestelle, aber ich schaffe es nur noch knapp. Da kommt auch schon der Bus um die Ecke und hält.

Ich taumele hinein, suche mir im fast leeren Fahrzeug einen Platz ganz hinten und lasse mich mit einem Seufzer auf das zerschlissene Polster fallen. Die Fenster der Pizzeria sind hell erleuchtet. Als wir daran vorbeifahren, sehe ich Lydia immer noch an unserem Tisch sitzen. Doch sie schaut sich nicht um.

Ich hocke wie betäubt auf meinem Sitz.

Es ist kurz nach zehn, und ich habe nicht gemerkt, wie die Zeit vergangen ist. Ich hätte es fast getan. Fast hätte ich es ihr gesagt.

Die Heimfahrt bekomme ich gar nicht richtig mit. Es ist dunkel vor den großen Fensterscheiben. Ich wende den Blick von den Scheinwerfern der entgegenkommenden Autos ab. Auch den Weg von der Haltestelle zu unserem Haus lege ich wie im Traum zurück. Ich denke die ganze Zeit daran, wie Lydia von ihrem Leben erzählt hat, mit welcher Leichtigkeit, mit welcher Freude. Dieses Gefühl, so gelassen und fröhlich mit ihrem Lesbischsein umgehen zu können ... Wie muß sich das anfühlen?

Als ich den Schlüssel in die Haustür fummele, wird diese von innen aufgerissen. Mama steht vor mir: „Meine Güte, ich fing gerade an, mir Sorgen zu machen. Hat der Kurs heute länger gedauert?"

„Ja", antworte ich knapp.

Während ich die Tür hinter mir schließe und wir gemeinsam in den Flur treten, durchbohrt Mama mich mit ihrem typischen „Du-hast-doch-was-Blick".

„Ich hab' mir was überlegt", lenke ich rasch auf ein

anderes Thema, bevor sie nochmal nachfragen kann. „Warum fährst du nicht einfach mit Papa, wenn er seine Geschäftsreisen hat? Klar kannst du nicht bei seinen Terminen dabei sein. Aber meistens hängt er doch tagelang in der gleichen Stadt fest und hat nur zwei Stunden am Tag was Geschäftliches zu tun."

Mama kräuselt die Lippen. Das Thema kann sie gar nicht leiden. Und so spät am Abend schon gar nicht.

„Und der Laden?" antwortet sie. Das ist eine Frage, die eigentlich keiner Antwort bedarf, denn natürlich weiß ich, daß es bisher wegen des Ladens nicht ging.

„Du hast doch neulich selbst gesagt, daß du mittlerweile so viele Kundinnen hast, daß du von den Geld eine gute Aushilfe anstellen könntest. Du müßtest nur die richtige finden, und schon könntest du öfter mal ein paar Tage fehlen", schlage ich vor.

„Wie stellst du dir das vor?" grummelt Mama. „Die meisten Kundinnen kommen doch auch auf ein Quätschchen. Sie kennen mich jetzt langsam und wissen, daß sie gut beraten werden. Ich kann doch nicht riskieren, daß sie sich bei einer Aushilfe nicht gut aufgehoben fühlen."

„Dann mußt du ganz einfach die perfekte Aushilfe finden!" stelle ich überzeugend fest.

Mama tätschelt mir liebevoll die Wange. „Süß von dir, mein Schatz, dir darum Gedanken zu machen. Aber ich glaube, die perfekte Aushilfe gibt es für mich leider nicht."

Aber als ich mich umdrehe, um im Bad zu verschwinden, kann ich in ihren Augen ein kleines Feuer erkennen. Das war vorher noch nicht da. Wie die Flamme einer hoffnungsfrohen Idee …

Am nächsten Morgen erwartet Mercedes mich an der üblichen Straßenecke.

„Wo warst du gestern abend? Ich hab' dich angerufen,

aber du warst noch nicht zurück." Mercedes Tonfall ist ganz unverfänglich, und sie denkt sich bestimmt nichts dabei, aber trotzdem piekst mich plötzlich etwas wie ein schlechtes Gewissen.

„Die Schreibgruppe ist ausgefallen", antworte ich knapp, als würde das alles erklären.

„Ach, so'n Mist. Gleich beim zweiten Mal!" fühlt Mercedes mit, kommt aber gleich wieder aufs Thema: „Aber wieso warst du dann trotzdem nicht da? Ich hab's sogar bei Alex versucht, aber die steckte noch in ihrem Fotokurs. Ich wollte dich nämlich fragen, ob du mir den Film mit Madonna aufnehmen könntest, der gestern abend lief. Unser Videorekorder hat den Geist aufgegeben. Ausgerechnet! Kannst dir ja vorstellen, daß ich scharf drauf war, dich ausfindig zu machen."

„Na ja, als wir erfahren haben, daß die Gruppe kurzfristig ausfällt, sind die meisten wieder abgezogen. Aber ich konnte ja nicht weg, weil mein Bus erst eine Stunde später wieder fuhr. Und dann sind wir in die Pizzeria gegenüber gegangen."

„Wir?"

„Lydia und ich." Hat meine Stimme gerade irgendwie gekiekst?

Mercedes blinzelt einmal kurz, als sei ihr das auch aufgefallen.

„Lydia? Du meinst die, die du beim letzten Mal beschreiben mußtest? Die mit dem poetischen Gedicht, das dir so gut gefallen hat?"

Ich nicke nur und kann mich plötzlich gar nicht mehr daran erinnern, was ich Mercedes sonst noch über Lydia erzählt habe. Habe ich ihr gesagt, daß Lydia verdammt hübsch ist? Und daß nicht nur ihre Art, zu schreiben, sondern auch ihre Stimme mir gefällt? Und ihre Augen? Und ihre Art, beim Reden die Hände zu bewegen?

„Du wirst es nicht glauben“, sage ich und greife ihren Arm, um mich einzuhaken, „aber sie ist auch lesbisch!“

„Was? Ja sprießt ihr denn jetzt aus dem Boden wie die Pilze, oder was?!“ quiekt Mercedes. „Ja, und? Erzähl mal!“

„Tja, sie ist lesbisch, und sie studiert Germanistik und ist ganz engagiert in diesem unabhängigen Lesbenreferat an der Uni ...“

„Was'n das?“

„Weiß ich auch nicht so genau. Ich glaub', die machen Veranstaltungen und Kaffeeklatsch und so. Und wenn es mal was zu demonstrieren gibt, dann malen sie Plakate oder so was. Jedenfalls ist das da ganz easy, meint Lydia. Überhaupt sieht es bei ihr ein bißchen anders aus als bei uns. Auch mit ihren Eltern. Sie hat ihre Mutter schon mal mit auf einen Frauenschwof genommen. Kannst du dir das vorstellen? Lydia sagt, es ist nur eine Sache vom Auftreten. Wenn du selbstbewußt bist und dich nicht in eine Ecke drängen läßt, dann hast du schon halb gewonnen. Sie hat ihre Eltern einfach vor die Wahl gestellt: es zu akzeptieren, oder sie nicht mehr zu sehen. Cool, oder?“

Mercedes schaut mich von der Seite her fragend an: „Sag mal, ganz unter uns: Hat die dich angegraben?“

Ich glaub', mein Herz bleibt stehen. Hat Lydia mich angegraben?

„Quatsch“, höre ich mich selbst, wenig überzeugend, hinwerfen. „Das würde sie nicht tun. Die ist schon einundzwanzig und hat andere Sachen im Kopf, als mit einer Schülerin herumzuflirten.“

„Carsten ist auch einundzwanzig“, sagt Mercedes versonnen. „Das sind mal gerade dreieinhalb Jahre Unterschied. Merkt man gar nicht ...“

„Bei ihr schon“, versichere ich meiner Freundin eifrig. „Ich meine, ich hab' ihr einfach angemerkt, daß sie viel mehr Erfahrung hat und schon viel weiter ist. Sie sieht das ganze mit dem Coming-out so gelassen, weißt du. Sie steht eben mit beiden Beinen voll im Leben …"

Mercedes' Blick läßt mich verstummen.

„Was ist?" frage ich provokant. Ich weiß sowieso schon, was jetzt kommt.

„Franzi, paß bloß auf", rät Mercedes weise.

Ich merke richtig, wie meine Augen sich in gespieltem Erstaunen runden. Aber ich komme nicht dazu, irgend etwas zu erwidern.

„Und tu bloß nicht so, als wüßtest du nicht, was ich meine. Versteckspiele haben wir nicht nötig, oder?!"

Mein bereits geöffneter Mund klappt wieder zu. Ein paar Minuten gehen wir schweigend. Die Schule ist schon in Sicht.

„Ich schwör' dir, ich habe nicht …", beginne ich dann und breche ab.

Mercedes macht ein nachdenkliches Gesicht. „*Mir* brauchst du überhaupt gar nichts zu schwören. Du weißt genau, daß du bei mir … ach, guck mal, wer da kommt."

Alex kommt mit ihrer Schultasche den Weg vom Fahrradkeller aus entlang und läuft die letzten Meter auf uns zu. Ihr Gesicht strahlt, ihre Wangen sind gerötet. Sie sieht toll aus. Und wie sie mich anlacht!

„Hey, ihr beiden. Mann, das erste Mal in diesem Jahr mit dem Fahrrad zur Schule. War ganz schön frisch. Aber ich fühl' mich jetzt so, als hätte ich kalt geduscht, total fit. Jetzt kann der Bio-Test meinetwegen kommen!"

Mercedes lächelt und plappert gleich los von den Seiten im Buch, die sie gestern geradezu auswendig gelernt hat.

Ich schaue Alex an und freue mich einfach an ihrem Anblick. Dieses Strahlen und Leuchten war es, das mich letztes Jahr so magisch angezogen hat. Sie hat so eine irrsinnige Energie! Und auch, wenn Alex diese in der letzten

Zeit nicht mehr so häufig nach außen gezeigt hat, ich weiß doch genau: Sie ist da!

Als wir auf den Schulhof gehen, fange ich einen Blick von Mercedes auf. Komisch ist das, daß wir nach langer Zeit nun plötzlich wieder zu Verbündeten werden. Zum ersten Mal in meiner Zeit mit Alex habe ich gerade mit Mercedes etwas besprochen, von dem Alex nichts erfahren darf. Das fühlt sich nicht so toll an. Aber ich lächele Mercedes an und zucke mit den Achseln. Es wird einfach nicht wieder vorkommen. Zugegeben, gerade, als wir über Lydia sprachen, da hatte ich ein schlechtes Gewissen und fühlte mich ganz schrecklich durchschaut. Aber in Wirklichkeit ist das doch Unsinn. Ich liebe Alex ganz einfach. Und daran wird nichts und niemand etwas ändern.

Natürlich habe ich Alex von dem Gespräch mit Lydia erzählt. Tatsächlich hat sie sich alles sehr wach angehört und gelächelt und manchmal gelacht. Es war schön zuzusehen, wie sie durch diese Geschichte ein klein wenig neue Hoffnung schöpfte. Aber als wir dann voreinander saßen und uns fragten, wie wir denn so etwas Positives auch für uns erreichen könnten, da wurden wir wieder still.

In mir drin bin ich ganz sicher, daß alles gut wird. Daß wir uns irgendwann nicht mehr zu verstecken brauchen, keine Angst mehr vor Entdeckung haben werden. Alles wird anders sein. Und damit wird es uns verdammt gut gehen.

Aber im Moment sind wir immer noch ziemlich ratlos. Und so vergehen Stunden und Tage, ohne daß sich etwas ändert. Allmählich wird es unerträglich.

Als ich einige Tage später von der Schule nach Hause komme, macht Mama gerade ungewöhnlicherweise Mittagspause. Sie schwirrt durch den Flur wie ein riesiger, tropischer Schmetterling. Ich muß dreimal hinschauen, bis ich raffe, daß dieser Eindruck an ihrem Kleid liegt. Es sieht aus wie ein Kimono und besteht aus dreizehn verschiedenen Farben. Auf dem Rücken hat es eine große bordeauxrote Schleife, die absteht wie zwei Flügel.

„Hast du in der Boutique eine neue Lieferung bekommen?“ frage ich und bestaune sie von allen Seiten, während sie sich zu unhörbarer Tanzmusik vor mir hin und her dreht.

„Ein Unikat!“ säuselt sie. „Dein Vater hat’s spendiert. Zum Hochzeitstag.“

„Ups!“ mache ich und halte mir die Hand vor den Mund. „Hab’ ich ganz vergessen.“

„Macht doch nichts, Spatz!“ trällert meine gutgelaunte Mutter. „Hauptsache, *er* denkt dran! Ach, übrigens hast du besondere Post bekommen.“

„Besondere Post“ bedeutet: weder von meiner Brieffreundin Christine in München noch von meiner Brieffreundin Indra in Irland. Etwas Außergewöhnliches eben.

Ich stürze mich auf den Umschlag, der auf der Kommode im Flur liegt. Ein Literaturbüro? Doch nicht etwa *das* Literaturbüro? Plötzlich zittern meine Hände. Ich kann kaum den Umschlag öffnen.

Mama beschaut ihr Schmetterlingskleid im großen Garderobenspiegel und äugt zu mir herüber.

„Was ist es denn?“ will sie neugierig wissen.

Ich überfliege rasch die Zeilen. Mir stockt der Atem. Ich japse.

„Franziska? Alles in Ordnung?“

Ich schaue Mama an, und alles verschwimmt vor meinen Augen. Ihr buntes Kleid, ihr besorgtes Gesicht. Ich werd’ doch wohl jetzt nicht heulen?! Schon zu spät.

„Aber Franzi, was denn, was denn?!“ Mama stürzt auf mich zu und grapscht nach dem Blatt in meiner Hand. „Darf ich?“

Ich kann nur nicken. Und dann jubele ich los: „Ich hab' den dritten Platz! Jippy!"

Mama liest den Brief und starrt mich dann mit offenem Mund an. „Du hast eine Geschichte eingereicht, ohne daß ich davon wußte?" Aus ihrer Stimme klingt Enttäuschung genauso wie Stolz und Freude.

„Ja!" kreische ich, springe sie wie ein Irrwisch an und umklammere sie, ohne auf ihr teures Kleid zu achten. „Ja, ja, ja! Gewonnen! Gewonnen! Ich hab' den dritten Platz gewonnen!"

Denn genau das steht in dem Brief.

Liebe Franziska, steht da. *Wir freuen uns sehr, Dir mitteilen zu können, daß Du bei unserem Jugend-Literaturwettbewerb „In dieser Welt als junger Mensch" mit deiner Geschichte ‚Abschied von einer Freundin' den dritten Platz erschrieben hast. Wir würden uns sehr freuen, Dich zur Preisverleihung in der Aula des Städtischen Gymnasiums begrüßen zu dürfen.*

Kann das wahr sein? Das ist doch nicht zu fassen! Ich hab' noch nie irgendwas gewonnen. Weder beim Malwettbewerb der Sparkasse noch an einer Losbude auf der Kirmes. Und jetzt, bei meinem ersten Schreibwettbewerb, bekomme ich den dritten Preis!

Was soll ich jetzt machen?

Was wohl? Ich reiße den Zettel Mama wieder aus der Hand und stürze ans Telefon. Nach dem dritten Läuten meldet sich Alex. Atemlos berichte ich ihr von dieser Sensation.

„Wow", haucht sie. Es ist wie ein zarter Kuß auf mein Ohr. „Weißt du, daß ich das gern mit dir feiern würde?!"

Dieser Satz reicht aus, um den Nachmittag ein bißchen anders zu planen als mit Hausaufgaben und Lernen. Ich gieße rasch einen Teller Suppe in meinen Magen und ziehe mich in rasender Eile um, das T-Shirt, das sie am meisten mag und meine neue Hose, die am Po ziemlich sexy aussieht. Dabei fällt mir ein, daß ich mir schon lange nicht mehr solche Gedanken ums Anziehen gemacht habe, wenn wir verabredet sind. Als wir uns kennengelernt haben, klar, da hab' ich vor jeder Verabredung dreimal meinen Kleiderschrank durchgewühlt. Und Mama war ganz glücklich, weil ich mich endlich mal von Mercedes beim Shoppen beraten ließ. Jetzt sieht sie mich erfreut an, als ich in meinem netten Dreß mit ihr aus dem Haus gehe.

„Hübsch siehst du aus", stellt sie fest. „Das macht wohl der Erfolg."

Ich lache, aber es fühlt sich wirklich gut an, das muß ich zugeben.

„Soll ich dich eben bei Alex vorbeifahren? Ich habe noch etwas Zeit bis zum Ende der Mittagspause. Um Punkt halb drei steht sowieso noch niemand auf der Matte."

Also steige ich zu ihr ins Auto, und wir fahren los. Es sind nur ein paar Minuten, Alex wohnt nicht weit entfernt hinter einem Waldstück.

Vor dem Haus angekommen, kramt Mama noch in ihrer Handtasche und überreicht mir feierlich eine Pikkoloflasche, obwohl sie es sonst nicht gern hat, wenn ich Alkohol trinke.

„Ist nur ein halbes Glas für jede von euch", meint sie grinsend. „Sei aber bitte pünktlich um sieben zu Hause. Wir wollen doch nett zusammen essen. Eigentlich war es als Hochzeitstagsessen geplant. Aber jetzt haben wir ja noch einen Grund zum Feiern."

Ich beuge mich spontan vor und gebe ihr einen saftigen Kuß auf die Wange. So lieb finde ich sie, wie sie sich mit mir freut und mir ganz deutlich zeigt, daß sie diesen Preis – Jippy, ich kann's immer noch nicht glauben! – genau wie ich als etwas ganz Besonderes betrachtet.

Den Weg bis zur Haustür lege ich wie auf Wolken zurück. Mama hupt noch einmal und düst dann mit durchdrehenden Reifen davon.

Ich habe kaum den Klingelknopf gedrückt, da höre ich auch schon Alex' Laufschritt hinter der Tür.

Ich werde reingezogen und sofort so fest umarmt, daß mir fast die Luft wegbleibt.

„Meine Prinzessin!" jubelt Alex. „Franzi! Du hast es geschafft!" Und dann ganz leise, direkt in mein Ohr: „Ich bin so stolz auf dich!" Ich bekomme eine Gänsehaut. Sie weiß genau, daß ich immer eine Gänsehaut bekomme, wenn sie mir so ins Ohr haucht.

Sie zieht mich hinter sich her in ihr Zimmer und schließt die Tür ab. Das macht sie grundsätzlich immer, seit ihr Vater mal einfach so unerwartet vor uns stand. Wir denken beide schon gar nicht mehr darüber nach: Schlüssel rum. Das ist eben immer so.

Ich reiche ihr feierlich den Brief, und sie entfaltet ihn mit ernstem Gesicht.

Als sie ihn durchgelesen hat, sieht sie mich an, und ihr Blick fällt in mich hinein. Eine heiße, brennende Spur zieht er in meinem Innern, so wie es von Anfang an zwischen uns gewesen ist.

Nachmittage wie dieser sind etwas ungeheuer Wertvolles. Das denke ich, als Alex den Brief zur Seite legt und ihre Fingerspitzen sanft über mein Gesicht streichen, über meinen Nacken, meinen Hals, meine Arme hinunter, an denen mir schon alle Härchen senkrecht stehen.

Minutenlang stehen wir so voreinander, und sie läßt ihre Hände über mich gleiten, forschen und liebkosen, als müßten sie jede einzelne Stelle begrüßen.

Ich bekomme weiche Knie, und meine Augenlider werden schwer, als würden sie gleich – notfalls auch gegen meinen Willen – einfach zufallen. Aber bevor ich auf den Teppich sinken kann, schiebt Alex mich in Richtung ihres gemütlichen Futonbettes, auf dem ich mich wie im Traum niederlasse. Es ist immer wieder das gleiche. Immer, wenn dieses Ziehen im Bauch stark und stärker wird, wenn Alex' Hände mir von ihren Gefühlen erzählen oder meine Fingerspitzen ihre weiche Haut berühren, immer dann tritt für mich die restliche Welt zurück. Als wäre es mir unmöglich, das hier zu erleben und zu spüren und gleichzeitig noch in der Realität zu sein. Und egal, wie lange dieser merkwürdige, zauberhafte Zustand ohne Realität andauert, wenn ich daraus auftauche, habe ich immer den Eindruck, er war wieder einmal viel zu kurz.

Diesmal auch.

Ich kuschele mich an Alex' Seite und ziehe die Decke etwas höher bis zu meinem Hals. Es ist kalt, Anfang April.

Ich glaube, ich liebe es am meisten, so wie jetzt mit ihr zusammen zu liegen, nackt unter einer Decke, ganz nah und vertraut. Dann habe ich das Gefühl, nichts kann uns etwas anhaben, nichts kann uns auseinanderbringen.

Ich hebe leicht den Kopf. Alex liegt entspannt, auf ihren Gesicht ein Lächeln. Ihre Augen sind geschlossen und ihre Lider schimmern leicht apricotfarben.

„Woran denkst du?" erkundige ich mich. Sie sieht aus, als hinge sie sehr süßen Gedanken nach.

„An die Preisverleihung", murmelt sie. „Ich will in der ersten Reihe sitzen und werde so laut klatschen, daß alle sich den Hals verrenken werden."

„Eigentlich müßtest du auch einen Preis bekommen", überlege ich. „Du hast damals gesagt, ich soll eine Geschichte über Silke schreiben."

Alex gluchst. „Wenn es für solche Tips Preise gäbe, hätte ich schon eine Menge Pokale rumstehen", gibt sie an. „Aber schließlich hast du dann diese tolle Geschichte draus gemacht. Du ganz allein!"

Jetzt schlägt sie die Augen auf und sieht mich warm an. Ihre Finger ziehen sanfte Bahnen auf meinen Schultern.

„Wann, steht da, ist die Preisverleihung?"

Ich beuge mich ein Stück zur Seite und angele nach dem wertvollen Brief, der so ganz und gar unbeachtet auf dem Fußboden gelandet ist. Da sieht man mal wieder, welche Prioritäten wir setzen …

„Am Neunundzwanzigsten … ach, du meine Güte!" Ich rechne schnell nach. „Au weia, so schnell schon!"

Alex bewegt sich unruhig. „Der Neunundzwanzigste?" fragt sie irritiert. „Ist das nicht an dem letzten Wochenende in den Osterferien? Der letzte Samstag?"

Ich zucke die Achseln.

Alex setzt sich im Bett auf, um auf dem Kalender an der Wand nachzuschauen. Mit ihren schmalen Fingern tippt sie auf den besagten Tag. Ihr Gesicht ist blaß geworden. Sie preßt die Lippen zusammen. Das hat nichts Gutes zu bedeuten.

„Was ist denn?" will ich beunruhigt wissen. „Ist da irgendwas?"

Daß um den Neunundzwanzigsten und den folgenden Tag ein roter Kringel gemalt ist, sehe ich ja selbst. Aber ich kann mich einfach nicht daran erinnern, daß da etwas geplant sein soll.

„Mist!" Das ist alles, was Alex herausbringt. Sie sinkt in sich zusammen. Ihr Gesicht – todtraurig, enttäuscht, ratlos – spricht Bände.

„Was ist denn?" Jetzt werde ich langsam ungeduldig.

„Papa", sagt sie. Eigentlich nur dieses eine Wort. Und das reicht schon, um alles zu sagen. Jetzt fällt es mir auch wieder ein. Sie hat schon seit Wochen einen Ausflug mit ihm geplant. Das letzte Wochenende in den Osterferien, in Hessen bei Verwandten.

„Oh nein!" jammere ich los. „Ich weiß wieder! Oh nein, oh nein. Das mußt du verschieben, Alex! Du mußt doch dabei sein, wenn ich diesen Preis bekomme. Ich meine, ich kann mir gar nicht vorstellen, daß du nicht dabei sein könntest …" Meine Stimme erstirbt.

„Weiß ja, wie viel dir daran liegt, daß ich dabei bin ...“, murmelt sie. „Ich möchte das ja auch unbedingt ...“

Ich muß schlucken.

So, wie sie das sagt, klingt es nicht, als ob es eine Chance gäbe, den Kurztrip mit ihrem Vater zu verschieben.

Aus dem Schlucken wird ein Kloß im Hals.

Alex schaut mich an. In ihrem Blick liegt all der Zweifel, den ich in den letzten Wochen so gut, viel zu gut, kennengelernt habe. Immer wenn es um ihren Vater geht, schaut sie so. Aber ich sehe in ihren Augen auch den aufrichtigen Wunsch, an diesem wichtigen Tag bei mir zu sein.

Plötzlich geht ein Ruck durch ihren Körper. Sie krabbelt über mich drüber und steht für einen Moment nackt mitten im Raum, bevor sie sich ihren riesigen, gestreiften Frotteebademantel überzieht.

„Was machst du?“ will ich wissen.

„Ich ruf’ ihn an“, antwortet sie mit entschlossener Stimme. „Vielleicht können wir das ja um eine Woche nach vorn verschieben oder so. Vor Ostern sind ja auch schon Ferien. Nicht so traurig gucken!“ Sie beugt sich vor und gibt mir einen Kuß. „Ich mach’ das schon! Bin gleich zurück.“ Sie dreht den Schlüssel im Schloß herum und zieht die Tür leise hinter sich zu.

Ich lege mich unter der Decke zurecht und verschränke die Arme hinter dem Kopf. Sie klang so zuversichtlich. Sie versucht es. Nimmt mal wieder den Kampf mit ihm auf, um bei mir zu sein.

In mir tobt ein wildes Gefühls-Tohuwabohu. Stolz auf sie, daß sie es überhaupt wagt. Trotz gegen ihn, weil er immer so wichtig ist. Angst davor, daß sie ihn nicht überzeugen kann.

Alex bleibt lange weg. Ich sehe nicht auf die Uhr, aber es dauert bestimmt zwanzig Minuten, bis sich die Tür wieder öffnet und sie hereingeschlichen kommt.

Sie schlüpft rasch mitsamt Bademantel zu mir unter die Decke. Ihr Gesicht ist kummervoll verzogen. Ich wette, es hat nicht geklappt.

Als ich sie fragend anschaue, schüttelt sie den Kopf. Und mir schießen Tränen in die Augen. Aber ich kämpfe sie nieder. Das war so ein schöner Nachmittag. Ich will ihn jetzt nicht mit Tränen beenden.

„Er sagt, verschieben geht nicht. Ist richtig stinkig geworden, als ich anfing zu betteln, von wegen vielleicht eine Woche früher oder so. Er meint, es sei so schwierig gewesen, uns und die Familie da unten unter einen Hut zu bekommen. Wenn wir das absagen, würde es bestimmt Monate dauern, bis wir einen neuen Termin finden, der für alle infrage kommt."

Ich habe mir in der Zwischenzeit natürlich auch Gedanken gemacht. „Und wenn ihr erst am Samstag nachmittag fahrt? Dann könntest du bei der Preisverleihung dabei sein", schlage ich vor.

Wieder schüttelt sie den Kopf. Sie sieht wahnsinnig traurig aus. Wahrscheinlich fühlt sie sich total zerrissen. Ich weiß, daß sie sich auch auf das Wochenende mit ihrem Vater gefreut hat. Sie glaubt eben, daß sich da etwas wieder ändern könnte zwischen ihnen, daß sie ja vielleicht sogar werden reden können. Aber sie möchte bestimmt auch gern bei mir sein, wenn ich meinen allerersten Preis entgegennehme – für die Geschichte, zu der sie mich damals angespornt hat.

Die Bilder in meinem Kopf von uns zweien zwischen all den anderen Gästen bei der Verleihung verblassen. So wird es nicht sein.

„Ach, na ja, soo wichtig ist so eine Preisverleihung ja auch nicht. Wahrscheinlich werde ich noch oft so was erleben, nicht? Ich werd' Mama fragen, ob sie mit mir hingeht", sage ich betont munter. Aber in mir, das spüre ich ganz genau, da breitet sich Kälte aus. Ein Gefühl, das ich wegschieben möchte, das ich hasse, weil es so unfair ist. Es ist das Gefühl, verlassen zu werden. Allein gelassen mit etwas, das mir so wahnsinnig wichtig ist.

Ich weiß, sie hat keine andere Wahl, wenn sie das Verhältnis zu ihrem Vater nicht noch mehr verdüstern will, aber trotzdem. Es ist eine so große Enttäuschung für mich.

Und das spürt sie genau. Sie legt den Arm um mich und zieht mich eng an sich. „Nicht traurig sein!" flüstert sie und klingt selbst sehr traurig.

Ich lehne meine Stirn an ihre und kann ihren Atem riechen. Ein bißchen Pfefferminz, vom Kaugummi.

In meinem Kopf braut sich eine riesige dunkle Gewitterwolke zusammen. Ich will sie verscheuchen, aber sie ist hartnäckig. Und dann sind da plötzlich Worte, die unbedingt rauswollen, die gesagt werden wollen, obwohl ich sie nicht in Ordnung finde. Ich komme einfach nicht dagegen an. „Bitte fahr nicht!" sage ich da.

Alex wird steif neben mir.

„Bitte bleib bei mir und laß ihn allein fahren", setze ich hinzu. „Sieh doch einmal, wie gemein er sich verhalten hat seit … seit er es weiß. Willst du denn wirklich mit ihm fahren und nicht das tun, was du wirklich willst, nämlich bei mir sein?"

Ich hoffe, daß es tatsächlich das ist, was sie wirklich will.

„Ich hab' einfach keine andere Wahl", erwidert Alex kläglich. „Ich habe es ihm versprochen. Und ich muß auch dran denken, daß es noch schlimmer kommen kann mit ihm und mir."

Ich schüttele den Kopf. „Ist das dein Ernst? Du würdest mit ihm fahren, weil du Angst hast, daß er sonst sauer ist?"

„Er hat mich doch in der Hand."

„Alex, er ist dein Vater, nicht dein Sklaventreiber!" entfährt es mir empört. Dieses demütige Gehabe, das sie ihm gegenüber manchmal drauf hat, geht mir einfach tierisch an die Substanz. Ich finde, das hat sie nicht nötig. Sie macht sich doch selbst klein vor ihm!

„Du hast gut lachen“, meint sie. „Du bekommst regelmäßig dein Taschengeld, und deine Mutter schlägt vor Freude ein Rad, wenn du dir neue Klamotten zulegen willst. Mein Vater bringt's aber, daß ich wochenlang überhaupt kein Geld zu sehen bekomme. Und neue Sachen kann ich mir auch stecken, wenn er sauer ist. Vom Führerschein will ich erst gar nicht reden.“

Ich merke, wie mir das Blut in den Kopf steigt und sich dort irgendwie zu sammeln scheint. Es rauscht in meinen Ohren.

„Willst du also immer weiter auf ‚liebes Töchterlein‘ machen? Nur, damit du irgendwann in zehn Jahren deinen Führerschein machen darfst?“

Sie schweigt bockig und starrt an die Decke.

„Sag mal, was bedeuten dir eigentlich deine tollen Klamotten und so ein läppischer Führerschein? Kannst du ohne die nicht leben?“

Kannst du ohne *mich* denn leben?, möchte ich am liebsten noch hinzusetzen, aber ich verkneife es mir gerade noch.

Alex funkelt mich böse an, sagt aber nichts.

„Weißt du, was ich glaube?“ Ich kann gar nicht aufhören mit diesem Thema. Ich fühle mich wie ein leckgeschlagenes Gefäß, aus dem jetzt alles herausströmt, was darin gefangen war. „Ich glaube, es geht dir in Wahrheit gar nicht um die Sachen. In Wirklichkeit hast du einfach nur Schiß davor, daß er dich eiskalt links liegen läßt. So wie er das damals gemacht hat: Nicht mit dir reden, dich nicht mal ansehen. Davor hast du die Hosen voll. Und das weiß er. Er weiß, daß er dich mit dieser beschissenen Nummer voll in der Hand hat!“

„Wenn du das so genau erkennst, wieso machst du mich dann erst an, als ob ich den Hals nicht voll genug bekäme von neuen Klamotten und Geld?" faucht Alex. Das brodelt schon so lange unter der Oberfläche.

„Weil du immer so *tust*, als ginge es nur darum! Nenn doch mal die Dinge beim Namen!" keife ich zurück. „Dein Alter setzt dich völlig abgebrüht gefühlsmäßig unter Druck. Dafür hasse ich ihn. Er treibt einen Keil zwischen uns und erreicht damit doch genau das, was er will. Merkst du das nicht, verdammt nochmal?"

Alex will etwas Heftiges erwidern, doch plötzlich hält sie inne und schaut mich an. Da glättet sich ihre Stirn, und sie seufzt leise. Ihre Schultern, gerade noch kampfbereit hochgezogen, sinken in sich zusammen. Sie streckt die Hand aus und will mir eine Strähne aus dem Gesicht streichen. Ich lasse sie gewähren, wende aber die Augen ab, und die Berührung ist mir nicht angenehm. Komisch, wie so ein Streit Gefühle verändern kann. Vor einer Stunde noch hätte ich durch dieses sanfte Streicheln eine prickelnde Gänsehaut bekommen.

Ich glaube, Alex merkt diese Veränderung auch, denn sie zieht ihre Hand wieder zurück.

„Ich möchte mich mit ihm wieder so gut verstehen wie früher. Zwischen uns ist alles so anders geworden. Wir erzählen uns nichts Persönliches mehr. Es geht nur noch ums Einkaufen, um die Schule, und manchmal noch ums Fernsehprogramm. Sonst ist einfach nichts drin seit ..."

Ja, seit damals, als er uns auf ihrem Bett erwischt hat. Ich weiß es ja.

„Meinst du nicht, daß es vielen so geht?" lenke ich nun auch mit sanfterer Stimme ein.

„Was meinst du?"

„Ich wette, es gibt unheimlich viele in unserem Alter, die vorübergehend den Draht zu den Eltern verlieren, ihn einfach nicht mehr finden." Dabei denke ich auch an Mama, die mich mit ihren grünbraunen Augen fragend anschaut und sich dann fortdreht. Oder an Papa, der in seinem Anzug im Flur an mir vorbeifegt, immer in Eile. „Ich halte das für ziemlich normal."

„Ist mir egal. Soll es eben vielen ähnlich gehen. Ich will mich jedenfalls nicht damit abfinden. Ich will, daß sich dieser Zustand wieder ändert."

„Und wie sehr willst du dich dafür verdrehen?" frage ich vorsichtig.

Alex' Augen werden ganz klein, während sie nach einer Antwort sucht. „Ich will ihn nur nicht noch mehr reizen, verstehst du das nicht?"

Ich zucke die Achseln. „Ich verstehe nur eins: du verrenkst dich ohne Ende, während dein Herr Vater sich bequem zurücklehnt und abwartet, welchen Spagat du als nächstes hinlegst."

„Es ist nicht einfach für ihn!" erwidert Alex heftig. Das kenne ich schon. Jetzt fährt sie wieder die ‚ich-verteidige-ihn-gegen-alle!-Schiene'.

„Nicht einfach?" wiederhole ich. „Kannst du mir mal sagen, was für ihn daran nicht einfach sein soll? Muß *er* vielleicht mit Diskriminierung rechnen? Das ist ja wohl eher unser Problem!"

Alex' Augen sind weit geöffnet, und darin schimmert es verdächtig. Fast wünsche ich mir, daß sie weinen würde. Wenn sie weint, dann verdampft meine Wut wie ein Tropfen Wasser auf heißer Erde. Und ich will mit ihr nicht streiten. Das macht mich fertig. Auch wenn ich weiß, daß es manchmal sein muß. Ich kann es eben nicht leiden.

„Ich hab' doch nur ihn", murmelt sie da.

Irgend etwas daran tut mir weh. Aber ich weiß nicht genau, was es ist. Sie hat *nur ihn.*

„Und er hat nur dich", erwidere ich störrisch.

Alex hält einen Augenblick inne und schüttelt dann den Kopf.

Ich richte mich auf. Bin plötzlich wie hypnotisiert. „Was? Wie meinst du das? Er hat nicht nur dich?"

Sie schaut mich an, und endlich fließt die erste Träne langsam über ihre Wange und tropft vom Kinn.

„Er hat ..." Sie bricht ab, holt tief Luft. „Er hat eine Neue."

„Eine Frau?"

Sie nickt.

„Seit wann?"

„Ach, ich glaube, es geht schon eine ganze Weile. Ich hab's nicht mal gemerkt, weil ich immer so mit uns beschäftigt war. Er war anders. Gutgelaunt, fröhlich und irgendwie selbstbewußter, verstehst du? Aber ich bin nicht auf den Gedanken gekommen ... Und jetzt ist es schon so weit, daß er sie mir vorstellen will. Deswegen will er auch unseren Ausflug nicht verschieben. Sie soll nämlich mitkommen ..." Jetzt heult Alex hemmungslos und vergräbt ihr Gesicht in den Kissen.

Ich sitze wie vom Donner gerührt im Bett. Er hat eine Freundin? Und er will sie Alex vorstellen, sie mit auf einen Verwandtschaftsbesuch nehmen? Das klingt verdammt nach einer ernsthaften Geschichte.

Ich lege meine eine Hand auf Alex' Schulter, die immer noch bebt. Mit der anderen krame ich hinter dem Kopfkissen nach der Packung Taschentücher, die dort immer liegt.

Alex richtet sich erst wieder auf, als ich recht vergeblich versuche, ihr mit dem Taschentuch die Tränen abzuwischen, obwohl sie auf dem Gesicht liegt.

Ihre Augen sind rot und schwimmen in Feuchtigkeit.

„Alex", murmele ich leise und stupse sanft an ihre geschwollene Nase. „Das hört aber auch gar nicht auf mit diesen Problemen, hm?!"

Sie schüttelt den Kopf und legt sich in meinen Arm.

„Erzähl mal!“ bitte ich sie. „Wer ist sie? Seit wann weißt du von ihr?“

Alex schnieft. „Doris“, bringt sie heraus, und wieder finden ein paar Tränen ihren Weg. „Sie hat über Papa ein Haus gesucht. Und als sie ein sehr schönes gekauft hat, hat sie ihn zum Essen eingeladen, als Dankeschön.“ Ihre Stimme klingt bitter. Als hätte diese fremde Frau eigentlich nur im Sinn, Alex' Vater von ihr fortzuziehen. „Tja, und dann haben sie sich wohl öfter getroffen.“

„Und wie alt?“ Ich hab' diese Horrorvision von einer superjungen Frau, kaum älter als wir.

„Ungefähr so alt wie er“, antwortet Alex zu meiner Erleichterung. „Sie ist geschieden. Hat aber keine Kinder. Und so wie er sagt, ist sie ganz wild darauf, mich kennenzulernen.“ Wieder verzieht sich ihr Gesicht zu einer Miene, in der sich Abscheu und Angst die Waage halten.

„Warum hast du mir nichts von ihr erzählt?“ Diesen kleinen Vorwurf kann ich mir nicht verkneifen.

„Ach, ich hab' wohl gedacht, wenn ich sie einfach nicht erwähne, dann ist es weniger wahr oder so. Dann verschwindet sie vielleicht wieder von ganz allein. Außerdem streiten wir uns doch immer, wenn wir über Papa reden. Und in letzter Zeit streiten wir schon oft genug, finde ich.“

Beschämt senke ich den Kopf. Ich habe plötzlich das Gefühl, Alex vielleicht ein paarmal zu oft bedrängt zu haben. Bei ihr wird sich nichts ändern, nur weil ich sie immer wieder unter Druck setze. Das einzige, was ich mit den ewigen Streitereien erreicht habe, ist, daß sie mir etwas Wichtiges in ihrem Leben nicht mehr erzählt hat.

Habe ich denn gar nicht wahrgenommen, daß sie etwas Schlimmes erlebt? Ich konnte ja nicht ahnen, daß zum ersten Mal seit dem Tod ihrer Mutter vor vielen Jahren wieder eine Frau da ist, die sich um ihren Vater bemüht, und daß Alex mit dieser ungewohnten Situation nicht umgehen kann. Hätte ich nicht spüren müssen, daß es Alex nicht gutging, daß sie sich Sorgen machte, daß sie mich brauchte? Das tut sie nämlich. Sie braucht mich. Jetzt noch mehr als sonst. Dieser Gedanke macht mich plötzlich ganz stark.

Entschlossen nehme ich ihre Hand und schaue sie gerade an.

Alex plinkert mit den langen, tränennassen Wimpern.

„So geht das nicht weiter!" sage ich. „Wir müssen uns jetzt mal ein bißchen zusammenreißen. Keine Ahnung, wie wir das alles wieder in den Griff kriegen. Aber bestimmt nicht, indem wir uns miteinander verkrachen, oder?"

Alex schüttelt den Kopf, hält inne, nickt. Sie stimmt mir zu.

„O.k., dann würde ich sagen, daß wir erstens mal nicht so einen Bohei um diese Preisverleihung machen. Die ist zwar toll, aber lange nicht so wichtig wie das andere, was an diesem Tag passiert: Nämlich daß du die Freundin von deinem Vater kennenlernst. Richtig?"

„Weiß nicht", flüstert Alex. Immer noch schaut sie mich mit großen Augen an.

„Wir gehen jetzt immer Schritt für Schritt. Dann wird es für keine von uns zu viel. In Ordnung?"

„In Ordnung."

„Und jetzt schauen wir erst mal, wie du dich mit dieser Doris verstehst. Vielleicht ist sie ja total nett?"

Alex gibt ein Geräusch von sich, daß wie ein Schluchzer klingt. Ihre Miene ist mehr als skeptisch. Ich glaube insgeheim, daß sie mit ihrem Mißtrauen recht hat. Denn ehrlich gesagt kann ich mir nicht vorstellen, daß eine wirklich nette Frau sich auf so ein Ekelpaket wie Alex' Vater einlassen würde. Ich kann ihn eben nicht mehr anders sehen: Er ist und bleibt ein Hindernis zwischen Alex und mir, zwischen uns beiden und dem Rest der Welt.

Alex sieht so zerrupft aus wie ein kleiner Vogel, der aus dem Nest gefallen ist. Ich möchte sie einfach nur festhalten und trösten und sie beschützen, damit niemand ihr etwas Böses antun kann. Niemand soll sie verletzen und ihr weh tun.

„Ich liebe dich!" wispere ich ihr ins Ohr. Das sage ich nur ganz ganz selten. Weil es so schwer ist. Aber manchmal muß man es eben sagen. Gerade weil es so viel Gewicht hat. Dann wiegt es nämlich vieles andere auf.

„Ich dich auch!" haucht Alex und drückt mich fest an sich. „Ich fühle mich manchmal so zerrissen. Es ist so, als könnte ich die beiden Menschen, die mir am wichtigsten sind, nicht unter einen Hut bringen ..."

Ich spüre, wie sie zu beben beginnt, als würde sie gleich wieder weinen. Sanft streiche ich über ihren Rücken.

„Mach dir keine Sorgen mehr", sage ich leise. „Wir werden alles ändern. Ich will nicht, daß du dich zerreißt. Ich will nur glücklich mit dir sein."

Doch das, wissen wir beide, ist sehr viel gewollt.

Mit schwerem Herzen gehe ich heim. Schon auf der Treppe weht mir der Duft eines köstlichen Essens entgegen und ich registriere, wie hungrig ich bin.

Immer, wenn Alex und ich miteinander geschlafen haben, könnte ich einen ganzen Bären verschlingen. Das ist genauso, wie es immer in Büchern oder Filmen gesagt wird. Aber diesmal habe ich es gar nicht so gemerkt, weil unserem seligen „Danach" heute leider etwas in die Quere kam. Ich hab' mal gelesen, daß dieser gewaltige Hunger mit dem Glücksgefühl zu tun hat, das sich beim Sex entwickelt. Kein Wunder, daß es mir heute vergangen ist.

Tür auf. Hineingehen. Der Flur liegt im Dunkeln. Ich gehe ihn entlang, ohne Licht zu machen, denn ich höre Stimmen aus dem Eßzimmer. „Sscchht!" macht Mama gerade. „Ich habe etwas gehört."

„Ich bin schon fast fertig." Das ist Papas Stimme. Da brummt noch jemand etwas. Wer kann das sein?

Als ich die Tür öffne, bleibe ich erst einmal wie angewurzelt im Rahmen stehen.

Im ganzen Raum brennt kein einziges elektrisches Licht. Überall stehen Kerzen, und bunte Lampions sind an einer Wäscheleine quer durchs Zimmer aufgehängt. Luftschlangen hängen an den Bilderrahmen, und Luftballons sind an den Gardinen befestigt.

Ich krieg' den Mund nicht mehr zu.

Aber dann fällt es mir wieder ein: das Hochzeitstagsessen! Das hatte ich ja ganz vergessen! Ich schaue rasch auf die Uhr. Gott sei Dank bin ich nur fünf Minuten zu spät!

Mama, Papa und Achim sitzen schon am Tisch und sehen mich alle drei mit strahlenden Gesichtern erwartungsvoll an.

„Tja, was soll ich sagen?" beginne ich. „Herzlichen Glückwunsch zum Hochzeitstag!"

Ich gehe zu Papa und gebe ihm einen Kuß. Mama bekommt auch nochmal einen. Achim hält mir die Hand hin, und ich schlage ein, während Papa sagt: „Das ist ja typisch für unsere Kleine. Wir geben ein Fest ihr zu Ehren, und sie beglückwünscht jemand anderen."

Ich bin natürlich völlig platt. Ein Fest? Mir zu Ehren?

„Ich hatte überhaupt keinen blassen Schimmer, daß du Geschichten schreibst!" blafft Achim mich freundlich an.

„Wenn ich nicht zufällig deine selbstgeschriebenen Liebesgedichte gefunden und gelesen hätte, wüßte ich von denen ja auch nichts", kontere ich frech und entkomme gerade noch einem Piekser in die Rippen.

Auf dem Tisch steht absolut leckeres chinesisches Essen. Mama kann zwar super kochen, aber weil es so viele verschiedene Gerichte sind, tippe ich mal auf das chinesische Restaurant, das auf dem Weg von der Boutique nach Hause liegt.

Wir knacken alle unsere Glückskekse und lesen uns gegenseitig vor, was auf den kleinen zusammengerollten Zetteln steht.

„Fassen Sie Ihr Glück an den Hörnern", steht bei mir. Glück mit Hörnern? denke ich. Aber irgendwie stimmt es ja.

Achim will sich schon den Teller volladen, aber Mama rügt ihn und hält mir zuerst die Schüssel mit dem dampfenden Reis hin. So geht das jetzt mit jedem Gericht, und Achim mosert schon, daß er nur noch die Reste abbekommt. Aber an der Art, wie er das Gesicht verzieht, um sich das Grinsen zu verkneifen, sehe ich, daß er auch fröhlich ist.

„Hast du mit Alex den Sekt getrunken?" erkundigt sich Mama.

Ich schüttele den Kopf. Den hatte ich ganz vergessen.

„Dann gibt's einen kleinen Pflaumenwein zur Feier des Tages!"

Papa schüttet mir ein und wir prosten uns alle zu. „Auf unsere Erfolgsautorin!" sagt Papa.

„Auf Franziska!" macht Mama es persönlicher.

„Auf die Kleene!" flachst Achim.

Ich komme mir vor wie eine Fürstin oder so was. Nicht mal an meinem Geburtstag machen die so ein Tamtam um mich.

Das Essen ist spitze, und ich haue rein, als hätte ich drei Tage lang nichts gegessen.

„Guckt sie euch an", grinst Achim, „wie die stopft. Gute Nachrichten machen hungrig, hm?"

Ich kichere wie eine Zehnjährige, weil mir durch den Kopf schießt, was wohl wäre, wenn er wüßte, wieso ich wirklich so einen Hunger habe. Der Gedanke an Alex, unseren schönen Nachmittag, der dann so verdorben wurde, dämpft meine Stimmung wieder etwas. Wie schön es wäre, wenn sie dabei sein könnte. Jetzt, hier, und auch auf der Preisverleihung.

Nach dem Essen bin ich so nudeldickesatt, daß ich platzen könnte.

Keine Ahnung, wer auf diese Idee mit dem Vorlesen kommt. Ich jedenfalls nicht. Aber plötzlich sitzen sie alle drei vor mir und nicken mir zu.

„Mach schon", unterstützt Achim das aufmunternde Lächeln meiner Eltern. „Spann uns nicht noch länger auf die Folter."

Ich stehe also auf und hole aus meinem Zimmer die Geschichte. Ich habe einen kleinen Ordner, in dem ich sie alle aufbewahre. Hätte nie gedacht, daß ich meiner Familie mal daraus vorlesen würde.

Ich bekomme direkt Lampenfieber, als ich nach der Anfangseite suche und sie sich auf ihren Stühlen bequem zurechtsetzen.

Mir kommt auch in den Sinn, daß das Thema sie vielleicht seltsam berühren könnte. Daß mein „Abschied von einer Freundin" sie traurig machen könnte. Es ist irgendwie eine traurige Geschichte, besonders, wenn man weiß, wie sie endet. Und das wissen sie ja. Sie waren ja dabei. Alle drei haben sie miterlebt, wie ich erfahren habe, daß Silke sich umgebracht hat. Und wie schwer die Zeit danach für mich war.

Diese Zeit zieht wieder vor unseren Augen auf, als ich lese. Das ist jetzt schon vier Jahre her. Aber es wird immer wieder lebendig, wenn ich daran denke. Und wenn ich diese Geschichte lese. Anfangs ist meine Stimme noch etwas unsicher und leise. Aber dann hebe ich den Kopf und sehe Mamas warmen Blick und Papas gespannten Gesichtsausdruck.

Da werde ich sicherer, und ich lese den Rest mühelos und kräftig.

Achim klatscht, als ich fertig bin, und Mama und Papa fallen auch mit ein.

„Super!“ sagt Mama. „Klasse!“ Dann steht sie auf, kommt um den Tisch herum und gibt mir einen Kuß.

„Hervorragend hinbekommen, Franziska! Da können wir richtig stolz auf dich sein!“

„Und du hast nur den *dritten* Platz bekommen?“ erkundigt sich Achim. Aber bei ihm weiß ich nicht, ob er es wirklich ernst meint. Ich glaube, er ist immer noch nicht alt genug, um mir etwas wirklich Nettes zu sagen, ohne daraus einen Scherz zu machen. Sicher ist aber, daß sie alle drei beeindruckt sind. Vielleicht haben sie das nicht von mir erwartet?

Und ich? Bin wie unter Drogen von diesem Gefühl, mit ihnen einmal teilen zu könne, was ich doch immer als „nur meins“ betrachtet habe.

Mein Schreiben – und meine Familie. Was habe ich noch zu Lydia gesagt? Daß ich diese beiden Dinge, auch wenn sie mir beide so viel wert sind, nicht zueinander bringe? „Nicht nur drüber nachdenken“ hätte ich mir sagen und es schon mal früher versuchen sollen.

Wieviel vergebe ich mir wohl tagtäglich, indem ich etwas totdenke? Indem ich darüber nachgrübele und zu dem Schluß komme, daß es besser sei, nichts zu sagen?!

Hier sitzen meine Eltern und mein Bruder und feiern mich. Sie strahlen alle drei, weil sie stolz auf mich sind. Und ich? Bin ich nicht auch stolz auf sie? Bin ich nicht auch stolz auf solch liebevolle Gesten und fröhliche Abende? Gehören wir nicht trotz allem, trotz Erwachsenwerden und allem drum und dran, doch irgendwie zusammen?

Warum sage ich *es* nicht?

Natürlich muß ich dieses Hoch am nächsten Morgen in der Schule auch weiterhin auskosten. Auf Mercedes ist Verlaß, was so was angeht. Sie kreischt und fällt mir um den Hals, als ich ihr die Neuigkeit berichte. Und natürlich kann ich damit sicher sein, daß alle anderen sich interessiert über ihre Tische beugen, um auch zu erfahren, was der Grund für diesen Ausbruch ist.

Von allen Seiten hagelt es Gratulationen. Und das zeitgleich mit Marions Erscheinen im Klassenraum. Sie bekommt natürlich auch mit, was los ist, und quietscht vor Freude einmal laut auf. Eine wirklich ungewöhnliche Lehrerin ist die.

In der Pause auf dem Schulhof ist nichts anderes Gesprächsthema als mein Preis und die Verleihung.

„Was ziehst du denn an?" will Mercedes wissen, als es bereits gongt und alle zurück in die Klassen schlendern. Hätte ich ahnen könne, daß diese Frage kommen wird. Aber sie läßt mich nicht mal zu Wort kommen. „Und du, Alex? Ihr solltet was anziehen, was aufeinander abgestimmt ist. Bestimmt machen sie ein Foto von euch zusammen!"

„Ich glaube, du verwechselst da was, Mercedes. Es handelt sich nicht um die Oscar-Verleihung", erwidert Alex grinsend. Aber ihre Augen sind dunkel, und ich weiß, daß sie hofft, mit diesem Scherz von Mercedes' Frage ablenken zu können. Doch das hat ja eh keinen Sinn. Natürlich werde ich Mercedes von gestern nachmittag erzählen.

„Alex kann nicht mitkommen", erkläre ich daher jetzt schon rasch, während wir uns nur zögernd den anderen anschließen. Die Pausenhalle leert sich. „Sie hat schon seit langem einen Ausflug mit ihrem Dad geplant."

Mercedes schlägt sich auf den Schenkel und verzieht schmerzhaft das Gesicht. „Oh, nein!" jault sie. „Ausgerechnet!"

Vielleicht will sie noch nachfragen, aber als sie meinen

warnenden Blick sieht, schließt sie den Mund wieder und schüttelt ihre Locken. „Das ist ja ein echtes Pech. Um so mehr, weil ich auch nicht einspringen kann, weil wir ja wieder unseren Osterbesuch bei Tante Patrizia machen. Wahrscheinlich komme ich fett wie eine Laus wieder nach Hause. Sie ist nämlich Vier-Sterne-Köchin", setzt sie, an Alex gewandt, hinzu. „Aber dieses Jahr wird Tinchen sie fertigmachen. Sie ist in dieser Phase, in der kleine Kinder nur Nudeln mit Ketchup futtern und alles andere ausbrechen, wenn man sie zwingt, es zu essen." Tinchen ist Mercedes' kleine Schwester und ein echter Teufelsbraten. Ich wette, Mercedes war früher auch so. „Jetzt muß ich aber noch aufs Klo!" Weg ist meine liebe Freundin.

Alex und ich stehen immer noch am selben Fleck. Sie läßt den Kopf hängen und sieht traurig aus. Klar, sie hatte gestern nicht so einen schönen Abend wie ich, der ihr den Kummer des Nachmittags von der Seele hätte waschen können.

„Hey", mache ich vorsichtig. „Wir haben doch gestern eine Vereinbarung getroffen. Keine hängenden Köpfe wegen unwichtiger Sachen, o.k.?"

Alex zuckt die Achseln und schlenkert mit den Armen. Das wirkt hilflos, und ich würde sie am liebsten auf der Stelle in den Arm nehmen, aber das würde sie hier natürlich niemals zulassen.

„Es *ist* eben wichtig, daß du nicht allein da hingehst", sagt sie halb trotzig und halb mitleidig. „Und jetzt kann dich nicht mal Mercedes begleiten."

Ich muß schlucken. Aber das lasse ich sie nicht merken. „Ich werde schon jemanden finden. Vielleicht geht Karin mit. Karin liest doch auch so gern und hat bestimmt Spaß daran." Ich höre selbst, daß das wie ein billiger Trost klingt. „Oder ich nehme einfach Mama mit. Die freut sich ein Bein aus, wenn ich sie deswegen frage. Das kannst du glauben."

Insgeheim denke ich, daß ich niemals bei dieser Jugendveranstaltung mit meiner Mami aufkreuzen werde. Aber auch das muß ich Alex ja nicht unbedingt verklickern, wenn sie in so einer miesen Stimmung ist. Eines hat mir der Nachmittag gestern gezeigt: Alex ist momentan viel schwächer als ich. Und darauf will ich jetzt endlich mal Rücksicht nehmen – egal, wie sehr auch ich unter dieser blöden Situation mit dem „Coming-out, ja oder nein" leide.

Inzwischen ist die Pausenhalle ganz leer. Gleich wird es zum zweiten Mal gongen, dann müssen wir uns mächtig beeilen, um rechtzeitig vor Herrn Strebl in der Klasse zu sein.

Alex steht immer noch mit leicht gesenktem Kopf und starrt auf ihre Schuhe.

So nah ist sie mir, und so warm strahlt ihr Gesicht an meine Lippen, daß ich sie am liebsten küssen würde. Nur einmal ganz kurz. Als Trost, weil so einiges nicht möglich ist zwischen uns.

Aber noch bevor ich den Kopf heben kann, hören wir plötzlich beide hinter uns ein schräpiges Lachen.

„Guck mal einer an! Das Liebespärchen der Schule tändelt hier öffentlich rum, obwohl doch gleich Unterricht ist", tönt es.

Wir fahren auseinander, und Alex wird puterrot. Vor uns stehen Gregor und Thorsten, zwei Blödmänner aus der Parallelklasse. Mathe-Leistungskurs. Die können ja nur einen Dachschaden haben.

„Wo kommt ihr denn so plötzlich her?" pflaume ich ihn an und versuche, mich instinktiv ein wenig vor Alex zu schieben. „Habt ihr euch heimlich hinterm Getränkeautomaten in der Nase gepopelt, oder was?" In solchen Momenten danke ich allen Göttern dafür, daß ich einen großen Bruder habe, der in der Pubertät mal eine schlimme Frotzelphase durchgemacht hat.

„Besser in der Nase als gegenseitig in der Hose, so wie ihr das wohl tut", erwidert Thorsten gehässig.

Alex greift nach meinem Arm und will mich wegziehen. Aber ich will nicht. Ich will nicht einfach so weggehen und ihnen diesen Triumph lassen.

„Nur kein Neid", sage ich deshalb von oben herab, aber ich merke, daß meine Stimme zittert. „Vielleicht trefft ihr irgendwann auch mal jemanden, der bereit ist, euch in die Hose zu greifen." Gut so, Franzi! Der hat gesessen!

Aber da kommt schon der nächste Spruch: „Na, das werden dann ja hoffentlich keine Lesben wie ihr sein!"

Das Wort war zuviel für Alex. Sie läßt meinen Arm los und dreht sich um, um zu gehen. Doch dann bleibt sie wie angewurzelt stehen. Wir schauen alle in ihre Richtung. An der Ecke steht Sven mit verschränkten Armen. „Gibt's Probleme?" fragt er cool.

Ausgerechnet. So ein Mist. Mein Ex-Freund, der es wahrscheinlich immer noch nicht verknust hat, daß ich ihn damals wegen meiner Verknalltheit in Mercedes abserviert habe. Und dann habe ich ihm letzten Sommer auch noch die tolle Alex geradezu vor der Nase weggeschnappt. Seitdem ist er ziemlich reserviert zu mir. Wen wundert's? Selbst für einen netten Jungen waren das wohl etwas zu viel Lesben auf einen Haufen. Aber jetzt steht er breitbeinig da wie ein Cowboy. Ich halte den Atem an.

„Oh, euer Beschützer eilt euch wohl zur Rettung", schnarrt Gregor und grinst blöde.

„Als ob Franziska und Alex es nötig hätten, vor euch gerettet zu werden", erwidert Sven ruhig. „Die sind euch beiden Würmern doch haushoch überlegen."

Alex hebt den Kopf und schaut ihn an. Svens blaue Augen blicken wütend auf die beiden Jungs neben uns.

„Du mußt es ja wissen, Lesben-Freund", versucht Thorsten nun auch einen Angriff gegen Sven. Ich habe das Gefühl, gleich ohnmächtig zu werden. Das kann doch alles nicht wahr sein!

„Genau“, sagt Sven. „Ich weiß auf alle Fälle mehr als ihr. Was allerdings kein Kunststück ist. Und jetzt haut endlich ab, oder ich hol’ noch ein bißchen Verstärkung. Alles klar?“

Gregor und Thorsten werfen sich einen Blick zu und versuchen ein überhebliches Grinsen, das ihnen aber ziemlich mißlingt. Mit steifen Schritten gehen sie an Sven vorbei, der sie scharf im Auge behält.

„So blöd wie du möchte’ ich mal sein“, sagt Thorsten noch und tippt sich mit dem Finger an die Stirn. Gregor kichert schrill.

„Da kann ich dir gratulieren. Das bist du schon doppelt und dreifach“, antwortet Sven mit blasiertem Lächeln.

Dann verschwinden die beiden Blödmänner hinter der Schwingtür.

Sven entläßt seine Arme aus der drohenden Verschränkung und lächelt uns etwas schief an.

Alex schüttelt den Kopf. „Arschlöcher“, sagt sie mit zitternder Stimme.

„Macht euch nichts draus. Die sind doch strohdumm im Hirn, das weiß jeder“, sagt Sven, und wir gehen nebeneinander den Gang entlang zu unserem Klassenflur.

Ich weiß nicht, was ich sagen soll. Nie habe ich mit jemandem außer Mercedes und Carsten darüber gesprochen, daß Alex und ich ein Liebespaar sind. Immer haben wir geglaubt, daß es niemand ahnt. Und nun werden wir plötzlich von zwei Typen angemacht, die uns doch so gut wie gar nicht kennen.

Wie sieht es denn da in unserer Klasse aus? Sven jedenfalls scheint nicht die Bohne überrascht zu sein. Wer weiß noch davon? Etwa … alle?

Meine Knie sind ziemlich weich geworden.

Die ganze Situation war wie aus einem Alptraum. So was passiert doch nicht wirklich. Ich meine, diese beiden dämlichen Macker tauchen einfach so aus dem Nichts auf, und dann werden wir auch noch von meinem Ex-Freund „gerettet“.

Eigentlich könnte ich darüber lachen. Aber danach ist mir nun so überhaupt gar nicht zumute.

Und Alex? Die sieht aus, als würde sie gleich losheulen. Ganz in sich zusammengesunken ist sie.

Sven haut immer mal wieder mit der flachen Hand an die Stützpfeiler, an denen wir vorbeikommen. Ich glaube, das alles ist ihm auch ziemlich peinlich. Ich find's toll von ihm, daß er uns geholfen hat. Aber weil ich mit ihm noch nie „darüber“ gesprochen habe, ist es doch eine echt unangenehme Situation. Wir wissen jetzt, daß er es weiß. Aber woher er das weiß, und wie er so darüber denkt, das ist ja noch längst nicht klar. Und ich bin immer noch viel zu geschockt, um ihn etwa jetzt danach zu fragen.

„Hoffentlich passiert euch das nicht öfter?!“ meint er verlegen, als wir kurz vor dem Klassenraum angekommen sind.

„Bisher noch nicht“, antworte ich ihm und fange Alex' düsteren Blick auf. Denn meine Antwort ist nicht ganz richtig. Sie hat damals in der Stadt schon öfter so etwas erlebt. In ihrer alten Schule ist sie mehrmals blöd angequatscht worden. Aber das muß Sven jetzt ja nicht unbedingt wissen. Ich fühle mich ihm gegenüber sowieso völlig unsicher. Bisher bin ich immer davon ausgegangen, daß er höchstens eine vage Ahnung hat. Aber so, wie er gerade mit der Situation umgegangen ist, scheint es für ihn völlig alltäglich zu sein.

Bevor wir in die Klasse gehen, tippe ich Sven noch einmal an die Schulter. „Das war cool gerade. Dank dir.“

Er verzieht den Mund zu einem verlegenen Grinsen und winkt ab. „Schon in Ordnung.“

Alex sagt gar nichts, drückt sich rasch durch die Tür und sinkt auf ihren Platz. Die ganze Stunde durch sieht sie blaß aus. Und sie starrt oft auf ihren Schreibblock, ohne etwas zu notieren. Ich habe das Gefühl, daß dieses Erlebnis unsere Lage noch verschlimmert hat.

Leise flüsternd erzähle ich Mercedes von der unangenehmen Begegnung mit Thorsten und Gregor. Mercedes reagiert natürlich wie immer. Sie schäumt so auf, daß ich schon fürchte, sie schmeißt gleich den Unterricht, um mal eben in der Parallelklasse anzuklopfen und ein paar Takte mit den Jungs zu reden.

Herr Strebl guckt schon genervt rüber.

Als ich Mercedes wispernd auch von Svens Auftritt berichte, schüttelt sie ihre schwarzen Locken und zeigt Sven quer durch die Klasse einmal den aufgerichteten Daumen. Sven grinst triumphierend. Aber trotzdem wird er rot wie eine Tomate.

„Mercedes, jetzt laß das doch“, raune ich ihr zu. „Ist schon peinlich genug, daß es wahrscheinlich alle wissen.“

„Weiß nicht, was du hast“, gibt Mercedes ungerührt leise zurück. „Solange er sich dabei wie ein Held fühlt, ist doch alles o.k. Er konnte seinen beiden alten Flammen aus der Patsche helfen. Ist doch tofte. Also, reg dich ab. Alles hat seine guten Seiten.“

Das ist ja wieder mal typisch für Mercedes. Aber je länger ich im Laufe der Stunde darüber nachdenke, desto mehr möchte ich ihr zustimmen. Wenn es schon solche Blödmänner wie diese beiden Typen gibt, dann ist es zumindest ungeheuer beruhigend zu wissen, daß wir auch Freunde haben. Hoffentlich wird Alex das auch so sehen.

Alex sieht es natürlich nicht so.

Nicht, daß sie rummosern oder Kriegszüge gegen dumme Jungs planen würde. Nein, sie igelt sich noch ein bißchen mehr ein und spukt den ganzen Tag nur mit ihrer Fotokamera in der Gegend herum.

Am Samstag versuche ich, mit ihr nochmal darüber zu reden. Aber alles, was dabei heraus kommt, ist, daß wir uns fast schon wieder streiten. Das darf echt nicht wahr sein. So eine blöde Geschichte in der Schule war echt genau das, was uns jetzt noch gefehlt hat.

Mein Kopf und mein Herz werden schwerer und schwerer.

Es erschreckt mich ein bißchen, aber ich bin fast froh, daß Alex am Sonntag eine Verabredung mit zwei Mädels aus ihrem Fotokurs hat. Ein Tag ohne Alex' kummervolle Miene, die sich von mir durch nichts aufheitern läßt.

Ich nehme mir vor, den Tag ganz für mich zu nutzen, nur schöne Dinge zu machen und alles davon restlos zu genießen. Zuerst schlafe ich lange. Dann gibt es ein ausgiebiges Frühstück. Dann zappe ich einmal kurz durch alle Kanäle, halte ein Schwätzchen mit Papa und höre ein paar meiner Lieblingslieder. Dann ... fällt mir nichts mehr ein, was ich tun und genießen könnte.

Nur eins, was ich schon lange nicht mehr getan habe.

„Ich bin bei Mercedes", rufe ich durch den Flur meinen Eltern im Wohnzimmer zu. Ihre Stimmen antworten mir. Wie früher, denke ich.

Der gewohnte Weg. In der Einfahrt kein Auto. Die Familie macht oft Ausflüge am Wochenende. Ich kann mich nicht daran erinnern, ob Mercedes am Freitag etwas von Wegfahren gesagt hat. Ich klingele. Mercedes öffnet die Tür. Von ihrer Familie ist weit und breit niemand zu sehen. Auch ihre kleine Schwester rennt nicht durch die Gegend.

„Hi", begrüße ich sie fröhlich.

„Hi", erwidert sie und grinst mich an. Sie bleibt in der Tür stehen.

„Wo sind alle?"

„Verwandtenbesuch. Ich konnte mich drücken“, erklärt sie mir mit ihrem Spioninnenlächeln.

„Gut gemacht! Wie sieht’s aus? Hast du Zeit für eine alte Freundin?“

Eigentlich ist das eher eine formale Frage. Ich gehe nicht davon aus, daß sie „nein“ sagt. Aber so, wie sie jetzt zögert, könnte es darauf hinauslaufen. Ein ganz seltsames Gefühl.

„Oh … ist Carsten da?“ erkundige ich mich vorsichtig. Vielleicht hatten sie einen kuscheligen Tag zu zweit geplant, und Mercedes will den jetzt nicht platzen lassen. Könnte ich verstehen.

Mercedes dreht sich um und schaut in Richtung ihres Zimmers. Ihr Blick ist entschuldigend, als sie jetzt sagt: „Wartest du mal eine Sekunde?“

Damit dreht sie sich um und läuft rasch durch die Wohnung. Ich höre ihre Stimme, dann kommt sie zurück. Sie sieht erleichtert aus. „Komm schon rein!“ sagt sie und umarmt mich kurz. Carsten hat also nichts dagegen, wenn ich ihr Tête-à-tête für eine Weile störe.

Aber als ich eintrete und in Mercedes’ Zimmer gehe, sitzt da nicht Carsten, sondern Jutta, die Freundin meines Bruders.

Ich bin ganz schön platt im ersten Moment.

Es ist ihr Anblick auf dem vertrauten hellgrünen Blümchenbettbezug. Und natürlich ist es die Tatsache, daß Mercedes sie erst gefragt hat, ob es ihr recht sei, wenn ich reinkomme. Ich fühle mich plötzlich ziemlich mies, wie ein stinkiges Stück Käse, das keiner will. Toller Tag ohne Alex.

„Hallöchen“, sage ich betont munter und stehe verloren mitten im Raum, bis Mercedes mich neben Jutta aufs Bett schubst. Sie selbst setzt sich auf den Boden vor uns.

Neben ihr steht ein kleiner Karton mit rosa und blauer Aufschrift. Ich betrachte ihn näher und werde blaß. Mercedes hat es gleich mitbekommen. Sie nickt. „Könnte sein, daß was schiefgegangen ist."

„Du …? Du meinst, du …?" Ich bringe es einfach nicht raus.

„Nicht ich", sagt Mercedes, und wir sehen beide Jutta an, die etwas gequält lächelt.

„Kann sein, daß du Tante wirst", umschreibt sie die Tatsache nett.

Mir wird übel. „Du bist schwanger?"

„So genau weiß das noch keiner. Deswegen macht sie ja den Test", erklärt Mercedes mir.

„Seit drei Wochen überfällig", ergänzt Jutta mit ersterbender Stimme.

Ich glaube, ich an ihrer Stelle würde ziemlich hysterisch.

Da sind massig Fragen in meinem Kopf. Zum Thema Verhütung, und wie das „passieren" kann und so. Aber ich komme mir ziemlich taktlos vor, sie auch nur zu denken. Jutta muß sich schrecklich fühlen. Sie ist ja auch erst einundzwanzig.

„Also, dann …", sagt Jutta und steht auf.

„Wollt ihr denn nicht auf Achim warten?" Ich könnte mir vorstellen, daß mein lieber Bruder doch sicher dabei sein möchte, wenn so etwas Entscheidendes geschieht.

Mercedes und Jutta sehen sich an. Jutta richtet ihren Blick auf das Päckchen, das Mercedes ihr hinhält, und nimmt es.

„Ich hoffe doch, du kannst dichthalten?!" sagt Mercedes knallhart zu mir.

Ich blinzele ein paar Mal. „Wie bitte? Er weiß nichts davon?"

Ich könnte eine ganze Menge mehr sagen, aber ich schaffe es gerade noch, meinen Mund zu halten. Denk erst nach, bevor du weitersprichst. Ich denke nach, aber ich komme immer zu dem gleichen Schluß: „Ist es nicht unfair, wenn er nichts davon weiß? Immerhin ist er auch daran beteiligt … zur Hälfte.“

„Vielleicht ist ja gar nichts“, beeilt Mercedes sich einzuwerfen.

Aber Jutta winkt ab. „Hast ja recht“, gibt sie betont ruhig von sich. Unter ihren Augen sind dunkle Ringe. Wahrscheinlich macht sie sich nicht erst seit heute Sorgen. „Aber leider ist es so, daß ich Schuld habe an dieser … Situation. Ich nehme die Pille und hätte einfach wissen müssen, daß es kritisch ist, wenn ich zwei Tage lang rumkotze, weil ich was Falsches gegessen hatte. Ich hab's ihm einfach nicht gesagt. Dabei wäre es so einfach gewesen, dann doch was anderes zu benutzen. Hab' nicht genügend nachgedacht, oder gedacht, uns passiert das schon nicht. Jetzt habe ich den Salat.“

„Und Achim wäre deswegen wahrscheinlich ziemlich sauer“, setzt Mercedes, an mich gewandt, hinzu.

„Ihr!“ sage ich.

„Wie?“ machen die beiden.

„*Ihr* habt den Salat!“ erkläre ich, an Jutta gewandt. „Nicht nur *du*! Und ich wette, Achim sieht es auch so.“

Verunsichert schaut Jutta mich an, dann Mercedes. Die seufzt und schüttelt sich unwillig. „Also meiner Meinung nach, gibt das nur Streß. Vielleicht ist ja alle Aufregung umsonst?“

„Und wenn nicht?“ kontere ich.

Jutta scheint tatsächlich zu überlegen. Sie dreht und wendet diese Packung in ihrer Hand und starrt sie an, als sei sie gerade von einem Ufo abgeworfen worden. Dann schüttelt sie den Kopf. „Ich werd' gleich sofort zu ihm gehen, wenn ich den Test gemacht habe. Aber nicht vorher. Ich bin sowieso schon ein Nervenbündel.“

Damit ist die Entscheidung wohl gefallen. Achim wird den ersten Schwangerschaftstest seiner Freundin nicht miterleben.

Ich stutze. Woher will ich wissen, daß es der erste Test ist? Was weiß ich denn überhaupt über meinen Bruder und seine Freundin? Ach, darüber will ich jetzt nicht auch noch nachdenken müssen.

Jutta verschwindet Richtung Bad, und Mercedes und ich starren uns für eine Weile reglos an.

Ich kenne ihre schwarzen Augen so gut. Und es hat mal eine Zeit gegeben, da konnte ich richtig eintauchen in sie. Ich bekam immer Herzrasen, wenn ich ihre Augen auf mich gerichtet sah. Das ist schon lange nicht mehr so. Jetzt ist ihr Blick mir einfach nur vertraut. Ich kenne jede seiner Variationen. Und jetzt liegen in ihm Zweifel und Fragen. Mercedes mustert mich gerade.

„Was guckst du so?" frage ich sie.

Nie im Leben würde Mercedes nach so einer Frage den Blick abwenden. Stattdessen schnackt ihre Augebraue hoch. „Du guckst doch auch."

„Ist was anderes. Ich gucke, weil du guckst. Und du guckst auf so eine bestimmte Art und Weise ..."

„Welche Art und Weise meinst du genau?" möchte Mercedes angespannt wissen.

„Als würdest du mich gerade zum ersten Mal sehen."

Jetzt wandert ihr Blick doch fort von meinem Gesicht zur Wand und bleibt an einem Poster von Bon Jovi kleben.

„Ich wußte nicht, daß du so eine enge Beziehung zu Achim bekommen hast. So, wie du dich gerade für ihn eingesetzt hast, das fand ich ... komisch, ungewöhnlich."

Ich wedele mit dem Zeigefinger. „Nö, nö! Ich habe mich nicht für ihn eingesetzt. Nicht für ihn persönlich, meine ich. Ich habe nur eine gewisse Vorstellung von einer Beziehung. Schließlich sind die beiden doch zusammen. Und da dachte ich, wäre es nur logisch, wenn sie bei so einer wichtigen Sache auch zusammen sind. Ganz einfach. Hat gar nichts damit zu tun, wie Achim und ich zueinander stehen."

Wir schweigen ein paar Minuten. Mensch, warum kommt Jutta nicht zurück? Dauert das denn so lange, auf einen Streifen Papier zu pinkeln?

„Hätte ja sein können, daß sich zwischen euch was verändert hat", sagt Mercedes schließlich.

„Wie meinst du das?" will ich wissen.

„Wie ich das meine? Na, genauso wie ich es gesagt habe. Fühl dich doch nicht angegriffen."

„Tu ich nicht!"

„Tust du doch."

„Ach, ja?"

„Ja, deine Stimme wird dann so komisch, wenn du denkst, ich will dir was. Will ich aber nicht. Ich dachte nur, es hätte ja sein können, daß sich was geändert hat."

„Das hättest du doch bestimmt mitbekommen, oder meinst du nicht?"

Mercedes schaut mich nur kurz an, zuckt die Achseln, sieht wieder weg.

Ich weiß, ich weiß. Ja, mir ist ganz klar, was sie meint. Seit ich mit Alex zusammen bin und sie mit Carsten, gehen wir immer öfter getrennte Wege. Obwohl wir uns geschworen haben, das nicht zu tun, niemals. Wir wollten immer zusammenhalten, als Freundinnen. Gegen alles, was uns passiert, alles, was uns umwerfen könnte.

Aber jetzt ist alles doch ein bißchen anders gekommen.

Genau darüber hatte ich ja mit ihr reden wollen, bilde ich mir jetzt ein.

Wahrscheinlich hätte ich das Thema eh nie anzusprechen gewagt, aber es ist irgendwie ein tolles Gefühl, sich das einzureden. Denn falls dem tatsächlich so wäre, wäre jetzt Jutta mit ihrem Schwangerschaftstest dazwischen geraten und ich trüge überhaupt keine Schuld daran, daß wir uns heute nicht aussprechen konnten.

Ach, was ist denn bloß los mit uns, verdammt nochmal?!

Bevor wir irgend etwas sagen können, öffnet sich langsam die Tür. Jutta kommt herein, blaß um die Nase und mit einem kläglichen Lächeln.

„Und?“ fragen Mercedes und ich wie aus einem Mund.

Jutta zuckt die Achseln. „Auf der Packung steht, wenn der Streifen sich blau verfärbt, dann ist ein Arztbesuch fällig – denn dann ist die Wahrscheinlichkeit einer Schwangerschaft sehr hoch.“

Sie hält den Papierstreifen hoch. Er ist eindeutig blau.

Ich halte die Luft an und weiß nicht, was ich sagen soll. Bedeutet das, daß ich jetzt Tante werde?

„Es gibt in der Ardeystraße eine Frauenberatungsstelle. Ich glaube, die können dir auch Tips geben, wohin du dich jetzt am besten wenden kannst“, legt Mercedes los. Sie kann es einfach nicht aushalten, nur so dazusitzen und nichts zu tun – so wie ich.

„Ich glaube, am besten wende ich mich jetzt mal an Achim“, erwidert Jutta mit einem schiefen Grinsen.

„Aber du läßt dich doch hoffentlich nicht auf irgendwelche Diskussionen ein?!“ schiebt Mercedes nach.

„Welche Diskussionen?“ frage ich, weil Jutta nicht antwortet, sondern nur auf den Teppich starrt.

„Na, soll sie das Kind vielleicht bekommen?“ ereifert sich Mercedes. „Mit gerade mal einundzwanzig! Sie muß natürlich abtreiben, Franzi.“

Ich schaue zu Jutta. Die hebt den Kopf und sieht mich aufmerksam an. Ich weiß, daß Achim und ich uns ziemlich ähnlich sehen. Vielleicht erinnere ich sie gerade an ihn. „Willst du das denn?“ frage ich sie.

Jutta legt die Hand auf ihren Bauch. Keine Ahnung, ob sie das bewußt tut, oder ob es einfach nur so geschieht. Mir fällt es jedenfalls auf.

„Ich weiß nicht“, sagt sie langsam, als fiele ihr das Sprechen schwer. „Ich weiß es nicht.“

Der Heimweg ist nicht wie immer. Straßenecken erscheinen mir verändert, Bäume größer, Büsche grüner. Klar, es ist Frühling. Aber auf dem Hinweg ist mir das noch nicht aufgefallen.

Vielleicht hat es etwas damit zu tun, daß ich mich plötzlich mit dem Gedanken an ein neues Leben beschäftige.

Ein neues Leben, das da in Jutta sitzt und langsam wächst. Dadurch könnte sich vieles verändern. Achims Leben könnte vollkommen umgekrempelt werden. Vorausgesetzt, Jutta und er beschließen, das Kind zu bekommen. Und eine Abtreibung, ändert die nicht auch was?

Ich weiß nicht, was ich davon halten soll. Ich meine, ich bin wirklich nicht dafür, daß halbe Kinder Babys bekommen, und daß diese Babys dann unter ihren Müttern leiden, weil die eigentlich noch was anderes vorhatten in ihrem Leben.

Aber Jutta ist kein halbes Kind mehr. Sie ist zwar jung, aber schon eine richtige Frau, erwachsen. Und ich hatte den Eindruck, daß sie den Gedanken an eine Abtreibung genauso komisch findet wie ich.

Jede Frau muß es selbst entscheiden. Aber wenn Jutta sich entscheiden würde, das Kind zu bekommen … also, ich könnte das verstehen.

Und Papa und Mama würden den beiden, oder besser den dreien, dann bestimmt auch helfen. Achim und Jutta bräuchten eine gemeinsame Wohnung. Und vielleicht würden sie ja auch noch heiraten vorher. Und dann müßte eine Wickelkommode her, Strampelanzüge, ein Kinderwagen, tausend Kleinigkeiten wie Nuckel, Fläschchen, tonnenweise Windeln. Ich glaube, Mama würde richtig aufgehen in ihrem Kaufrausch, und Papa wäre mächtig stolz. Ja, das glaube ich. Aber sagen darf ich zu Hause natürlich nichts. Das mußte ich Jutta vorhin hoch und heilig versprechen. Und das Versprechen werde ich auch halten, denn ich bin ehrlich gesagt gar nicht scharf darauf, meinen Eltern irgendein Geheimnis zu offenbaren, solange ich mein eigenes mit mir herumtrage.

Als ich heimkomme, steht Mama in einem todschicken Hosenanzug in der Küche und rührt in ein paar Töpfen, aus denen es super duftet. Ihr Gesicht sieht ein bißchen spitz aus, als ich ihr einen Kuß gebe.

„Hattet ihr einen netten Tag?“ begrüße ich sie.

„Hm“, lautet ihre Antwort.

Also scheint es mit ihrer schlechten Laune etwas Ernstes zu sein.

Während ich mich in der Küche herumdrücke und mir ein paar Bissen Salat in den Mund schiebe, kann ich Mamas miese Stimmung spüren wie elektrische Spannung.

Es ist fast, als wüßte sie, woher ich komme und was wir dort getan und besprochen haben. Als würde sie ahnen, daß ich ihr verschweige, daß sie möglicher Weise demnächst schon Oma wird. Au weia, daran habe ich noch gar nicht gedacht. Dieses Wort wird ihr gar nicht passen.

Aber jetzt mal ganz ernsthaft betrachtet: Sie *kann* es einfach nicht wissen. Deswegen soll sich bitteschön das schlechte Gewissen, das mir bereits den Rücken raufkriecht, ganz schnell wieder vom Acker machen. Ist nicht ein von mir gemachtes Problem, das da auf uns zukommt. Ausnahmsweise mal nicht.

„Gibt's was Neues?“ frage ich, denn sie hat es gern, wenn ich so aufmerksam bin und ihre schlechte Laune bemerke. Mütter wollen auch ein bißchen Aufmerksamkeit hin und wieder. Da fällt mir ein, daß sie heute nachmittag die Vorstellunggespräche mit den Frauen hatte, die die Stelle in der Boutique haben wollen.

Ja. Mama hat nämlich tatsächlich nicht lange gefackelt und gleich letzte Woche eine Anzeige in die Zeitung gesetzt, daß sie eine verläßliche Aushilfe sucht. Lydias Vorschlag ist also auf fruchtbaren Boden gefallen.

„Wie war die Vorstellung? Oder ist keine gekommen?"

„Drei sehr nette Frauen", nuschelt Mama, immer noch mit verknittertem Mund. „Ich hab' die beste genommen. Sie fängt morgen an."

Warum sie deswegen so megaschlecht drauf sein sollte, leuchtet mir ehrlich gesagt nicht ein. Aber ich brauche mir gar keine Gedanken mehr zu machen. Da kommt es auch schon: „Eine gewisse Lydia aus deinem Schreibkurs hat angerufen und gesagt, daß eure Kursleiterin immer noch krank ist. Der Kurs fällt deswegen am Dienstag wieder aus." Mamas Stimme klingt besonders scharf bei dem Wort „wieder". Mist. „Sie hat ihre Nummer hinterlassen. Liegt neben dem Telefon."

Ich tue so, als hätte ich ihren scharfen Ton nicht bemerkt und versuche, mich mit den Worten „Prima, dann kann ich ja doch mit euch essen" unauffällig in Richtung Telefontischchen zu verdrücken. Aber ich hätte mir denken können, daß ich nicht so leicht davonkomme.

„Franziska?"

Ich verharre in der geöffneten Tür.

„Du bist jetzt fast siebzehn", sagt Mama und dieser Satz klingt nach einem ziemlich großen „Aber". „Ist nicht einfach, von einer behüteten Tochter zu einer erwachsenen Frau zu werden", fährt sie fort. Ich merke schon, wie ich rot werde. Diese Nummer finde ich immer peinlich. „Dazu gehört unter anderem, daß du lernst, Verantwortung zu tragen. Offenheit und Ehrlichkeit gehören ebenso dazu. Wenn du also demnächst einen Ausflug machen willst, dann sag es doch einfach. Du brauchst nicht irgendwelche Kurse vorzuschützen ..."

Bevor sie noch etwas Supergescheites über wichtige Lernaufgaben Heranwachsender sagen kann, falle ich ihr ins Wort: „Letzte Woche wußte ich vorher nicht, daß der Kurs ausfiel. Ehrenwort. Und da bin ich mit einem anderen

Mädel aus dem Kurs, Lydia eben, in die Pizzeria. Wir haben uns verquatscht. Das ist alles."

Mama schaut etwas kariert. Ich denke, sie glaubt mir. Aber da kommt es schon: „Warum, um alles in der Welt, konntest du mir das nicht einfach sagen?"

Ich seufze und zucke mit den Schultern. „Ach, Mama, es gibt doch echt Wichtigeres, oder?"

Sie schaut mich groß an. „Ich dachte, bei dir würde es anders laufen als bei deinem Bruder", sagt sie. „Aber ihr seit euch doch verdammt ähnlich."

„Na, dann hast du ja jetzt schon Übung", erwidere ich. Als ich es ausspreche, weiß ich, daß das hart an der Grenze ist. Wird sie jetzt sauer? Oder lacht sie?

Einen Augenblick sieht sie so aus, als wüßte sie das selber nicht recht. Aber dann werden ihre Augen klein, und ihr Mund verzieht sich zu einem Grinsen. „Aber deine Schlagfertigkeit, die hast du von mir", meint sie, durchaus zufrieden.

Ich gehe zum Telefon, grabsche mir den Zettel mit der Telefonnummer und verbarrikadiere mich in meinem Zimmer. Der Zettel brennt in meiner Hand, und ich habe ein komisches Gefühl im Bauch.

Dieser Tag hat schon einiges zu bieten. Erst diese Sache mit Jutta, die vielleicht schwanger ist ... na ja, ziemlich wahrscheinlich. Und was das für ein Theater bedeuten wird, daran darf ich noch gar nicht denken ... Also denke ich lieber an Lydia und frage mich, was das nun wieder zu bedeuten hat. Sie hat ihre Telefonnummer hinterlassen. Heißt das, ich soll sie zurückrufen? Und wieso? Bedeutet ihre Telefonnummer auf diesem Zettel, daß sie mich gern sprechen oder vielleicht sogar treffen würde? Und ich? Was möchte ich? Au weia! Ich sehe Lydia vor mir, wie sie mit ihrer riesigen Pizza kämpfte und so locker von ihrem Leben erzählte. Ihr lesbisches Leben mit ihren lesbischen Freundinnen und mit ihren toleranten

Eltern, die alles prima finden, was sie tut. Ich denke an ihr Lächeln, das sie mir über den Tisch hinweg schickte, und an ihre Hand zum Abschied kurz an meinem Arm.

Irgendwie hatte es vielleicht doch einen Grund, warum ich Mama bei meiner Heimkehr letzte Woche überhaupt nichts davon erzählt habe. Ich hätte mich ertappt gefühlt. Aber warum?

Dienstagmittag werde ich unruhig. Alex ist in ihrem Fotokurs, und ich habe nichts weiter zu tun, als Hausaufgaben zu machen und nachzudenken. Die Hausaufgaben verschiebe ich immer wieder auf später. Und nachdenken will ich auch nicht. Es paßt mir überhaupt nicht, daß die Schreibgruppe heute wieder ausfällt. Ich hatte mich darauf gefreut, und ich wollte so gern ... Ja, ich wollte so gern Lydia wiedersehen. Einfach nur so. Weil mir unser Gespräch in der Pizzeria, auch wenn es erst eine Woche her ist, manchmal so unwirklich vorkommt. Und ich hätte gern das Gefühl, daß es ganz wahr und echt gewesen ist. Dazu müßte ich aber mit Lydia sprechen. Und deswegen schleiche ich den ganzen Nachmittag herum. Mal in die Küche, mal ins Wohnzimmer. Ich gehe sogar raus auf die Terrasse und sage dem Garten „Hallo“. Immerhin ist Frühling, und die Osterglocken öffnen bereits ihre gelben Blüten. Da ist eine nette Begrüßung von meiner Seite schon angebracht.

Auffällig jedoch ist, daß ich bei meinen kleinen Wanderungen durch die Wohnung immer wieder mal am Telefon vorbeikomme. Dann bilde ich mir ein, daß der Zettel in meiner Hosentasche verschwörerisch knistert, als wolle er sagen: „Ruf sie schon an! Na, los!“

Nach einer Weile verliere ich die Lust an diesem kleinen Spielchen mit mir selbst. Wie alt bin ich denn? Zwölf? Also, jetzt ist Schluß mit diesem Herumgeschleiche um den

Apparat. Entweder ich ruf' sie jetzt an, oder ich setz' mich endlich an die Hausaufgaben.

O.k., ich ruf' sie an!

Mein Finger tippt langsam die noch unvertrauten Zahlen. Wenn ich Alex anrufe, rasen sie immer über die Tastatur, denn Alex' Nummer kenne ich natürlich in- und auswendig, sogar rückwärts.

Aber warum vergleiche ich denn jetzt schon wieder das hier mit einer Alex-Situation? Hm. Im Grunde weiß ich ja, warum. Wenn ich mal ganz ehrlich zu mir bin, dann ist da irgend etwas. Ja, irgend etwas in mir, das ich bisher für Alex reserviert zu haben glaubte.

Au weia, Mercedes hat mal wieder recht gehabt. Sie hat mich neulich morgens eindringlich angesehen und warnend gesagt: „Paß bloß auf, Franzi!" Und ich hab' ihre Worte einfach so abgetan. Aber wie sollte ich dann jetzt meine feuchten Hände erklären?

Es läutet mehrmals. Ich will gerade erleichtert wieder auflegen – nicht gemeldet! –, da hebt jemand ab.

„Ja?"

Das ist ihre Stimme.

„Hallo, Lydia."

„Oh, hi Franziska."

„Genau. Ich bin's."

„Wir haben uns an der Stimme erkannt."

Ich kann sie durch die Leitung schmunzeln hören. „Richtig", erwidere ich. Es ist ein paar peinliche Sekunden lang still am Telefon. „Warum rufst du an?" fragt sie dann.

„Du hast deine Telefonnummer hinterlassen", antworte ich rasch. „Ich dachte, du willst, daß ich zurückrufe ..."

„Oh, das ... nein, ich wollte nur sichergehen, daß du auch die richtige Nachricht erhältst und im Zweifelsfall nochmal anrufen kannst. Eltern sind nicht die zuverlässigsten Anrufbeantworter, oder?"

Ich lache kurz, angespannt. „Nicht immer. Aber meine Mutter ist ganz o.k. Sie hat bei Stiftung Warentest ein ‚Sehr Gut' bekommen!"

Diesmal lacht Lydia, etwas länger als ich. „Trotzdem nett, daß du anrufst", sagt sie dann ganz unverfänglich. „Ist es nicht blöde, daß die Schreibgruppe nun schon wieder ausfällt? Dabei war ich schon so heiß darauf, endlich meine Hausaufgabe vorzulesen."

„Ich auch", sprudelt es aus mir raus, „ich hab' schon daran gedacht, ob wir sie uns nicht gegenseitig vorlesen könnten." Überrascht stelle ich fest, daß ich mir das tatsächlich schon überlegt habe.

Lydia ist angenehm überrascht. Das merke ich daran, wie sie erst kurz wartet und dann ein Lächeln zwischen ihren Worten tanzen läßt.

„Super Idee", meint sie dann, „ich weiß nicht, wie es dir geht, aber ich kenne sonst nicht viele Leute, die selbst schreiben. Und das ist etwas ganz anderes, als wenn ich meinen Freundinnen vorlese. Meistens finden die sowieso alles prima, was ich ihnen so präsentiere. Und ich weiß nie, ob sie das finden, weil sie sich selbst das Schreiben nicht zutrauen, oder ob sie es vielleicht einfach nur sagen, um mich auch bloß nicht zu kränken. Oder ob sie die Geschichte wirklich ganz toll finden. Kennst du das?"

„Klar, geht mir auch so", erwidere ich und komme mir vor, als würde ich Alex hinterrücks ein Messer in die Rippen schieben. Sie hört sich immer alles an, was ich schreibe, und sagt auch immer, daß sie es toll findet. Und ich genieße es sehr, wenn sie mich so lobt. Ich glaube, es würde sie wahnsinnig verletzen, wenn sie hören würde, was ich hier von mir gebe.

„Ach, du weißt es ja noch gar nicht", fahre ich rasch fort, um nicht länger darüber nachdenken zu müssen, „stell dir vor, ich hab' doch tatsächlich in diesem Schreibwettbewerb den dritten Preis gewonnen!"

„Wow! Herzlichen Glückwunsch! Aber ich hab' auch nichts anderes erwartet. Irgendwie hatte ich ein gutes Gefühl dabei", freut sie sich.

„Wirklich?"

„Ja, ich habe wohl einfach gemerkt, daß du das Zeug dazu hast."

Ich bin heilfroh, daß sie mich nicht sehen kann, denn ich spüre, wie mir heiß wird. Wahrscheinlich werde ich gerade knallrot.

„Ach, hör auf. Wir kennen uns doch kaum."

„Gut genug, um zu ahnen, was in der anderen drinsteckt, findest du nicht?!"

Wir schweigen beide einen Augenblick.

In der Leitung knistert es, und es kommt mir vor, als sei das nicht nur elektronisch, sondern etwas zwischen uns.

Ich weiß nicht, was ich sagen soll. Bisher dachte ich, es geht nur mir so. Ich glaubte, nur ich sei diejenige, die Lydia toll findet, vielleicht ein bißchen bewundert und ein Flattern im Bauch bekommt, wenn wir uns sprechen. Aber jetzt kommt es mir plötzlich so vor, als ob da bei ihr auch etwas ist. Obwohl ich mich ernsthaft frage, was sie an mir denn interessant finden könnte. Doch das habe ich damals bei Alex auch gedacht. Da konnte ich auch nicht glauben, daß sie meine Gefühle erwidert, und ...

Alex.

Ihr verschmitztes Gesicht ist mir so vertraut, daß ich es mir jeder Zeit vor mein inneres Auge holen könnte. Und jetzt erscheint es ganz von allein. Ihr Blick, nur in meinem Kopf, taucht tief in mich hinein. „Schlechtes Gewissen" ist eigentlich keine ausreichende Bezeichnung für das, was ich fühle.

„Wie wäre es mit morgen?" höre ich Lydias Stimme wie von fern.

„Morgen?" wiederhole ich bestürzt.

„Ja. Das gegenseitige Vorlesen, das du gerade vorgeschlagen hast. Hast du morgen Zeit?“

„Nein“, antworte ich. Es ist wie ein Reflex. „Nein, hab’ ich nicht.“

„Schade. Den Rest der Woche kann ich nämlich nicht.“

„Aha“, mache ich. Wahrscheinlich sollte ich jetzt etwas sagen wie „Geht es denn am Wochenende?“ oder so, aber ich bringe es nicht über die Lippen. Alles in mir sträubt sich plötzlich. So sehr ich mich gefreut habe, ihre Stimme zu hören und mit ihr zu sprechen, ebensosehr möchte ich jetzt das Gespräch beenden. Es ist wie verhext mit mir.

„Na ja, wir finden schon irgendwann eine Möglichkeit“, sagt Lydia schließlich. Ist da wirklich Enttäuschung in ihrer Stimme zu hören? „Und Gisela wird nächste Woche wohl wieder gesund sein, dann sehen wir uns ja sowieso.“

„Richtig.“

„Also, dann …“

„… ja.“

„Bis nächste Woche in der Schreibgruppe.“

„Bis nächste Woche.“

„Schön, daß du angerufen hast.“

Noch einmal macht mein Herz einen kleinen Hüpfer. Aber zugleich tut es weh, und ich kann dieses Gefühlschaos einfach nicht länger ertragen.

„Kein Problem. Bis dann!“

„Tschüß.“

Ich lege auf und starre noch sekundenlang auf das Telefon.

Was war das denn jetzt?

Wie hypnotisiert gehe ich in mein Zimmer und lasse mich aufs Bett fallen. Mir wird gerade etwas klar. Mir wird klar, daß hier etwas passiert, das ich nicht so einfach übersehen kann.

Dieses Herzflattern und Magenkneifen, das sind untrügliche Zeichen dafür, daß irgendwas schiefläuft. Ich weiß einfach nicht, was ich denken und tun soll. Ich glaube, es ist nun endgültig an der Zeit für ein ernsthaftes und ausführliches Freundinnengespräch.

Ich nehme den Weg durch den Wald. Es dämmert schon, und ich gehe schnell.

Von weitem kann ich Ritas Stimme über den Platz schallen hören. Als Reitlehrerin braucht sie wohl neben all ihren anderen Fähigkeiten und Kenntnissen über Pferde auch noch ein umwerfendes Stimmvolumen. Mercedes und noch eine junge Frau werden da auf dem Platz herumkommandiert.

Das ist einer der Gründe, wieso ich nie in einen Sportverein gehen würde. Dieses Drangsaliertwerden durch eine Trainerin oder einen Trainer geht mir einfach gegen den Strich.

Mercedes aber strahlt über das ganze Gesicht. Damit meine ich nicht, daß sie sich totlacht, da oben auf ihrem riesigen Pferd. Ich meine, sie strahlt. Ihr Gesicht leuchtet und ist vor Eifer und Anstrengung gerötet. Für sie gibt es nicht Tolleres als diese Schweißarbeit. Na ja, außer vielleicht, mit Carsten zu knutschen. Aber das ist ja wohl etwas ganz anderes.

„Machen wir Schluß für heute!“ ruft Rita. „Es wird zu dunkel. Anne, reite Jehova drinnen in der Halle trocken. Du kannst hier auf dem Platz bleiben, wenn du willst, Mercedes.“

Damit ist die Stunde also beendet.

Mercedes lockert Charlies Sattelgurt und läßt die Zügel hängen. Charlie macht einen langen Hals und schüttelt schnaubend den Kopf.

„Willst du?“ fragt Mercedes mich, und mein erster Impuls ist es abzulehnen. Aber dann überlege ich es mir rasch anders und nicke.

Mercedes sieht ein wenig überrascht aus, aber erfreut, und springt aus dem Sattel. Charlie schnuppert an meiner hingehaltenen Hand, von der er sich offenbar einen Leckerbissen erhofft. Ich enttäusche ihn nicht. Immer wenn ich hierher auf den Hof komme, stecke ich eine Karotte oder einen Apfel ein. Während er zufrieden kaut, hilft Mercedes mir hinauf. Jedesmal in solchen Situationen denke ich, Charlie ist das riesigste Pferd der Welt.

Meine Freudin setzt sich auf die Gatterabsperrung und sieht mir zu, wie ich mit ihrem Pferd kreuz und quer in gemächlichem Schritt über den Platz reite.

„Hast du lange nicht mehr gemacht", bemerkt sie, als ich einmal an ihr vorbeikomme. Ihre Stimme klingt teils erfreut, teils ein wenig wehmütig.

Vielleicht denkt sie manchmal an die Zeit, in der ich fast täglich mit ihr hier war. Damals habe ich ihr oft die „Arbeit" des Trockenreitens abgenommen, weil ich dabei nämlich nichts anderes machen muß, als oben zu bleiben und Charlie hin und wieder etwas anzutreiben, damit er nicht ganz stehen bleibt oder sich gar mitsamt Sattel in den Spänen wälzt.

Seltsamerweise genieße ich diesen geruhsamen Ritt.

Ich habe nicht gemerkt, daß ich es vermißt habe. Aber jetzt, wo ich die Welt von hier oben aus betrachte, das sanfte Schaukeln, der pferdige Geruch … ja, ich denke, ich sollte das mal wieder öfter machen.

„Schön!" rufe ich Mercedes zu, und sie lacht fröhlich.

Mir fällt plötzlich wieder ein, wieso ich eigentlich hergekommen bin, und mein Herz rutscht mir in die Knie. Schon allein der Gedanke, daß ich Mercedes von Lydia und meinen konfusen Gefühlen erzähle, macht mir Angst. Ich verabrede still mit mir selbst, daß ich noch warte, bis Charlie geputzt und gefüttert und wohl versorgt in seiner Box steht.

Die Minuten ziehen dahin. Charlies Hals wird lang und

länger. Mercedes springt vom Gatter. „Ist in Ordnung. Er hat heute nicht so geschwitzt. Komm, wir bringen ihn rein."

Sie führt ihr Pferd am Zügel, ich bleibe noch sitzen. In der Stalltür muß ich den Kopf einziehen.

Als wir reinkommen, knipst Rita gerade das Licht in der Stallgasse an und meckert: „Wenn ich die erwische, die Samsons Zaumzeug in die Futterkiste gelegt hat, dann setzt es was!"

Mercedes und die junge Frau, die ein Reitschulpferd in seiner Box versorgt, beachten sie gar nicht. Sie sind es gewöhnt, daß hier alle mit den Viechern oder auch einfach mit sich selbst sprechen.

Ich stehe dabei, während Mercedes Charlie abzäumt und helfe ihr, Sattel und Decken in die Sattelkammer zu tragen.

Derweil wächst ein Kloß in meinem Hals. Soll ich Mercedes wirklich davon erzählen? Plötzlich denke ich, daß es vielleicht gar nicht gut ist, wenn sie davon weiß. Nicht, daß ich glaube, sie würde es Alex erzählen, nein, ganz sicher nicht, auf Mercedes kann ich mich total verlassen. Es ist eher meine Befürchtung, daß sie sich dann Alex gegenüber nicht mehr so locker verhalten kann. Einfach weil sie etwas weiß, das Alex nicht weiß. Etwas Wichtiges. Und das kommt noch dazu: Mit einem Mal finde ich, daß meine wie-auch-immer-Gefühle zu Lydia so ein wahnsinniges Gewicht bekommen, wenn ich Mercedes davon erzähle. Dadurch wird das alles zu einem Problem, und ich bin mir gar nicht sicher, ob es eigentlich ein Problem gibt. Ist Lydia für mich schon nach zweimal Sehen und einmal Telefonieren zum Problem geworden? Was würde das dann für Alex und mich bedeuten?

Mein Kopf wird ganz schwer, während ich im schummrigen Licht der Stallbeleuchtung auf einem Schemel hocke und warte.

Die Pferde sind unruhig. Fressenszeit. Rita rührt einen

dampfenden Brei an und verteilt ihn dann in die Tröge. Einen Arm voll Heu bekommt auch jeder. Von allen Seiten dringt das Mahlen der großen Pferdezähne zu uns. Die Tiere, die sich gerade noch ungeduldig in ihren Boxen drehten und mit den Hufen stampften, sind plötzlich ganz still. Nur das zufriedene Schnauben ist zu hören.

Ich glaube, dies ist der friedlichste Augenblick, den ich mir vorstellen kann. Umgeben von den großen, warmen Körpern und dem lauten Atmen. Irgendwie ist mir plötzlich zum Heulen.

„Kein Stroh mehr da für morgen früh", stellt Mercedes mit einem Blick in die leere Nachbarbox fest, die zur Zwischenlagerung für Stroh dient. „Kommst du mit, welches aus der Scheune holen?"

Ich nicke und trotte hinter ihr her. Auf dem Hof dreht sie sich zu mir um und verlangsamt ihren energischen Schritt.

„Was'n los?"

Oh, nein, jetzt spricht sie mich auch noch darauf an, denke ich. Dabei habe ich mich noch gar nicht entschlossen, ob ich es erzählen will oder nicht.

„Triffst du dich gleich mit Carsten?" erkundige ich mich. Wenn sie jetzt „ja" sagt, dann erzähle ich nichts. Dann haben wir eh keine Zeit, um lange zu diskutieren. Wenn sie „ja" sagt, dann lasse ich einfach alles noch auf sich beruhen.

„Nein", sagt Mercedes.

Ich werde gleich ohnmächtig.

„Carsten hat ein Fußballspiel. Und so frisch verknallt bin ich nicht mehr, daß ich mir das schon wieder anschauen muß."

„Oh, toll", sage ich, und es klingt, als hätte sie mir gegen das Schienbein getreten. „Dann könnten wir ja was miteinander machen. Zum Beispiel ins Kino gehen? Oder einfach nur bei dir ein bißchen Musik hören?!"

Sie haut mir mit der Hand auf den Hintern. „Machen wir! Ich muß aber noch kurz bei Jutta anrufen, mal fragen, wie es bei ihr so aussieht. Bist du nicht auch gespannt, wie Achim reagiert hat?“

Peng! Als ob Juttas Name allein schon ausreichen würde, geht meine Stimmung gleich noch um ein paar Stockwerke tiefer. Ich hab' doch selbst schon genug Probleme. *Wenn* Lydia ein Problem ist, dessen ich mir ja nicht sicher bin …

„Werde ich noch früh genug erfahren“, antworte ich muffelig. „Ich dachte, wir könnten mal wieder Zeit allein verbringen. Ich meine, ohne irgendeine Störung von außen. Ich hab' dir was Dringendes zu erzählen.“

Mercedes hebt die Brauen. „Ist nur ein Anruf. Ich werd's kurz machen. Aber ich hab' sie seit Sonntag nicht gesprochen, und es ist doch nett, wenn ich mich mal bei ihr melde, oder?“

„Warum meldet sie sich nicht? Sie müßte doch wissen, daß du dir Gedanken machst?“

Mercedes bleibt stehen und stemmt ihre Hände in die Hüften, als wollte sie sagen: „Jetzt reicht's!“

„Franziska, was ist eigentlich mit dir los? Du bist seit Wochen total komisch. Wenn ich mal was mit Jutta mache oder auch nur von ihr erzähle, bekommst du immer diesen Blick.“

„Was für einen Blick? Unsinn!“ erwidere ich und komme mir ziemlich ertappt vor.

„Kein Unsinn.“ Sie kichert. „Du bist doch nicht etwa eifersüchtig?“

„Geht's dir noch gut?“

„Ich mein' ja nur.“ Mercedes geht langsam weiter. „Jedenfalls bist du seltsam in letzter Zeit. Und seit dem Wochenende, also seit dem Schwangerschaftstest, bist du megakomisch. He, ich sag' dir was: ich habe Jutta das Kind nicht gemacht! Ist es jetzt wieder in Ordnung?“

Ich grunze nur.

Mercedes seufzt. „Vielleicht ist es deshalb, weil wir eben andere Probleme haben als ihr.“

Es kommt mir vor, als hätte ich eine Bratpfanne vor den Kopf gekriegt. Habe ich richtig gehört? Irgendwie kann ich nicht ganz greifen, was sie gesagt hat. Etwas daran kommt mir seltsam verdreht vor. Ohne zu antworten, gehe ich hinter ihr her in die riesige Scheune, wo Hunderte von Strohballen sorgfältig gestapelt liegen. Wir ziehen uns einen der Rollkarren heran und beginnen schweigend, Ballen heranzuschleppen. Erst nach einer Weile läßt meine Betäubung nach. Als wir gerade gemeinsam ein sperriges Rechteck Stroh auf den Wagen wuchten, frage ich vorsichtig: „*Ihr* habt andere Probleme als *wir*? Wer ist *ihr*? Und wer sind *wir*?“ Nur, um sicher zu gehen, daß ich mich nicht verhört habe.

Mercedes rollt mit den Augen, was bei ihren fast schwarzen Pupillen mörderisch aussieht.

„Jetzt tu bloß nicht so, als hätte ich was Falsches gesagt. Ich meinte damit: Ihr habt das Problem ‚Coming-out‘. Und wir haben das Problem ‚ungewollte Schwangerschaft‘. Und diese Probleme sind zur Zeit leider bei uns und bei euch sehr aktuell.“

Ich wußte doch, daß da was nicht stimmt! Meine beste Freundin macht gerade einen Unterschied zwischen ihrem und meinem Leben. Zum ersten Mal – und ganz bewußt. Das haut mich um. Ich kann gar nichts sagen. In meinem Kopf schallt Echo, und ich bin nicht fähig, irgendwas herauszubringen. Eine kalte, knochige Hand greift nach meinem Hals und drückt zu.

„Franzi? Nee, komm, jetzt mach nicht einen auf schwer betroffen. Ich hab’ nichts Falsches gesagt!“

„Du hast ‚ihr‘ und ‚wir‘ gesagt, Mercedes. Und du meinst damit Jutta und dich im Gegensatz zu Alex und mir“, würge ich heraus.

„Na und?“ pflaumt sie mich an. „Was ist denn daran so schlimm?“

Was daran schlimm ist? Warum versteht sie das nicht von allein? Für mich ist es doch auch so klar!

Mercedes schnallt mit einigen Mühen die Strohballen auf dem Wagen fest und sieht mich dann genervt an. „Franziska, komm schon. Es reicht. Wir haben jetzt andere Probleme, als hier zwei Worte auseinanderzupflücken.“

„Wer hat die Probleme? Ihr? Oder wir?“ erwidere ich bissig.

Mercedes schaut mich einen Moment lang ungläubig an. Dann verdüstert sich ihre Miene. „Du weißt ja, wo du mich findest, wenn du dich von deinem Tick wieder erholt hast“, sagt sie, umfaßt den Griff des Rollwagens und zieht das Ding mühsam, aber wild entschlossen hinter sich her.

Ich gebe mir einen Ruck und schiebe von hinten ein bißchen, bis wir auf dem Hof angekommen sind.

Ohne ein Wort verschließt Mercedes die Scheunentür und geht über den glatten, festgetrampelten Hofboden fort.

Ich schaue ihr nicht nach, sondern starre auf den Boden und lausche ihren sich rasch entfernenden Schritten, dem Rumpeln des Strohwagens. Plötzlich habe ich furchtbare Angst, daß sie nicht mehr wiederkommt. Daß sie vielleicht gerade zum letzten Mal geht. Weg von einer sturköpfigen, egoistischen Freundin, die nur an sich denkt und meint, ihre Probleme seien die schrecklichsten.

Manchmal würde ich mich am liebsten selbst verlassen.

Die nächsten Tage sind echt die Hölle. Die Schreibgruppe fällt noch einmal aus, was ich in der Schule von Dieter erfahre. Ich will gar nicht darüber nachdenken, wieso Lydia in der Telefonkette nicht mich angerufen hat. Und jetzt kommt auch noch dieser dumme Streit dazu. Mercedes spricht nur das Nötigste mit mir.

Und Alex ist so in ihrem eigenen Film, daß sie gar nicht richtig mitbekommt, was sonst so abgeht. Alex Film heißt „Ich will nicht anders sein als die anderen“, und sie spielt darin natürlich die Hauptrolle. Von dem Streit zwischen Mercedes und mir habe ich ihr nicht im Detail erzählt. Konnte ich nicht. Denn wenn sie jetzt erfahren würde, daß auch Mercedes solche Schranken im Kopf hat, würde sie bestimmt völlig aufgeben. Ich hab' einfach gesagt, Mercedes und ich hätten uns wegen Jutta in die Wolle bekommen. Wenn man's nicht so eng sieht, stimmt das ja sogar. Trotzdem hab' ich das Gefühl, sie belogen zu haben.

Langsam nimmt das etwas überhand mit dem Unwahrheiten-sagen. Es drückt mir ganz schön die Luft ab. Es ist so schlimm, daß ich „nein“ sage, als Alex am Wochenende vorschlägt, zu dem alten verfallenen Haus im Wald zu gehen. Dort war ich früher immer mit Silke. Dorthin sind Alex und ich gegangen an dem Tag, an dem wir uns kennengelernt haben. Dorthin will ich jetzt nicht. Nicht, solange alles noch so in der Luft hängt. Nicht, solange ich das Gefühl habe, Alex nicht die Wahrheit sagen zu können. Die Wahrheit über Mercedes und meinen Streit, und die Wahrheit über Lydia ... wenn es da überhaupt irgendeine Wahrheit gibt.

Ich bin regelrecht froh, als am Montag wieder Schule ist und ich abgelenkt bin durch Hausaufgaben, die in ihrer Menge und ihrem Schwierigkeitsgrad eigentlich ein Fall für Amnesty International sind. Den ganzen Nachmittag sitze ich an meinem Schreibtisch und verneble meine Gedanken mit mathematischen Formeln, physikalischen Gesetzen, einem englischen Wirtschaftstext über die Computerbranche und einer gepfefferten Gedichtanalyse.

Es wird dämmrig, und ich muß die Schreibtischlampe anknipsen. Einmal steckt Papa seinen Kopf durch den Türspalt und zwinkert mir zu. „Lernst du?“

„Non scolae, sed …“, beginne ich schleppend, aber er lacht sowieso schon.

Diesen lateinischen Spruch habe ich früher oft von ihm zu hören bekommen, wenn ich mich über Hausaufgaben beklagt habe: „Nicht für die Schule, sondern für das Leben lernen wir“, hieß der Satz. Klar, da ist was dran. Gute Noten, gute Ausbildungsmöglichkeit, Studium, mehr Chancen auf eine gute Stelle, mehr Geld, bessere Lebensqualität durch finanzielle Absicherung, bra, bra, bra, ich kenne das alles. Aber wenn ich nach dreimaligem Nachrechnen drei verschiedene Lösungen für die Matheaufgabe rausbekomme, möchte ich am liebsten das ganze Latein auf den Mond schießen – einfach, weil es in dieser Sprache solche schlauen Sprüche gibt.

Ich lasse einfach alle drei Zahlen stehen und nehme mir vor, morgen ganz fortschrittlich ein paar Alternativen zu bieten. Ich bezweifle zwar, daß das bei unserem Mathelehrer gut ankommt, aber etwas Mut zum Risiko gehört schon dazu, wenn man neue Wege beschreiten will.

Mit diesem tröstlichen Gedanken im Kopf und laut gähnend, schleppe ich mich aus meinem Zimmer. Vielleicht gibt es im Kühlschrank ein paar aufregende Entdeckungen. Ich habe gehört, wie Mama Einkaufstüten hereingetragen hat, als sie nach Hause kam.

Mama sitzt im Arbeitszimmer und tippt Belege ein. Diese Arbeit haßt sie eigentlich. Deswegen wundert es mich, daß ich sie leise summen höre, als ich an der offenen Tür vorbeigehe.

Ich klopfe an den Rahmen, und sie dreht sich auf dem Schreibtischstuhl herum, lächelt mich an.

„Na, mein Schatz, Hausaufgaben fertig?“

Ich nicke. „Ich weiß nicht, was die so alles von euch verlangen“, sagt sie mitfühlend. „Am Wochenende hast du auch schon bis in die Nacht da gesessen und gearbeitet …“

„Ich hab' eine neue Geschichte geschrieben", sage ich einfach. Es kommt ganz leicht heraus. Zwar kommt es mir ein wenig seltsam vor, aber ich sehe ihrem Gesicht an, daß es o.k. ist – mehr als das. Sie strahlt.

„Ach, das freut mich! Bekomme ich sie zu lesen?"

Ich druckse herum. Die neue Geschichte habe ich geschrieben über alles, was mir im Moment das Leben schwermacht. Ich hab' sie geschrieben, weil ich es selbst so schrecklich fand, daß ich mit Alex nicht zu dem alten Haus gehen wollte. Weil ich mich nach der Zeit vor einem halben Jahr zurücksehne. Und weil ich ja doch weiß, daß niemand die Zeit einfach so aufhalten kann. Geht nicht. Aber es geht, eine Geschichte zu schreiben und sich hinterher ein bißchen besser zu fühlen. Aber ob ich das vorlesen will, nein, das weiß ich nun wirklich nicht.

„Schon gut. Schon gut", lacht Mama jetzt. „Kann mir vorstellen, daß es nicht immer für Augen und Ohren von Eltern bestimmt ist, was du so verfaßt. Nur keine Panik."

„Mama!" stöhne ich. Denkt sie denn, daß ich Pornos schreibe?

„Doch, doch. Ich war schließlich auch mal in deinem Alter. Habe Gedichte geschrieben und so. Tja, und jetzt guck dir an, was daraus geworden ist ..." Sie deutet fröhlich auf ihre Arbeitsunterlagen.

„Und du bist dabei quietschvergnügt?" frage ich.

Mama rutscht auf ihrem Stuhl hin und her und sieht mich lebhaft an. Ihre Augen haben ein seltsames Gemisch aus Grün und Braun. Je nach Stimmung überwiegt mal die eine, mal die andere Farbe. Wenn ihre Augen so grün sind wie jetzt, dann ist sie verdammt munter.

„Ich hatte heute einen super Tag. Habe Frau Rotfuchs mal für zwei Stunden allein im Laden gelassen. Ich dachte, nach einer Woche geht das schon. Es war mittags, da kommt sowieso nur wenig Kundschaft. Aber als ich zurückkam, kassierte sie gerade zwei Kundinnen ab. Frau von Mans und Frau Schöpfner. Du weißt ja, wie anspruchsvoll die sind. Und was soll ich sagen? Die beiden waren voll des Lobes. Frau von Mans hat gesagt, ich hätte da ‚ein echtes Goldstück entdeckt'." Mama verstellt ihre Stimme zu einem näselnden Piepen. Ich muß lachen. „Doris und ich haben dann Brüderschaft … ach, was sag' ich, Schwesternschaft getrunken. Mit Orangensaft, aber es gilt. Sie meint, sie hat die beiden so eingelullt, daß sie gar nicht anders konnten, als ihren Monatsetat zu überschreiten. Ich glaube, wenn das so weitergeht, werde ich deinen Vater schon bald mal auf eine kleine Reise begleiten können. Doris wird das Kind schon schaukeln. Es war eine wunderbare Idee von dir, mein Schatz!"

Ah, deshalb hat sie so gute Laune. Ich bin ziemlich stolz, daß mein Vorschlag auf so fruchtbaren Boden gefallen ist. Na ja, eigentlich war es wohl eher Lydias Vorschlag. Aber das weiß Mama ja nicht.

„Und weißt du, was sich heute herausstellte, wer Doris ist?" Mama sieht mich mit ihrem „Tolles-Rätsel-Gesicht" an, und ich tue ihr den Gefallen.

„Du meinst, sie ist gar nicht wirklich Doris Rotfuchs, sondern hat eine andere Identität? Hm … Queen Mom?"

„Ach, Franzi, die ist doch viel zu alt!"

„Cher? Oh, bitte, laß es Cher sein!" bettele ich zum Spaß. Wenn Mama so strahlt, bekomme ich auch immer gleich gute Laune.

„Wer so wenig Stoff am Leib trägt, eignet sich nicht für eine Angestellte in einer Boutique."

„Tja, dann bleibt nur noch Wynona Ryder. Ich hab' gehört, ihr letzter Film war ein Flop."

„Ach, die, die habe ich beim Vorstellungstermin nach Hause geschickt. Schließlich will ich nicht, daß du den ganzen Tag im Laden rumhängst und dich von Kopf bis

Fuß mit Autogrammen zuschmieren läßt. Nein, Doris Rotfuchs ist die Freundin von Alex' Vater." Sie grinst geheimnisvoll.

Mir fällt mein Lächeln geradewegs aus dem Gesicht und landet auf dem flauschig-weichen Teppichboden. „Was?" gurgele ich. Das darf doch nicht wahr sein! Ich stelle mir vor, wie Mama und Doris gemeinsam in der Boutique stehen und ihre frische Freundschaft mit einem Quätschchen feiern. Was weiß Doris alles über die Tochter ihres neuen Freundes?

„Besonders erfreut scheinst du nicht zu sein", bemerkt Mama ganz richtig und beginnt, ihre Zettel neu zu sortieren.

„Na ja ... du weißt doch ..." Ich beende den Satz nicht. Wieder einmal wird diese schreckliche Situation in Alex' Zimmer in meiner Erinnerung lebendig.

„Ja, ja, ich weiß", meint Mama. „Aber so wie Doris erzählt, scheint er gar nicht so ein übler Kerl zu sein. Ich habe ja bisher nicht viel Gutes von dir über ihn gehört. Aber vielleicht hat es bei euch einfach mal irgendein Mißverständnis gegeben. Ich denke, wenn er sich so eine nette Frau angeln kann, dann muß er doch auch etwas charmant und umgänglich sein."

Ich schlucke und schweige dazu lieber.

„Jedenfalls wurde Doris heute nachmittag immer nervöser, weil sie nämlich heute abend Alex kennenlernen soll. Die drei wollen zusammen essen gehen."

Das wird ja immer besser. „Heute abend?" wiederhole ich und sehe auf die Uhr. Es ist gleich sieben. „Da muß ich sie aber noch eben anrufen."

„Grüß schön!" Mama wendet sich wieder ihrer Arbeit zu.

Ich stürze zum Telefon und tippe rasend schnell die Nummer, die ich so gut kenne. Wie immer, wenn ich abends anrufe, klopft mein Herz. Denn dann kann es durchaus passieren, daß ich zuerst ihren Vater an der Strippe habe. Immer eine unangenehme Situation. Aber heute habe ich Glück. Alex hebt ab. Und daran, wie sie sich meldet, höre ich, daß sie nicht gut drauf ist.

„Ich bin's. Hast du 'ne Sekunde Zeit?"

„Aber echt nur 'ne Sekunde", sagt Alex mit Grabesstimme. „Ich habe nämlich eine Verabredung zum Abendessen."

„Ich weiß. Du lernst heute die Freundin von deinem Vater kennen, nicht?"

Alex pustet überrascht die Luft aus. „Ich vergesse immer, in was für ein Nest wir gezogen sind", meint sie dann. Ich muß mir ein Lachen verkneifen, denn als sie gerade hier angekommen war, vor einem halben Jahr, war sie sehr angetan von diesem „Nest". Sie kannte ja nur die Großstadt und fand die Natur und den persönlichen Bezug der Menschen zueinander toll. Am Anfang hat sie sich noch keine Gedanken darum gemacht, was diese Nähe auch bedeutet: Klatsch und Tratsch, sobald man den Nachbarn den Rücken zudreht.

„Daran ist diesmal ausnahmsweise mal nicht das Nest Schuld", erwidere ich. Ich weiß, daß sie zu Hause in der Diele steht und ihr Vater wahrscheinlich jeden Augenblick um die Ecke kommen kann. „Ich weiß nicht, ob es eine gute oder eine schlechte Nachricht ist, aber Mama hat mir gerade erzählt, daß die Neue in der Boutique die Freundin von deinem Vater ist."

Alex entfährt ein kleiner Schrei. „Nee, ne?!"

Ich nicke kräftig, obwohl sie es ja nicht sehen kann.

„Das gibt's doch nicht!" haucht Alex, unschlüssig, was sie davon halten soll. „Bist du sicher?"

„Wenn sie es Mama doch erzählt hat!"

„Wie heißt sie?"

„Doris Rotfuchs."

„Scheiße!“

Wir schweigen.

„Wieso Scheiße?“ will ich dann wissen. „Ist doch gar nicht raus, ob das negativ für uns ist.“

Alex lacht nervös. „Nein, stimmt, das ist nicht raus. Und sie hat deiner Mutter erzählt, daß wir heute abend essen gehen?“

„Hat sie. Und ich denke, du kannst beruhigt sein. Sie hat gesagt, sie sei wahnsinnig nervös.“

„Was?“ macht Alex.

Ich wiederhole eifrig: „Nervös ist sie, hat sie gesagt. Wahrscheinlich hat sie Schiß, daß sie dir nicht gefällt und du deinen Vater dazu überredest, sie wieder fallen zu lassen wie ’ne heiße Kartoffel.“

Darüber muß sie erst einmal nachdenken. Ich wette, sie hat die Hosen ziemlich voll. Stelle ich mir verdammt merkwürdig vor, nach so vielen Jahren, in denen sie nach dem Tod ihrer Mutter mit ihrem Vater allein war, plötzlich eine unbekannte Frau vorgesetzt zu bekommen.

„Er hat mir noch nie eine vorgestellt“, sagt Alex da leise, als hätte sie meine Gedanken erraten. Sie klingt so verwirrt, traurig und ängstlich, daß ich sie am liebsten sofort in den Arm nehmen würde.

„Klar hat er hin und wieder mal eine Freundin gehabt. Ist ja auch nur ein Mann. Aber nie für länger. Und ich habe sie höchstens mal gesehen, wenn sie zusammen ausgegangen sind und sie ihn abgeholt hat oder so. Er hat sie mir nie offiziell vorgestellt. Und wir sind auch nie mit einer essen gegangen. Verstehst du, Franziska? Ich meine, vielleicht will er sie heiraten?“

Mein Herz rast. Und ich habe nicht mal eine logische Erklärung dafür, sondern ich spüre einfach nur, wie es Alex geht. Ich wette, ihr Puls rennt noch schneller als meiner. Ich versuche, meiner Stimme einen zuversichtlichen Klang zu verleihen, als ich sage: „Was ist so schlimm daran? Ist doch klasse! Stell dir vor, dann hättest du wieder eine Familie."

Alex macht ein Geräusch, als würde sie husten. „Ach, komm schon. Diesen Schwachsinn mit der seligmachenden Stiefmutter wie in Hollywood, den glaubst du doch auch nicht!"

„Sie würde nie deine Mutter sein", sage ich und weiß, daß es das einzig richtige ist, das ich darauf antworten könnte.

„Nie", bestätigt Alex. „Aber sie würde seine Frau sein. Und ich bin nun mal seine Tochter. Irgendwie eine perverse Situation, oder?"

Stimmt. Ich finde das auch pervers, aber ich sage es nicht.

„Es könnte doch auch nett sein", wage ich noch einen letzten Versuch. „Stell dir vor, du verstehst dich super mit ihr, und …"

„Da kommt er", unterbricht Alex mich. „Ich muß aufhören." Dann ändert sich ihr Tonfall. „Wir sehen uns dann morgen in der Schule, ja?"

„Ja", erwidere ich lahm. „Bis morgen."

Und schon legt sie auf.

Als ich ein paar Stunden später im Bett liege, kann ich einfach nicht einschlafen. Immer horche ich, ob nicht vielleicht das Telefon nochmal geht. Ich könnte mir vorstellen, daß sie mir sofort erzählen will, wie ätzend sie diese Frau findet. Aber nichts rührt sich. Irgendwann höre ich, wie Mama und Papa ins Bett gehen. Es muß schon ziemlich spät sein. Aber ich habe keine Lust, mich rumzudrehen und auf den Wecker zu schauen. Ich liege mit dem Gesicht zur Wand und beobachte das Muster von Licht und Schatten, das die Straßenlaterne vor dem Haus durch die Vorhänge in mein Zimmer wirft.

Morgen in der Schule wird sie mir erzählen, wie es war.

Und ich hoffe so sehr, daß alles nicht noch schlimmer wird dadurch, daß diese neue Freundin jetzt aufgetaucht ist. Vielleicht ist die in einem katholischen Verein zur Errettung lesbischer junger Frauen? Oder vielleicht kennt sie einen total netten Jungen, mit dem sie Alex dann unbedingt verkuppeln will. Vielleicht wird Alex' Vater ihr von uns erzählen und von dem schlechten Einfluß, den ich angeblich auf Alex habe. Und vielleicht wird sie es dann Mama erzählen, und gemeinsam werden sie beschließen, daß Alex und ich uns nie wieder sehen dürfen. Alex wird in eine Highschool in die USA geschickt, und unsere Post wird abgefangen ... Ja, vielleicht hat diese Frau auch zwei lange, säbelartige Zähne und saugt nachts das Blut kleiner Kinder aus ...

Ich werfe mich im Bett herum und seufze. Ganz kalte Füße habe ich vor lauter unangenehmen Gedanken. Schließlich knipse ich das Licht an und angele unter meinem Bett nach der Zeitschrift, die ich dort schon seit Wochen liegen habe.

Die Seiten fallen schon fast von allein auseinander, als ich sie an der üblichen Stelle aufschlagen will. Da ist sie: Jane Goodall. Sie ist vor Jahrzehnten, als sie noch sehr jung war, einfach nach Afrika gereist und hat dort Schimpansen erforscht. Ihr verdankt die Wissenschaft heute fast das komplette Wissen über unsere behaarten Verwandten. Dann gab es noch Dian Fossey, die über Jahre hinweg Berggorillas beobachtete. Und Biruté Galdikas kümmerte sich auf die gleiche Weise um die Orang-Utans. Die drei großen Menschenaffenarten sind von entschlossenen, mutigen Frauen erforscht worden. Und es war mit Sicherheit kein Zuckerschlecken. Monatelang im Dschungel, in der Regenzeit täglich tropfnaß, mit steifem Nacken und wunden Füßen. Immer bedroht durch Raubtiere und Wilddiebe.

Jane Goodall hält auf dem Bild hier einen Schimpansen

im Arm, der jahrelang als Haustier an einer kurzen Kette dahinvegetiert ist. Er umklammert sie, und sein Gesicht ist voller Kummer. Ihres auch. Sie weint, glaube ich, vor lauter Mitleid. Und ich wette, sie haut ihn raus. Sie wird ihn freikaufen und mitnehmen und dafür sorgen, daß er zurück in die Freiheit kann. Zuerst auf die Auswilderungsstation und dann – nach und nach – in den Wald. Wo es Dämmerungen und Sonnenaufgänge gibt. Wo die Geräusche so alt und wunderbar durchs Blätterdach schallen. Wo Tautropfen von der natürlichen Decke herunterperlen direkt auf seinen Kopf. Platsch.

Ich wette, Jane Goodall läßt diesen Schimpansen nicht einfach hängen. Genauso, wie sie all die anderen beschützt und ihren Lebensraum bewacht hat. Sie und die anderen Affenfrauen sind meine Vorbilder. Das sind sie, seit ich letztes Jahr zum ersten Mal von ihnen erfahren habe. Sie sind die tollsten Frauen überhaupt, weil sie so stark sind – für andere.

Und wenn ich dieses Bild anschaue, dann kommen mir Zweifel, ob es wirklich so schrecklich ist, daß Alex' Vater sich verliebt hat. Es gibt doch ganz andere Herausforderungen im Leben. Die warten doch nur auf uns. Wir sollten uns von solch einer Lappalie nicht ins Bockshorn jagen lassen.

In der Gewißheit, daß Alex mir morgen zustimmen wird, knipse ich das Licht aus und lasse mich in die Kissen zurückfallen.

Alles wird gut, denke ich.

Am nächsten Morgen fühle ich mich ein bißchen verkatert von diesen wirren Gedanken der letzten Nacht. Als müßte sich mein Hirn erst einmal in aller Ruhe davon erholen, was es da so geleistet hat.

Etwas zweifele ich auch daran, ob ich Alex von meiner optimistischen Sicht werde überzeugen können. Schließlich hängt viel davon ab, wie sie diese Doris Rotfuchs selbst findet.

An der gewohnten Ecke, wo Mercedes sonst oft auf mich wartet, steht niemand. Sie ist also immer noch sauer. Das sieht ihr eigentlich gar nicht ähnlich. Meistens hat sie sich nach ein paar Tagen wieder eingekriegt. Und dann bekomme ich noch ein paar Takte geflüstert, wenn sie sich im Recht fühlt, oder ich erhalte eine zuckersüße Entschuldigung, wenn sie ein schlechtes Gewissen hat, und dann ist es wieder in Ordnung.

Aber diesmal scheint es langwieriger zu sein.

Zum Glück treffe ich Alex in dem Moment, als sie mit ihrem Fahrrad in den Fahrradkeller fährt. Sie winkt mir mit erhitztem Gesicht zu und ist schon nach einer halben Minute wieder da.

„Hi!“ keucht sie außer Atem. „Ich dachte, ich komme zu spät.“

„Bist du aber noch nicht“, antworte ich mit Blick auf die Uhr. Dann sehen wir uns lange an.

„Glück gehabt!“ sagt sie bedeutungsschwanger.

„Gestern abend auch?“ will ich wissen. Ständig laufen andere eilige Schülerinnen und Schüler an uns vorbei, aber ich finde, sie könnte schon ein bißchen mehr ausspucken.

Jetzt nickt sie und lächelt mich an. Ein entspanntes, friedliches Lächeln, vermischt mit nur ein ganz klein wenig Unsicherheit. Mir fällt ein Stein vom Herzen.

Alex schultert ihre Tasche, und wir gehen weiter über den Schulhof. Er ist schon ziemlich leer, denn es hat zum ersten Mal geschellt.

„Sie macht einen ganz netten Eindruck. Stell dir vor, sie hat bei der Begrüßung ‚Hallo, Doris‘ zu mir gesagt. Da mußten wir uns natürlich erst mal totlachen. Und sie meinte, das kommt davon, wenn sie sich den ganzen Tag einen bestimmten Satz vorpredigt. Dann kommt er am Ende vollkommen quer raus. Kenne ich auch, hab' ich gesagt. Und hab' das mit der Suppe erzählt. Weißt du noch? Als ich neulich mal gesagt habe, ich hätte noch schnell eine ‚Luppe gesöffelt'. Fand sie sehr witzig. Sie hat ihrer ehemaligen Chefin, mit der sie sich nicht verstanden hat, mal ein Kochbuch geschenkt und ein paar Wochen später gefragt: ‚Und? Haben Sie schon mal ein Rezept aus dem Kotzbuch ausprobiert?' Kotzbuch! Stell dir das mal vor! Ihre Chefin fand das gar nicht komisch."

Alex kichert noch immer vor sich hin. Ich muß auch lachen. Ich glaube, sie ist wahnsinnig erleichtert, und ich bin es auch. Klingt nett, was sie erzählt.

„Wir waren beim Spanier. Holla, ich sag' dir, Knoblauch ohne Ende ..." Sie haucht mich zur Probe kurz an, und ich kann es bestätigen. „Papa war am Anfang ganz schön verkrampft. Hat immer gesagt ‚Alexandra!', wenn er dachte, ich würde Unsinn quatschen. Aber später hat er es aufgegeben, weil Doris immer geantwortet hat: ‚Werner!' – ist doch cool, oder? Und als er dann ein Viertel Wein getrunken hatte, hat er glatt mitgemacht beim Unsinn-Erzählen. Ach, deine Mutter scheint sie ja ziemlich toll zu finden. Schwärmt total von ihr. Na ja, vielleicht will sie auch gut Wetter machen. Schließlich weiß sie ja, daß wir befreundet sind. Aber ich glaube, mehr weiß sie nicht. Hat mich gefragt, ob ich einen Freund habe ... das übliche."

Klar, wieso sollte Doris Rotfuchs diese Frage nicht stellen. Die stellen doch eigentlich alle, wenn sie es mit Mädchen zwischen vierzehn und achtzehn zu tun bekommen. Danach traut sich keiner mehr. Als ob junge Menschen nicht das Recht auf Privatsphäre hätten.

Aber bevor wir uns an dieser dummen Frage von Doris zu lange aufhalten können, fährt Alex fort: „Und sie hat mir sogar was mitgebracht." Sie zieht aus ihrer Tasche ein Tuch hervor. Es ist in leuchtenden Orange- und Gelbtönen gemustert, auf die Alex im Moment super abfährt. Und es ist ... ich fasse es an, reibe den Stoff zwischen meinen Fingern. Mit der Sicherheit der Tochter einer Boutiquenbesitzerin sage ich: „Das ist echte Seide!"

„Quatsch!" tönt Alex, greift aber noch einmal mit der vollen Hand in den Stoff. „So was Teures doch nicht."

„Doch, glaub mir. Nur echte Seide fühlt sich so an. Fühl mal, wie weich. Und wie das durch die Finger gleitet. He, die wollte wohl mächtig Eindruck machen."

Wir kichern beide etwas hilflos und biegen um die Ecke zum Treppenhaus.

Alex Miene verändert sich plötzlich, wird kühl und starr. Ich schaue auf. Am Fuß der Treppe stehen Gregor und Thorsten, die beiden Ekelpakete.

Offenbar sind sie von unserem Auftauchen genauso überrascht wie wir. Ich sehe gerade noch, wie Thorsten an Gregors Ärmel zupft. Aber Gregor bleibt stur stehen und schaut uns herausfordernd an.

„Was gibt's zu glotzen?" fragt Alex ihn mit feundlicher Stimme, nimmt meine Hand und zieht mich rasch und lachend hinter sich die Treppe hinauf.

Gregor erwidert irgend etwas. Aber wir hören es beide nicht mehr richtig. Und es ist auch egal. Vollkommen egal! Wenn Alex meine Hand nimmt und über diese Idioten lachen kann, dann ... ja, dann wird tatsächlich vielleicht bald alles gut.

So einen schönen Schultag haben wir schon lange nicht mehr erlebt. Der Unterricht war Nebensache. Alex erzählte und erzählte. Und was besonders toll daran war: Natürlich bekam Mercedes sofort spitz, daß es sensationelle News gibt. Und sie ist nun einmal so super neugierig, daß sie es nicht über sich brachte, ihre Ohren demonstrativ zu verschließen.

Alex – nicht faul, und noch immer nicht informiert über den wahren Grund für unseren Streit – nutzte die Gelegenheit und sagte: „He, Mercedes, kannst du dir vorstellen, was passiert ist?"

Auf solch eine einladende Frage hin kann meine liebe Freundin Mercedes nun wirklich keinem Klatsch widerstehen … Magnetisch angezogen kam sie – gespielt gelassen – zu uns rübergeschlendert und lauschte fasziniert den Neuigkeiten.

Vormachen kann sie mir schon mal überhaupt nichts! Ich habe genau gemerkt, daß sie sich tierisch für uns gefreut hat. Für Alex, weil es so glattgegangen ist mit diesem Kennenlernen. Aber auch für mich, weil ich so locker und erleichtert war.

Als wir uns nach meiner letzten Stunde verabschiedeten, weil sie noch Sport-AG hatte, schenkte sie mir sogar eines ihrer lieben Lächeln. Ich glaube, wir sind auf dem „Weg der Besserung". Von jetzt an werde ich sehr aufpassen, daß ich es nicht nochmal verbocke.

Alex, die normalerweise dienstags mit fliegenden Fahnen davonprescht, um bloß rechtzeitig zu ihrem Fotokurs zu kommen, begleitete mich ein Stück auf dem Heimweg. Auf ihrem Fahrrad sitzend, unser beider Taschen im Korb verstaut, pendelte sie mit ihren Beinen und schwatzte vergnügt mit mir. Ich kann mich nicht erinnern, wann ich sie das letzte Mal so fröhlich gesehen hab'.

Als wir uns verabschiedeten, beugte sie sich rasch vor und gab mir einen Kuß, der zwar auf der Wange landete, aber ziemlich dicht am Mund. Und im Gegensatz zu gar keinem Kuß finde ich das einen echten Fortschritt.

Jetzt sitze ich hier und denke an den Vormittag, denke an Alex' Gesicht, an ihre leuchtenden Augen und an den nachdenklichen Zug um ihren Mund.

Ich habe das Gefühl, als könnte eine neue Zeit anbrechen. Etwas, auf das ich schon lange warte. Etwas, das uns alles viel leichtermachen könnte.

Aber da gibt es auch diese Momente des Zweifelns. Diese Frage, ob denn mit Doris und Alex alles so super weitergehen wird. Klar, am Anfang, bei einem gemütlichen Abendessen, ist das kein Problem. Aber was ist, wenn der Alltag einkehrt und es erste Konflikte gibt – weiß der Himmel, aus welchem Grund, da gibt es tausend Möglichkeiten. Eine davon wird uns doch mit Sicherheit ausfindig machen, um uns wieder in die Suppe zu spucken ... oder, wie Alex sagen würde, „in die Spuppe zu sucken".

Aber das ist mal wieder typisch für mich. Nach einem schönen Schultag, wie es ihn schon lange nicht mehr gab, nach dem überstandenen Schrecken dieser Erstbegegnung zwischen Alex und der neuen Flamme ihres Vaters, kommen mir gleich wieder Bedenken.

Dabei soll der Tag jetzt auch schön zu Ende gehen! Heute erreichte mich nämlich keine Nachricht, daß die Schreibgruppe ausfallen wird. Deswegen sitze ich hier im Bus, lasse mich durch die Gegend schaukeln, im Gepäck meine Schreibkladde mit meinen neuen Texten. Und aufgeregt, nö, aufgeregt bin ich eigentlich gar nicht. Weder wegen des Schreibens noch wegen Lydia. Mensch, vor einer Woche habe ich mir noch in die Hose gemacht, weil ich schon dachte, da passiert was mit mir, das besser nicht so sein sollte. Aber jetzt, heute, nach diesen schönen Stunden mit der entspannten und gutgelaunten Alex, habe ich keinen Zweifel mehr daran, wo ich hingehöre.

Ich betrete das Gebäude, grußlos – denn das hab' ich mir vorgenommen – an der dünnlippigen Frau im Foyer vorbei die Treppe hinauf. Vor dem Raum steht bereits Dieter, wie beim ersten Treffen. Wir grinsen uns an, quatschen und freuen uns, als nur kurze Zeit später bereits Gisela auftaucht.

„Ich bin in den letzten Tagen immer so wahnsinnig schnell, daß ich überall zu früh ankomme", meint die spitzbübisch. „Wahrscheinlich liegt es daran, daß ich jetzt um ein paar Gramm leichter bin."

Wir fragen sie ein bißchen aus, wie das denn war, diese Blinddarmoperation. Sie erzählt und verzieht das Gesicht, greift sich an die rechte Seite, jammert, klagt, lacht. Ich finde, sie ist eine echte Geschichtenerzählerin. Ich lache über ihre lustige Art, sprühe mit witzigen Bemerkungen und fühle mich einfach super. Was für ein Tag!

Nach und nach füllt sich der Raum. Alle sind wieder da, außer … außer Lydia natürlich.

Gisela bemerkt das auch kurz. Aber als wir fünf Minuten gewartet haben, zuckt sie die Achseln. „Vielleicht ist sie krank geworden? Blinddarmentzündung?!" Alle gackern. Aber mir fällt das Lachen nicht so leicht. Ich merke, wie die Aussicht, daß Lydia heute nicht dabei sein wird, meine Stimmung ziemlich trübt.

Wir beginnen damit, daß wir unsere „Hausaufgaben" vom letzten Mal vorlesen. Die erste Geschichte finde ich sehr gut, und ich höre gespannt zu. Aber dann kommen zwei von den älteren Frauen dran, und da dreht sich alles um den Haushalt und die Oma, die versorgt werden muß, und ich merke, wie ich plötzlich abdrifte.

Ich frage mich, wieso Lydia nicht gekommen ist. Ob sie wirklich krank geworden ist? Oder ob es vielleicht irgend etwas mit mir zu tun hat? Ich erschrecke über diesen Gedanken ein wenig und verbiete mir rasch, weiter darüber nachzugrübeln.

Aber so sehr ich mich bemühe, wieder aufmerksam zuzuhören – immer wieder wandert mein Blick zur Tür.

Dann ist Dieter dran, und ich reiße mich mächtig zusammen. Als er fast zu Ende ist, klopft es zaghaft an die Tür, und im nächsten Augenblick steckt Lydia den Kopf herein. Vor Freude schießt mir das Blut ins Gesicht. Aber sie sieht mich gar nicht an, sondern schleicht nur leise auf ihren Platz und flüstert Gisela ein „Sorry" zu.

Dann lauscht sie mit niedergeschlagenen Augen dem Rest von Dieters Vortrag und trommelt genauso wie alle anderen mit dem Finger auf den Tisch. Erst jetzt sieht sie auf und mich an. Mein Herz schlägt mir bis in den Hals, als ihre Freude mir entgegenstrahlt. Meine Stimmung hebt sich sofort wieder. Wieder fühle ich mich so leicht und unbeschwert. Wieder habe ich den Eindruck, mir könnte heute nichts Schlimmes widerfahren. Alles ist toll, ich fühle mich super!

Was für ein Tag!

Heute machen wir eine Pause.

Die, die rauchen wollen, stehen gemeinsam in der Raucherecke auf dem Flur und paffen. Dieter ist auch dort hingeschlendert und hat sich einen Glimmstengel von jemandem geschnorrt. Ich kann mich nicht daran erinnern, ihn in der Schule auf dem Hof mal rauchen gesehen zu haben. Aber vielleicht fühlt er sich hier in diesem Kreis einfach ein bißchen unsicher und will es überspielen? Ich muß sagen, ich wäre ganz froh, wenn ich auch irgend etwas hätte, an dem ich mich festhalten könnte. Lydia kommt nämlich sofort zu mir und beginnt einen kleinen Small Talk, den ich einerseits genieße und andererseits schrecklich finde. Mir fällt einfach nichts Unwichtiges ein, das ich mit ihr reden könnte. Ich habe immer so viele Fragen im Kopf, was ihr lesbisches Leben, ihre Eltern, eine eventuelle Freundin angeht ... ich kann an nichts anderes denken.

Deswegen schlage ich vor, doch ein Stockwerk tiefer dem Getränkeautomaten einen Besuch abzustatten. Ein heißer Kakao, wenn auch mit Wasser angerührt, wäre jetzt genau richtig.

„Nimm das Vanille-Getränk", rät Lydia mir. „Schmeckt besser. Vorausgesetzt, du stehst auf Vanille."

Dieser Satz macht mich verlegen, obwohl daran nun wirklich nichts anzüglich oder so ist. Ich bin einfach heillos verwirrt.

Und so stehen wir vor dem Automaten, während darin das Wasser für mein Vanille-Getränk erhitzt wird.

„Bist du nervös?“ will Lydia dann plötzlich wissen.

„Nervös?“ wiederhole ich alarmiert. „Wieso denn?“

Sie lacht. „Wegen der Preisverleihung natürlich. Die ist doch schon bald, wenn ich das richtig in Erinnerung habe?“

Ich atme erleichtert aus. „Ach so, die. Schon. Ja, ein bißchen. Ist doch klar, oder? Ich muß die Geschichte vorlesen. Vor dem Publikum und den ganzen Gästen und so.“ Ja, wie ich mir das so vorstelle, kribbelt es tatsächlich ein bißchen in meinem Bauch.

„Gehen deine Eltern mit?“ fragt sie, während ich vorsichtig den brühheißen Plastikbecher aus dem Automaten ziehe.

Ich schüttele den Kopf. „Nein, das möchte ich nicht. Es ist doch eine Veranstaltung für Jugendliche. Stell dir vor, wie peinlich das wäre. Alle kommen mit Freundinnen und Freunden an, und ich marschiere mit Mami und Papi auf. Nein, nein.“ Ich winke ab, um meine Aussage zu unterstreichen. Irgendwie finde ich ihre Frage danach schon ein bißchen unangenehm. Denkt sie, ich bin noch so „klein“, daß ich Mami und Papi brauche?

„Und deine Freundinnen?“ Lydia wirft Geld in den Automaten und wählt das gleiche Getränk.

Ich zögere kurz, dann sage ich: „Meine beiden besten Freundinnen haben leider keine Zeit. Liegt ziemlich ungünstig, dieser Termin.“ Wenn Alex das hören könnte, wäre sie zu Recht gekränkt. Nicht drüber nachdenken!

Der Automat macht einen riesigen Krach. Wir schrecken beide zurück.

Lydia lacht: „Klingt, als läge er in den letzten Zügen.

Hoffentlich habe ich jetzt nicht den ganzen Rost im Becher!"

Wir kichern über diese Idee. Gemeinsam schlurfen wir dann langsam, um nicht aus Versehen etwas von dem heißen Getränk auf unsere Hände zu schütten, zur Treppe zurück.

„Ich hätte Zeit", sagt Lydia.

Um ein Haar hätte ich die erste Stufe verfehlt. Mit dem Gesicht in heißer Vanille zu landen war schon immer mein Traum …

„Wie?"

„Ich hätte Zeit", wiederholt sie. „Ich wollte schon immer mal so eine Preisverleihung mitbekommen. Damit ich gewappnet bin, falls ich selbst mal irgendwann einen Preis gewinnen sollte, verstehst du?"

Ich bin total baff. „Da müßtest du aber erst mal an einem Wettbewerb teilnehmen", kontere ich, froh, daß mir eine Antwort eingefallen ist.

Sie tippt mir zustimmend mit der freien Hand auf die Schulter. Nur eine klitzekleine Berührung, aber ich bin gleich noch mehr aus der Fassung.

Wir gehen schweigend die Treppe hinauf. Ich komme mir ziemlich unhöflich vor. Aber ich will nichts sagen, bevor ich nicht darüber nachgedacht habe.

Kurz vor unserem Raum sagt Lydia: „Mein Angebot steht. Kannst es dir ja überlegen. Und, he, ich könnte dich mit dem Auto abholen. Ist das nichts?"

Das ist was, denke ich. Aber nicht wegen des Autos, das mir echt völlig egal ist. Das ist was, weil Lydia mir anbietet, mich zu meiner ersten Preisverleihung zu begleiten. Etwas, das sehr wichtig für mich ist. Und ich wette, das weiß sie.

Die zweite Hälfte des heutigen Treffens rauscht an mir vorbei. Dabei hatte ich mich so darauf gefreut. Aber Lydias

Vorschlag hat mich total aus dem Konzept gebracht. Warum hat sie das vorgeschlagen? Ob sie mich wirklich so gern mag? Oder ob sie vielleicht einfach Mitleid hat? Vielleicht denkt sie, ich sei eine arme Kleine, die niemanden hat, der mit ihr zu dieser Veranstaltung geht?

Meine Gedanken schlagen mal wieder Purzelbäume. Und ich wünsche mir einmal mehr, ein kleines bißchen wie Mercedes zu sein. Die würde doch glatt zu Lydia gehen und fragen: „Sag mal, wie kommst du denn eigentlich auf diese Idee?"

Aber das bringe ich nicht. Und außerdem kann es sein, daß sie mir gar nicht die Wahrheit sagen würde. Ich würde es auch keiner ins Gesicht sagen, wenn ich einfach nur Mitleid mit ihr hätte.

Als Gisela schließlich auf die Uhr schaut und unsere Runde für heute – unter Gemurre der Allgemeinheit – auflöst, kommt es mir vor, als hätte ich stundenlang hier gesessen, in meine Grübeleien versunken.

Ein Blick auf die Uhr sagt, daß ich mich beeilen muß. Wenn ich heute wieder zu spät komme, glaubt Mama mir die Sache mit der Verspätung von neulich bestimmt nicht mehr.

„Denkt dran", ruft Gisela im Rausgehen, „jetzt sind zwei Wochen Osterferien. Wir sehen uns erst in drei Wochen wieder."

Alle brummen mißmutig.

Lydia sieht mich an, als wir gleichzeitig durch die Tür hinausgehen. „Tja, dann bis in drei Wochen", sagt sie locker. Aber um ihre Mundwinkel zuckt es.

Und da überlege ich einfach nicht länger. Ich sage, ohne groß nachzudenken: „Komm doch mit zur Verleihung!" Meine Knie sind weich, aber ich denke, daß diese Entscheidung richtig ist.

Plötzlich strahlt sie und fragt: „Soll ich dich abholen?"

„Ich ruf' dich an, um dir meine Adresse zu geben! Jetzt muß ich aber schnell gehen, mein Bus …“

Das letzte, was ich von ihr sehe, ist ein seliger Gesichtsausdruck. Anders kann ich es nicht nennen.

Noch drei Schultage, dann beginnen die Osterferien. Die Zeit rast dahin, als hätte sie nichts Eiligeres zu tun, als mich möglichst bald zur Preisverleihung zu bringen.

Alex und ich sehen uns jeden Tag.

Und an jedem dieser Tage lüge ich Alex an. Ich weiß nicht, wieso. Ich müßte es nicht, denn schließlich ist sie diejenige, die nicht da sein kann, wenn ich meinen ersten Preis für eine Geschichte bekomme.

Ich müßte kein schlechtes Gewissen haben und mich jedes Mal innerlich winden, wenn Alex jammert und es bedauert, daß ich nun „ganz allein“ dorthin gehen werde. Es wäre ganz einfach gewesen, ihr am Mittwoch morgens sofort freudestrahlend zu berichten: „Du, Lydia ist wirklich total nett. Sie hat mir angeboten, mich zu begleiten. Ist das nicht super?!“

Es hätte Alex zwar gewurmt, daß nicht sie diejenige welche ist. Aber am Ende hätte sie sich vielleicht sogar mit mir gefreut. *Wenn* sie nicht eifersüchtig würde. Wobei es gar nicht klar ist, *daß* sie eifersüchtig würde. Ich setze es einfach voraus. Ja, ich denke, wenn ich es Alex sage, dann werden wir Krach bekommen, weil sie eifersüchtig auf Lydia wird. Das will ich nicht. Ich will sowieso nicht, daß wir über Lydia reden. Weil ich dann nie wüßte, wie und wohin ich gucken soll. Also lüge ich, indem ich verschweige, daß ich bei diesem wichtigen Ereignis gar nicht allein sein werde. Ich sage es ihr ganz einfach nicht. Und fühle mich schlecht dabei.

Nach ein paar Tagen fühle ich mich deswegen schon so mies, daß ich wirklich vorhabe, Lydia abzusagen. Aber dann rufe ich sie an, höre ihre Stimme und denke: Franziska, sei nicht so ein Angsthase! Was soll denn schon passieren?

Also sage ich ihr nicht ab, sondern erkläre ihr schlicht und ergreifend, wo ich wohne.

Dann ist er da, der Tag der Preisverleihung, der Tag, an dem ich zum ersten Mal in meinem Leben einen Preis bekomme.

Am Morgen dieses Tages schellt Alex mich aus dem Bett, weil sie mich vor ihrer Abreise noch einmal kurz sprechen will. Sie klingt angespannt. Natürlich hat sie jetzt auch zwei anstrengende Tage vor sich, diese Reise mit ihrem Vater und Doris. Wer weiß, wie das wird?

„Ein Stückchen von mir brech' ich ab und schick es mit dir. Damit du mich immer bei dir hast", flüstere ich leise in den Hörer, damit Mama, die im Arbeitszimmer hantiert, es nicht hört.

„Und ich laß ein Stückchen hier", erwidert Alex.

Mir wird ganz eng ums Herz, und für einen Augenblick ziehe ich in Erwägung, ob ich es ihr nicht doch noch sagen sollte. Aus der großen Lüge eine kleine machen: „Ach, übrigens, gestern abend hat Lydia angerufen und spontan angeboten, mich zu begleiten. Wie findest du das?" Dann bräuchte ich mich nicht mal lange mit Alex' vermeintlicher Eifersucht herumzuschlagen, denn sie fahren ja gleich los.

Aber ich halte den Mund, küsse den Hörer und lege auf.

Lydia kommt pünktlich um zwölf. Wir sollen früher dasein als die Gäste, und wir werden wahrscheinlich etwas über eine Stunde fahren.

Interessiert schaut sie sich im Flur um, während ich noch hastig meine Tasche zum vierten Mal kontrolliere. Habe ich auch meinen Text eingepackt? Mein Deo? Meine Wimperntusche? Mein Glücksbärchen? Kaugummi? Da läutet das Telefon. Papa, der mir bei meiner Taschenaktion genauso amüsiert zugeschaut hat wie Lydia, hebt ab und hält mir dann den Hörer hin. „Mercedes."

Ich lasse mir meine Überraschung nicht anmerken. „Hallo?"

„Hi, Franzi, rate mal, was passiert ist? Tinchen hat die Masern bekommen. Und deswegen fahren wir heute schon wieder heim. Kannst du deine Geschichtenfeier nicht um einen Tag verschieben? Morgen könnte ich problemlos mitkommen."

Mercedes' kleine Schwester hat schon öfter mal einen Familienausflug platzen lassen, weil sie sich diese Termine immer für langwierige und möglichst ansteckende Krankheiten aussucht.

„Ha, ha", mache ich.

„Ich wollte dir jedenfalls nur toi, toi, toi wünschen für gleich. Bist du aufgeregt? Klar bist du aufgeregt! Ist doch logo. Aber du machst das schon. Nur schade, daß ich nicht dabeisein kann!"

Diesen Satz habe ich in letzter Zeit zu oft gehört, wenn auch nicht von Mercedes. „Ja, superschade. Aber trotzdem schön, daß du dann am Wochenende hier bist. Vielleicht können wir was machen?"

„Sollten wir. Ich dachte da an … Ist Alex doch nicht zum Verwandtentreffen gefahren?" unterbricht Mercedes mich plötzlich.

„Doch, natürlich. Wie kommst du darauf, daß …"

„Aber ich hab' doch gerade etwas gehört …"

Dahinter steht eindeutig ein Fragezeichen. Ich schaue kurz zu Papa und Lydia, die über irgend etwas lachen.

„Kann nicht sein", erwidere ich nervös und setzte hinzu: „Ich muß jetzt aber auch auflegen. War sehr lieb von dir anzurufen, danke!"

„Schon in Ordnung. Bis dann. Morgen bin ich zurück. Meld dich mal!"

Ich lege auf und drehe mich mit einem etwas künstlichen Lächeln herum.

Mercedes' Frage hat mich erschreckt. Aber darüber will ich jetzt nicht nachdenken.

„Wir können", sage ich. Papa gibt mir noch einen dicken Drücker, tätschelt meine Schulter und begleitet uns unter Aufzählung guter Ratschläge für die Fahrtroute nach draußen.

Und so brechen wir in Lydias altem, klapprigem Golf auf.

Ich habe das Gefühl, Lydia und ich sind beide gleichermaßen aufgeregt. Wir reden die erste halbe Stunde lang wie zwei Wasserfälle. Hatte ja gar keine Ahnung, woraus ich alles ein Gesprächsthema machen kann.

Dann, je näher wir unserem Zielort kommen, vergeht mir das Quatschen mehr und mehr.

Lydia plappert munter weiter, aber hin und wieder wirft sie mir einen Kontrollblick zu. Wahrscheinlich will sie sichergehen, daß ich nicht plötzlich ins Nervositätskoma falle, falls es das gibt.

Der Parkplatz ist leicht zu finden, das dazugehörige Gebäude auch. Sieht ziemlich groß aus. Ob das alles der Saal ist, in dem die Lesung stattfinden soll? An der Tür steht eine junge Frau, die uns empfängt.

„Bist du Franziska?" fragt sie geschäftig, und ich nicke.

„Frau Schumann wartet schon auf dich. Die anderen sind schon da." Sie dreht sich auf dem Absatz um und marschiert los. Lydia grinst mich hinter ihrem Rücken heimlich an und macht Faxen.

Aber als wir in den Saal hineingehen, strafft auch sie die Schultern. Da sind zig Stuhlreihen aufgestellt, und vorne gibt es eine richtige Bühne, auf der fünf Stühle neben einem riesigen, schwarzen Flügel stehen. Ganz vorn am Rand steht ein Rednerpult mit Mikrophon.

„Franziska!“ ruft die junge Frau, die mit ein paar Leuten auf der Bühne herumsteht. „Kommen Sie doch rauf zu uns! Und bringen Sie Ihre Begleitung mit!“

Wir erklimmen die steile Bühnentreppe.

„Hallo, ich bin Frau Schumann und heute für den Ablauf der Veranstaltung zuständig. Ich werde ein wenig moderieren … falls ich es schaffe, einen zusammenhängenden Satz zu sagen“, lacht sie, und ich finde sie sofort sympathisch. Sie ist vielleicht Mitte Dreißig, hat dunkle, eher kurze Haare, die so aussehen, als wären sie gern Locken, hätten es aber noch nicht bis dahin geschafft.

„Hier sind die anderen Preisträger: Ilona, der die Jury den ersten Platz zuerkannt hat, und Jürgen, der den zweiten bekommen hat.“ Wir nicken uns alle freundlich, aber auch ein bißchen verkrampft zu. Ilona sieht aus, als müsse sie sich gleich übergeben. Und hinter ihr stehen – ich glaube es kaum – ihre Eltern! Es müssen ihre Eltern sein, denn sie sehen so stolz und irgendwie besitzergreifend aus. Wahrscheinlich muß Ilona ihren Preis, wie immer er auch aussehen mag, zu Hause auf den Kaminsims stellen. Mannomann, sie ist bestimmt schon achtzehn. Ob der das nicht peinlich ist? Bei Jürgen stehen zwei Jungs, die Lydia und mich mit Adleraugen fixieren.

„Also, der Ablauf wird sein wie folgt: Ich begrüße die Gäste und stelle Sie kurz vor, anhand der kurzen Lebensläufe, die Sie mitgeschickt haben. Wenn Sie noch eine Ergänzung haben, können Sie mir das gleich sagen. Dann spielt Janina ein Stück auf dem Klavier.“

Janina ist das Mädchen, das uns an der Tür abgefangen hat. Sie hat sich ganz rechts unten in die Stuhlreihen gesetzt und tut jetzt so, als höre sie nicht zu. Wahrscheinlich macht sie so etwas schon mindestens zum zweiten Mal … wow!

„Sie wird nach jedem Text ein Stück spielen. Keine Angst, es ist keine Einschnarchmusik. Wird Ihnen gefallen.

Schließlich haben wir viel junges Publikum. Und nachdem ich Sie, wie gesagt, vorgestellt habe und Janina gespielt hat, beginnen wir mit der Lesung. Zuerst der dritte Platz, dann wieder Musik, dann der zweite, Musik, dann der erste. Haben Sie Fragen dazu?“

Mir wird total flau. Wenn wir mit dem dritten Platz anfangen, dann bedeutet das, daß wir mit meinem Text anfangen. Ich muß also zuerst vorlesen. Als erste nach vorn gehen, mich dort an das Stehpult stellen und meine persönlichsten Gedanken vorlesen.

„Was ist denn?“ flüstert Lydia mir zu und faßt meinen Arm. „Du bist ja plötzlich ganz blaß.“

„Ich glaub’, mir wird schlecht“, raune ich ihr zu.

Und sie kichert. „Mach jetzt keinen Scheiß“, wispert sie. „Du siehst doch, wie der Schumann die Düse geht. Die ist bestimmt siebenmal so aufgeregt wie du, das kann ich dir flüstern. Wenn du jetzt schlappmachst, fällt die in Ohnmacht. Also reiß dich zusammen.“

Ich werfe einen Blick auf Frau Schumann, deren Wangen vor Aufregung derartig gerötet sind, daß sie zu glühen scheinen. Das tröstet mich wirklich ein bißchen. Und wenn ich genau hinschaue, wirken Ilona und Jürgen auch nicht so, als seien sie megacool.

„Wir machen jetzt mal mit Ihnen allen einen Mikro-Test, damit Sie sich mit den Gefühl ein bißchen vertraut machen können. Jürgen, machen Sie den Anfang?“

Ich möchte kein Mann sein. Bei den unangenehmen Dingen werden die immer zuerst losgeschickt. Auch wenn das nicht gerade ein besonders … feministischer Ansatz ist, schon allein deswegen möchte ich kein Mann sein. Es gibt natürlich auch noch andere Gründe. Zum Beispiel Lydia. Eine Frau wie Lydia würde sich nie im Leben für mich interessieren, wenn ich Franz heißen würde und ein Junge wäre.

Ich werde in meinen Gedanken unterbrochen, weil

Jürgens Stimme plötzlich in siebzigfacher Lautstärke durch den Saal dröhnt. Irgendwo pfeift eine Rückkopplung.

„Hoppla!" kräht Frau Schumann und biegt das Mikro ein Stückchen von Jürgen fort.

Als ich mit dem Test dran bin, weiß ich nicht einmal, wie ich stehen soll, geschweige denn meine Geschichte vorlesen. Meine Stimme klingt so fremd und hohl durch die Lautsprecher, als ich meinen Namen und meine Adresse herunterrattere. So monoton darf ich gleich auf keinen Fall lesen! Ich muß Gefühl hineinbringen! Ich muß so lesen, wie ich es geübt habe. Ich muß … … schluck!

Nach der Mikro-Probe klettern wir alle wieder von der Bühne runter und schlendern ins Foyer, wo wir Getränke umsonst bekommen. Unter großen Abdeckglocken warten verschiedene Kuchen und andere Naschereien. Ich darf die nicht zu genau ansehen, sonst wird mir schlecht.

Also nuckle ich an meiner Cola und betrachte mit gemischten Gefühlen all die Menschen, die nach und nach die Außentreppe heraufkommen und erwartungsvoll um sich blickend in den Saal gehen. Es sind viele Jugendliche, aber auch Eltern, und manche könnten vom Alter her auch schon Großeltern sein. Auf jeden Fall sind es sehr sehr viele. Zuviele für meine Nerven.

„Ilona wird gleich bewußtlos", flüstert Lydia mir in genau dem Augenblick zu, als ich mich gerade in Richtung Toilette verabschieden will, um mein Frühstück wieder abzugeben. Sie kichert und hakt sich bei mir ein, um mich nach draußen zu ziehen. „Komm, wir nehmen noch ein bißchen Frischluft, dann wirst du mit deinen sauerstoffgenährten Wangen gegen ihre Blässe ziemlich abstechen."

Ich werfe noch einen Blick auf die schmale Tür mit dem „Damen"-Schild drauf und lasse mich von Lydia hinausführen.

„Erinnert mich alles ein bißchen an mein Abi", erzählt

Lydia, während wir in der kühlen Luft stehen. Ob sie uns extra so manövriert hat, daß wir mit dem Rücken zu dem hereinströmenden Publikum stehen? „Ich dachte schon, ich falle vor lauter Aufregung ins Koma. Und was war? Im mündlichen Abi habe ich derart geplappert, daß mein Lehrer mich gar nicht mehr bremsen konnte. Ich hab' gequasselt und gequasselt, weil ich solche Angst hatte, daß er mich durch eine Zwischenfrage aus dem Konzept bringen könnte. Das hat er nämlich im Unterricht oft gemacht. Du hattest eine super Antwort parat, und dann stellte er eine Zwischenfrage, mitten in deinen Satz hinein, und schon wußte ich nicht mehr, wie es weiterging. Ich hab' eine Eins bekommen." Sie zuckt mit den Achseln. „Totgequasselt, sage ich heute. Die konnten gar nicht anders, als mich für ein Genie zu halten."

Ich lache. Und stelle zu meiner eigenen Verwunderung fest, daß es mir schon viel besser geht. Ich wette, nichts anderes hat sie bezwecken wollen mit dieser Geschichte. Nett von ihr. Ja, sie ist wirklich sehr nett. Und sie erzählt noch ein bißchen weiter. Von einer Theateraufführung in der Schule, wo sie ihren Text vergessen hatte und so tat, als gehöre das Ablesen aus dem Reclamheft zur Inszenierung. „Du mußt dir eben zu helfen wissen", sagt sie dazu. Und hilft mir damit. Mit ihrer ganzen Art.

Das klappt sehr gut – bis Pianistin Janina die Tür hinter uns öffnet und genervt mault: „Hier seid ihr! Wollt ihr nicht auch reinkommen? Es geht gleich los!"

Klopfenden Herzens betrete ich hinter Lydia das Foyer, und sie sagt zu mir: „Sieh nicht in die Reihen, sieh nur nach vorn auf die Bühne. Da willst du hin. Und denk dran: Ich sitze ganz vorn und höre dir zu. Du brauchst die Geschichte nur für mich vorzulesen."

Für einen Augenblick berühren sich unsere Hände in einem elektrischen Strahl. Aber darüber nachzudenken, bleibt mir nun wirklich keine Zeit.

Schon geht es durch den Saal, vorbei an vielen glotzenden Menschen, die ich aber nicht anschaue. Ich mache es genauso, wie Lydia es geraten hat: blicke stur nach vorne auf die Bühne, auf meinen Stuhl dort oben. Da will ich hin. Und ich bekomme auch gar nicht richtig mit, wie Lydia zurückbleibt und sich kerzengerade auf ihren Platz setzt. Ich bin zu sehr damit beschäftigt, nicht zu stolpern und womöglich hinzufallen.

Ilona, Jürgen und Frau Schumann sitzen schon auf ihren Plätzen und schauen mir entgegen. Aus Frau Schumanns Gesicht ist die Röte gewichen. Jetzt sieht sie eher grünlich aus. Ich habe fast ein bißchen Mitleid mit ihr, denn sie muß ja zuallererst reden. Und wie ich es gerade mitbekommen habe, hatte auch sie nicht mit soviel Publikum gerechnet. Ihre Knie sind bestimmt genauso weich wie meine.

Aber als sie dann aufsteht und nach vorn geht, das Mikro zurechtbiegt und mit angenehmer Stimme die Begrüßung durchzieht, macht sie einen ganz sicheren Eindruck. Sie lächelt viel und stellt uns der Reihe nach kurz vor. Ich strenge mich sehr an, nicht rot zu werden, als sie etwas über mich erzählt und ich alle Augen im Saal auf mich gerichtet spüre.

Was hat Lydia gesagt? Sie sitzt vorn in der ersten Reihe? Meine Augen wandern dorthin, wo ich sie vermute. Ihr Blick ist voller Freude und Aufregung und ein bißchen klamaukig, denn sie verdreht die Augen und schielt. Schnell wegsehen, sonst muß ich noch lachen.

Während Janina am Klavier einen Song von Madonna nachspielt, was sich wirklich super anhört, starre ich also lieber auf den Boden. Holzparkett mit hellen und etwas dunkleren Stücken. Immer abwechselnd. Ich finde, daß etwas so Regelmäßiges beruhigt. Ob die deshalb dieses Muster ausgesucht haben? Vielleicht wollen sie damit diejenigen beruhigen, die hier oben auf ihren Auftritt warten müssen?

Und gerade habe ich es gedacht, da ist er auch schon da: *Mein* Auftritt!

Janina heimst viel Applaus ein und lächelt zufrieden in die Runde.

Frau Schumann nickt mir aufmunternd zu, und ich stehe auf. Mit den Blättern in der Hand gehe ich nach vorn. Ganz hinten an der Wand lehnt eine Fahne oder etwas Ähnliches. Ich schaue konzentriert dorthin. Bloß nicht die erwartungsvollen Gesichter ansehen!

Ich klammere mich am Stehpult fest, so daß meine Knöchel weiß werden. Und dann beginne ich zu lesen:

„*Abschied von einer Freundin.*

Wenn man Abschied nimmt, dann ist das meistens nicht für immer. Man verabschiedet sich voneinander winkend auf dem Bahnsteig – oder im Bademantel an der Wohnungstür. Warum nur weiß man dann manchmal, daß es ein endgültiger Abschied ist?

Als meine Freundin ging, den Kopf herumgedreht, ein aufmunterndes Lächeln auf den Lippen, hinüberging zum wartenden Auto, da wußte ich es. Wir waren Freundinnen, seit wir I-Männchen waren. Unsere Tornister standen in der Schule Schulter an Schulter, wir liefen Seite an Seite, teilten Lollis, Pausenbrote, Hüpfseile. Sie hätte auch gern meine Eltern geteilt. Weil ihre keine richtigen Eltern waren, sagte sie. Aber wer sie sah mit ihrer Mutter, ihre kleine Hand in der Hand der Mutter, der konnte ihren wahren Wunsch erkennen. Sie wollte Kind sein, Kind ihrer Eltern sein, Wichtigstes sein. Welches Kind will das denn nicht? Erst recht, wenn andere Dinge wichtiger sind. Ich will nicht von Geld reden, nicht von Alkohol, nicht vom gesellschaftlichen Leben. Denn das sind alles Dinge, die keinen Platz für ein kleines Mädchen lassen. Deswegen rede ich nie darüber. Wir hatten einen Ort im Wald, ein verlassenes, halb zerfallenes Haus. Wie alle Kinder geheime Treffpunkte haben, war dies unser geheimer Ort. „Unser Schloß“, sagte sie. „Unser Fort“, sagte ich. Hier waren wir in Sicherheit vor den fragenden Blicken, die wissen wollten, welche seltsamen Spiele wir spielten. In welchen Welten wir denn noch lebten, außer in der wirklichen. Wir hatten feste Spielregeln. Wir waren Waisen. Oder ausgesetzt. Oder entführt. Aber wir waren immer zusammen. Wir waren kleine Heldinnen füreinander. Wir retteten einander. Wir verließen einander nicht. Wir verabschiedeten uns niemals für immer. Dies waren unsere Spielregeln. Sie zwangen uns, sie zu brechen. An dem Tag, an dem meine Freundin einen falschen Freund mitbrachte, begann das Unheil. Ich war wütend auf sie, weil sie einen Fremden einfach so an unseren heiligen Ort eingeladen hatte. Ein Fremder, der Dinge mitbrachte, von denen ich nicht sprach. Alkohol und ein süßes Pulver. Von dem wir schliefen, schliefen, wie zwei Dornröschen in unserem alten, verfallenen Schloß. Sie fanden uns erst am nächsten Morgen. Sie waren wütend. Sie trennten uns. Unsere Spielregeln waren, daß wir uns nie voneinander trennten. Meine Freundin wurde fortgebracht. Hinter graue Mauern, zu vielen weiteren fremden Menschen, die ihr nichts Gutes wollten. Gut wäre gewesen, bei mir zu sein. Gut wäre gewesen, bei ihren Eltern zu sein, für die sie das Wichtigste hätte sein müssen. Es war nicht gut, hinter den grauen Mauern zu sein. Das erzählte sie mir bei ihrem Besuch. Ihrem letzten Besuch. Unsere Regel war es, uns niemals für immer voneinander zu verabschieden. Doch sie zwangen uns dazu. Und ich wußte es, als sie hinüberging zu dem wartenden Auto. „Paß nur auf, daß sie das mit dir nicht auch machen!“ sagte sie. Ich habe sehr aufgepaßt. Nichts ist geschehen. Mit mir. „Ich laß mich nicht wieder einsperren“, sagte sie. Und lächelte zum Abschied. Zu dem letzten Abschied. Und ich habe es gewußt.“

Als ich zu lesen aufhöre, ist es für ein paar Augenblicke ganz still im Saal. Niemand klatscht. Niemand hustet. Niemand scharrt mit den Füßen. Es ist absolut still.

Dann beginnt jemand in der ersten Reihe, vorsichtig zu applaudieren. Ich wette, es ist Lydia. Bestimmt ist sie es.

Und nur zwei oder drei Sekunden später fallen immer mehr ein, bis schließlich alle in die Hände klatschen. Ruhig und bedächtig klingt es. Nicht wie bei einem Rockkonzert, auch nicht wie nach einer lustigen Rede. Es ist ein Applaus, wie ich ihn mir für diese Geschichte nicht schöner hätte wünschen können.

Für einen Augenblick sehe ich das Gesicht mit den Spaghettihaaren und den stahlgrauen Augen vor mir, wie es mich angrinst und nickt.

Wenn sie hier wäre, würde es sie freuen. Es klingt nämlich, als hätten alle Menschen, die jetzt vor mir sitzen, Achtung und Respekt. Nicht nur vor meinem Text, sondern auch vor ihr, vor meiner Freundin.

Ich bin ganz benommen, als Frau Schumann neben mich tritt und mir lächelnd zunickt. Sie deutete mit dem Kopf auf den freien Stuhl, zu dem ich mit wackligen Beinen hinübergehe. Ich setze mich neben den Jungen, der den zweiten Preis bekommt. Und er steht auf, um nach vorn ans Stehpult zu wanken.

Ich krieg' gar nicht viel mit von seinem Text, so leid es mir tut. Aber ich bin noch ganz benommen. Habe immer noch meine eigene Stimme aus den Lautsprechern im Ohr. Wie ich meine Geschichte vorlese und es da unten im Publikum so still war. Und dann der Applaus.

Meinen Blick habe ich starr auf den Boden gerichtet. Das Muster des Parketts brennt sich in meine Netzhaut, bis es mir vor den Augen verschwimmt. Ich schaue auf und in Lydias Gesicht, direkt über dem Bühnenrand in der ersten Reihe. Sie lächelt mir zu. Lächelt mit ihren schönen Lippen und hübschen Augen und ganz für mich. Ich bin froh, daß sie mit hergekommen ist. Und denke überhaupt nicht daran, daß da vorn jetzt auch Alex sitzen könnte. Nein, ich denke gar nicht an Alex.

Frau Schumann sieht sehr erleichtert aus, als wir uns nach der Lesung am Kuchenbüfett treffen. Sie hält eine Tasse Kaffee in der einen und ein Stück Streuselkuchen in der anderen Hand. „Super gelesen, Franziska!“ sagt sie anerkennend, und ich hoffe, ich werde nicht rot unter ihrem eindringlichen Blick. „Die anderen beiden natürlich auch. Aber dein Text ... also, der ging irgendwie ziemlich unter die Haut."

Ich weiß nicht, was ich antworten soll, und nicke nur dumm.

Lydia sagt: „Ich nehme an, man hat nicht gerade mit so etwas gerechnet bei dieser Ausschreibung. ‚Als junger Mensch in dieser Welt' klingt irgendwie nicht so, als ob ein Abschied für immer erwartet würde."

Frau Schumann braucht ein bißchen, um ein großes Stück Kuchen hinunterzuschlucken.

„Vielleicht wurde es nicht gewünscht im Sinne von: So etwas wünscht man niemandem, erst recht nicht solch jungen Menschen. Aber *erwartet* wurde so einiges, das kann ich Ihnen sagen."

Ich denke mal, das soll ein Kompliment an mich sein.

„Die Anthologie wird erst in etwa drei Monaten fertig sein. Vielleicht bekommen wir dann noch einmal eine Anfrage für die ein oder andere Lesung. Hätten Sie Lust, dabei mitzumachen?"

„Klar", erwidere ich. Lesungen? Lesungen sind toll! Und je mehr Leute, desto besser! Ich fühle mich, als könnte ich Bäume ausreißen.

„Frau Schumann?" ruft jemand. „Können wir Sie mal kurz herbitten?"

Frau Schumann verzieht den Mund, ruft ein fröhliches „Ich laß mich gern bitten, komme sofort" als Antwort hinüber und zwinkert uns zu, bevor sie verschwindet.

Lydia schaut ihr versonnen nach. „Ich freß einen Besen, wenn die nicht von der Fakultät ist", meint sie.

Ich schaue sie verständnislos an. „Welche Fakultät?"

Lydia lacht. „Ach, du kennst den Ausduck nicht? Ich meine, ich wette, daß sie lesbisch ist."

Mir fällt die Kinnlade runter. Das sagt sie einfach so, mitten in einer Menschenmenge. Und ohne, daß es ihr eine Spur peinlich zu sein scheint. Und sie meint allen Ernstes, Frau Schumann …?

„Also … nein …", erwidere ich zögernd, „ich meine, sie ist doch … ziemlich normal. Wie kommst du denn darauf?"

„Normal?" wiederholt Lydia amüsiert. „Was bedeutet denn das schon?"

Ich muß an einen Aufsatz denken, den ich letztes Jahr für den Deutschunterricht geschrieben habe. Darin ging es auch um diesen Ausdruck „Normalsein", und was er eigentlich bedeutet. Das bedeutet nämlich, daß es dann auch ein „Anormal" geben muß. Und das ist doch superscheiße. Wer will schon anormal sein, wenn es auch normal gibt?

„Stimmt", murmele ich. „Das ist Schwachsinn. Aber trotzdem: Wie kommst du darauf, daß Frau Schumann …"

Lydia wackelt mit dem Kopf. „Na, wie sie so ist. So selbstbewußt, und sie flirtet ein bißchen mit anderen Frauen. Und zu den Männern ist sie so kumpelmäßig. Da kann sie zehnmal einen Rock anhaben und Lippenstift tragen, verstehst du. Das sind nur Äußerlichkeiten. Ich zieh' auch manchmal ein Kleid an."

Alex würde nie ein Kleid anziehen, schießt es mir durch den Kopf. Ich schon eher. Aber Alex nie im Leben. Und ich glaube, Alex denkt, das macht sie zu einer „echteren Lesbe". Nur in Hosen rumzulaufen, ist eben „lesbischer", als Röcke anzuziehen. Denkt Alex. Lydia zieht aber Röcke an. Und ehrlich gesagt kann ich mir momentan keine vorstellen, die lesbischer sein könnte als Lydia.

Na, das ist ja wieder ein toller Gedankengang. Als ob es mehr lesbisch und weniger lesbisch gäbe! Da könnten wir ja gleich einen kleinen Wettkampf machen: Wer ist am lesbischsten?

Ich muß kichern.

„Was ist?“ will Lydia wissen.

„Nichts“, antworte ich schnell.

Gott sei Dank ist sie gerade damit beschäftigt, sich für ein zweites Stück Kuchen zu entscheiden und daher nicht so aufmerksam. Ansonsten hätte sie bestimmt weiter nachgebohrt. „Sieht so aus, als sei das hier bald beendet. Was machen wir dann?“ erkundigt sie sich stattdessen mit vollem Mund.

Machen? Wir? Ich lasse mir meine Verwirrung nicht anmerken und zucke mit den Schultern. „Hab' ich noch gar nicht drüber nachgedacht.“ Das entspricht zumindest der Wahrheit. Ich habe nicht darüber nachgedacht, weil ich gar nicht daran gedacht habe, daß sie nach der Preisverleihung noch irgend etwas mit mir unternehmen möchte.

„Ich lad' dich ein ins ‚Schubidu'. Hast du Lust?“

Ich nicke. „Klar. Vor allem aber Hunger auf was anderes als Süßzeug.“

Lydia hält fast schuldbewußt im Kauen inne und schluckt dann einen großen Bissen hinunter, so daß ihr fast die Tränen kommen.

„Hab' ich gar nicht dran gedacht, daß du nicht auf Kuchen stehen könntest. Ich sterbe dafür, mußt du wissen. Ich bin sowieso eine ganz Süße.“

Ich spüre ein Brennen in meinen Wangen und wende rasch den Kopf ab.

„Dann laß uns aufbrechen. Wir müssen ja erst mal die Rückfahrt hinter uns bringen.“

Wir verabschieden uns von Frau Schumann. Als ich ihr die Hand gebe und sie mir warm zulächelt, kann ich mir plötzlich auch vorstellen, daß Lydia mit ihrer Vermutung recht hat. Ja, Frau Schumann könnte „eine von uns“ sein. Und ich finde, sie wäre eine echte Bereicherung.

Unsere Heimfahrt beginnt schweigsam. Ich hänge meinen Eindrücken nach, die ich in den letzten Stunden gesammelt habe. Womit Lydia beschäftigt ist, kann ich nur ahnen. Ich nehme mal an, daß diese Veranstaltung für sie auch anstrengend war und sie vielleicht müde ist.

„Woran denkst du so?“ erkundige ich mich.

Genau diese Worte wählt Alex immer, wenn sie mich aus einem längeren Schweigen herausholen und wieder ein Gespräch beginnen will. Sie fragt mich nach meinen Gedanken, und ich teile sie ihr mit, weil ich ihr vertraue. Jetzt kommt es mir plötzlich anmaßend vor, Lydia so etwas zu fragen. Wir kennen uns noch gar nicht lange, und trotzdem gehe ich davon aus, daß sie mir einfach so ihre Gedanken anvertrauen wird.

Je länger die Pause nach meiner Frage dauert, desto sicherer werde ich, daß sie mich unverschämt findet. Gerade will ich mich entschuldigen, da öffnet sie den Mund:

„Ich dachte an deine Geschichte“, sagt sie. „Sie war wunderschön – auch wenn sie traurig war. Deine Freundin … die gab es wirklich, nicht?“

„Ja, sie war meine beste Freundin.“ Ich bin erleichtert, daß ich wohl doch nicht in ein Fettnäpfchen getreten bin.

„Das spürt man.“

Wir schweigen wieder.

„Was ich wirklich gedacht habe“, fährt Lydia dann fort, „war, daß ich mich gefragt habe, warum du das Gefühl hast, sie im Stich gelassen zu haben?“

Ihre Worte überfallen mich wie ein mit Brennesseln ausgestopftes Bettuch. Gerade fühlte ich mich sicher und geborgen. Aber da tut es plötzlich, durch nur wenige Worte, so furchtbar weh. Es ist, als hätte dieser Satz Hände, die er zu Fäusten geballt hat, mit denen er mir in den Magen schlägt. Ich bin absolut sprachlos.

„Jetzt hab’ ich etwas Falsches gesagt“, stellt Lydia nach einer Weile fest.

Ich antworte nicht. Obwohl ich gern den Kopf schütteln und lapidar sagen würde: „Nein, gar nicht. Ich war nur so in Gedanken versunken." Ich möchte gern alles überspielen, kann es aber nicht.

„Das passiert mir ständig", seufzt sie. „Ich sehe irgend etwas, von dem die Menschen denken, es sei ihr Geheimnis. Und dann spreche ich es aus, weil es für mich so offensichtlich ist. Und dann entsteht dieses Schweigen. Du weißt schon, die andere denkt: Woher weiß sie das? Wie kann sie das wissen? Und ich denke: So ein verdammter Mist! Jetzt habe ich es schon wieder getan! Und anschließend tun wir so, als sei nichts gewesen. Also, bevor wir gleich so tun, als sei nichts gewesen, wollte ich dir nur sagen: Es tut mir leid!"

Um meine Mundwinkel zuckt es. „Ich habe sie nicht im Stich gelassen", sage ich und höre meiner Stimme den Trotz an.

Lydia umfaßt mit beiden Händen fest das Lenkrad. Fast so, wie ich mich vorhin ans Stehpult geklammert habe.

„Hab' ich nicht gesagt", erwidert sie. „Ich sagte, daß es mich wundert, wieso du *glaubst*, sie im Stich gelassen zu haben."

Der Trotz bricht zusammen. Weil sie mir keine Schuld gibt. Weil sie aber erkennt, daß ich mir Schuld gebe. Wieso hat das eigentlich sonst noch niemand gesehen? Während ich mich das noch frage, beginne ich zu erzählen. Ich erzähle Lydia die ganze Geschichte von Silke und mir, von unserer Kinderfreundschaft, von unseren Träumen und Versprechen, uns niemals, niemals, niemals alleinzulassen. Und wie mir dann verboten wurde, sie zu sehen, weil sie einen „schlechten Einfluß auf mich ausübte", weil meine Eltern sich sorgten. Und wie niemand erkannte, was in ihr vorging, wie sie sich langsam entfernte, sich verabschiedete und auch zu mir „Tschüß" sagte. Ich habe es damals wohl als einzige gespürt, was sie vorhatte. Aber dann war es zu spät. Und was nutzte es noch, hinterher zu sagen, „Ich hab' es gewußt"?

Sie war tot.

Ich sage nicht, wie sie sich umgebracht hat.

Alex habe ich es damals erzählt. Als ich ihr dann endlich mal davon erzählen konnte. Ich konnte es erst nicht. Es hat lange gedauert. Viel länger als jetzt bei Lydia. Auch sonst spreche ich mit niemandem darüber, ehrlich. Weil es so schrecklich intim ist. Dieses demütigende Gefühl von Schuld.

„Soll ich dir mal was sagen? Nicht du hast sie im Stich gelassen, sondern du bist im Stich gelassen worden." Lydia starrt aus der Frontscheibe auf die Straße, als hätte sie Angst, mich auch nur für eine Sekunde kurz anzuschauen.

Ich erschrecke. Mein Magen krampft sich zusammen. „Von Silke?" frage ich ängstlich. Aber ich weiß schon jetzt, daß sie das nicht gemeint hat.

„Nein, von deinen Eltern", sagt Lydia.

„Meine Eltern lieben mich", erwidere ich rasch.

„Logisch", sagt sie. „Habe ich denn was anderes behauptet?"

„Sie würden mich nie im Stich lassen."

„Irrtum", antwortet sie und hebt die Hand, als ich schnell etwas entgegnen will. Ich bleibe stumm. Ist vielleicht besser. Ich fühle mich immer wohler, wenn meine Fahrerin beide Hände am Steuer hat. „Denk mal drüber nach", sagt sie. „Deine Eltern waren überfordert von der Situation. Hilflos. Aber sie waren die Erwachsenen. Sie hätten dir helfen können, indem sie sich selbst Hilfe geholt hätten. Schon mal was von Therapie gehört?"

„Meine Eltern hätten …? Also, ehrlich, Lydia, ich weiß nicht."

„Sie hätten sich bei einer Therapeutin oder einem Therapeuten Rat holen können. Dann hättest du nicht so allein dagestanden und dir nicht die Schuld gegeben. Du hättest heute ein engeres Verhältnis zu deinen Eltern."

„Habe ich doch."

„Hast du?"

„Hab' ich!" wiederhole ich trotzig.

Es ist minutenlang still. Ich denke an die große Frage der letzten Wochen. Wann werde ich ihnen endlich von Alex und mir erzählen?

„Woran denkst du?"

„Ich habe darüber nachgedacht, ob das Verhältnis zu meinen Eltern wirklich so gut ist, wie ich es mir selbst einreden will. Ich möchte ihnen nämlich schon seit einer ganzen Weile etwas sagen ..." bringe ich mühsam heraus.

„Daß du lesbisch bist?" erwidert Lydia und schaut in den Rückspiegel, um zum Überholen anzusetzen.

Mir bleibt die Spucke weg. Woher ...? will ich fragen. Aber dann sage ich es nicht. Und eigentlich hätte ich es mir ja denken können. Frau Schumann hat sie ja auch durchschaut. Und bei mir war es bestimmt noch eine ganze Ecke einfacher.

„Ist komisch", beginne ich und breche wieder ab.

Lydia gibt Gas.

„Komisch, weil ich noch nie darüber gesprochen habe. Ich meine, mit niemandem außer meiner allerallerbesten Freundin. Und ihr Freund, der weiß es auch. Der ist mit meinem Bruder befreundet. Und deswegen haben Mercedes, das ist meine Freundin, und ich auch immer wieder ein paar Probleme in der letzten Zeit. Ich hab' manchmal Schiß, daß ihr Freund meinem Bruder was sagen könnte. Oder daß Mercedes Jutta was sagt. Die ist nämlich die Freundin von meinem Bruder, und Mercedes ist jetzt ziemlich dicke mit ihr. Besonders seit raus ist, daß Jutta schwanger ist. Ich meine, das ist ja auch ein Schlag, oder? Die ist gerade mal ... so alt wie du. Ja, so alt wie du, glaube ich. Und dann ein Kind. Na ja, und Mercedes denkt, daß sie mit ihren Freunden und der Angst vor Schwangerschaften und so, daß sie ganz andere Probleme haben als wir mit unserem Coming-out, das nicht klappen will. Nur hab' ich mich jetzt gerade gefragt, warum es denn nicht klappt. Die Eltern sind doch wohl immer die ersten, denen man es sagen sollte, nicht? Aber ich bring's nicht über mich. Dabei sind meine Eltern o.k., die sind echt in Ordnung. Meine Mutter ist ein bißchen durchgeknallt, was Klamotten angeht, und mein Vater ist so ein Arbeitstier. Aber ansonsten ..." Meine Stimme versagt, und ich denke: Was hast du denn jetzt alles von dir gegeben?

Ich habe das Gefühl, zehn Minuten am Stück gequatscht zu haben, und zwar so durcheinander, daß Lydia bestimmt nicht weiß, was ich im Grunde sagen wollte. Weil ich alles so kreuz und quer gefaselt habe, habe ich auch irgendwie vergessen, Alex zu erwähnen. Ich wollte doch eigentlich auch von Alex erzählen. Kann ich ja gleich noch.

Lydia, inzwischen längst wieder sicher auf der rechten Spur unterwegs, sieht mich kurz an. Der Schalk, der sonst immer aus ihren Augen sprüht, ist verschwunden. Ich lese plötzlich etwas anderes darin und spüre, wie mir innerhalb von Sekunden ein riesiger Kloß im Hals wächst. Daß sie mich so ansieht, das ist einfach eine Nummer zuviel für mich.

„Du ..." Meine Stimme versagt wieder, und ich muß einen zweiten Anlauf nehmen. „Du meinst also, daß meine Eltern mich damals, als Silke starb, irgendwie im Stich gelassen haben. Und daß es mir deswegen jetzt so schwerfällt, ihnen hundertprozentig zu vertrauen?" bringe ich dünn heraus.

Lydia schüttelt sacht den Kopf. „Hab' ich nicht gesagt."

„Aber gedacht!"

Wieder sieht sie mich an. „Meinst du, du weißt, was ich denke?"

Ich antworte nicht, sondern starre aus dem Fenster.

Meine ich, ich weiß, was sie denkt? Ja, irgendwie schon. Irgendwie habe ich das Gefühl, in sie reingucken zu können. Vielleicht, weil wir uns ähnlich sind?

„He, wenn du nicht willst, dann müssen wir nicht darüber reden. Eltern sind ein ätzendes Thema. Echt schwierig. Kenne ich doch selbst."

„Du? Du warst doch wohl völlig cool, es deinen Eltern einfach ins Gesicht zu schreien. Jetzt sag bloß, du hast vorher auch so herumüberlegt, wie du es am besten machen sollst?" hake ich nach.

Lydia winkt ab. „Hast du 'ne Ahnung! Ich hab' mich total verrückt gemacht und zwei Anläufe gestartet. Dabei dachte ich jedes Mal kurz vorher, ich falle bestimmt in Ohnmacht, so sehr raste mein Herz. Ich dachte, ich kippe einfach um. Und dann habe ich's doch lieber gelassen. War vielleicht wirklich besser, denn schließlich hatte ich so auch meinen großen Auftritt."

Wir lachen beide. Aber das Thema läßt mich nicht los. Und so erzählt sie noch mehr. Von ihren Ängsten, die sie hatte. Von den schlimmen Alpträumen, in denen ihre Mutter starb, ohne daß sie es ihr gesagt hatte. Von der Horrorvision, daß ihre Eltern sie einfach rauswerfen und nie wieder sehen wollen. Ach, ich kenne das alles so gut. Es kommt mir vor, als würde sie von mir erzählen.

Wie sage ich es meinen Eltern? Was bedeutet es für sie? Und wie werden sie reagieren, mit mir umgehen?

Ich bin total aufgewühlt, als wir nach einer knappen Stunde ankommen und Lydia den Wagen geschickt in eine Parklücke vor dem „Schubidu" setzt.

Wir suchen uns einen netten Tisch in einer Nische aus und stürzen uns gierig auf die Speisekarte. Es liegt nur eine auf dem Tisch, und so stecken wir die Köpfe nah zusammen, studieren gemeinsam die Seiten und zeigen einander besonders verlockende Gerichte.

Die ganze Zeit atme ich ihr dezentes Parfüm ein, das mich an einen großen Strauß Sommerblumen erinnert. Ich habe solche Sehnsucht nach dem Sommer, nach der Wärme, der Sonne, dem Grün.

Wir erzählen uns, wie wir es gemerkt haben. Sie bei einer Referendarin in der Schule, die sie ohne Ende angehimmelt hat. Und ich bei Mercedes, als wir gemeinsam in diesem Zeltcamp in Italien Urlaub machten und uns eigentlich da erst richtig kennengelernt haben.

Zwischendurch kommt eine Kellnerin, nimmt die Bestellung auf, bringt die Getränke und das Essen. Immer brechen wir unsere Unterhaltung dann kurz ab. Es ist so persönlich, worüber wir reden. Niemand außer uns soll das mitbekommen.

Nur Alex habe ich noch immer nicht erwähnt. Ich sollte das tun. Gleich. Gleich ... nach dem Essen.

„Jetzt raucht mir aber der Kopf von diesen schweren Themen", stöhnt Lydia schließlich und schiebt ihren Teller weg.

Ich tue es ihr nach. Bin pappsatt.

„Ich habe eine Idee. Im Kulturhaus läuft heute ein Film über eine lesbische Liebesgeschichte. Hast du Lust?"

Ich überlege kurz. Habe ich Lust? Ach, das ist gar nicht die Frage. Die Frage ist: Wie werden Mama und Papa das finden? „Dann müßte ich nur mal kurz was erledigen", sage ich und stehe vom Tisch auf. In dem schmalen Gang zu den Toiletten hängt ein Münzfernsprecher. Ich hebe ab, wähle unsere Nummer und habe Superglück, denn Papa geht ran. Bei ihm ist es meistens viel einfacher. Mama behauptet immer, das liegt daran, daß er so oft weg ist und deswegen nicht weiß, was denn unser Ausgeh-Standard so ist. Aber ich glaube, er findet es ganz toll, wenn er mal die Gelegenheit hat, mir großzügig etwas zu erlauben, was Mama vielleicht nur zögernd tun würde.

„Wenn du mir auch noch kurz erzählst, wie denn deine Preisverleihung war, dann würde ich wohl ‚ja' sagen", meint er jetzt gerade.

Ich kann es selbst nicht fassen. Das hätte ich fast vergessen. Ich berichte kurz und fröhlich, und Papa ist sehr zufrieden. Er klingt stolz, als er sagt: „Dann sei aber um elf zu Hause. Schaffst du das?"

„Ich denk' schon. Plusminus eine Viertelstunde?"

„Lieber minus", grinst er durch die Leitung, aber ich habe verstanden. Es geht klar.

Also zahlen Lydia und ich eilig und machen uns auf den Weg zum Kulturhaus. Wir kommen gerade noch rechtzeitig.

Eine Frau vom Kulturhaus, die laut Lydia „ganz bestimmt auch von der Fakultät ist", hält eine kurze Ansprache. Der Film wird in einer lesbisch-schwulen Reihe gezeigt, die vom Regenbogen-Telefon organisiert wurde. Das Regenbogen-Telefon, erklärt Lydia mir flüsternd, ist ein Verein mit lauter ehrenamtlichen Mitarbeitenden, die Anruferinnen und Anrufern Fragen zur Homosexualität beantworten, ihnen Tips und sinnvolle Ratschläge geben oder sich einfach nur die Probleme anhören.

Nach der Ansprache wird der Film gezeigt, ganz ohne Werbung und so.

Es geht um eine Frau, die an einer christlichen Schule Lehrerin ist und sich in eine ziemlich verrückte Frau verliebt, die mit ihrem Zirkus in der Stadt gastiert. Dumm nur, daß die Lehrerin verlobt ist und bald heiraten will. Daraus kann dann ja wohl nichts werden. Sie verliert auch ihren Job, und eine Zeitlang sieht es verdammt mies aus – auch für die beiden. Denn eine so junge Beziehung kann soviele Probleme gar nicht verkraften. Auch die Eltern der Lehrerin kommen kurz vor, und ich kriege eine Gänsehaut dabei. Die sind megaätzend drauf.

Meine Güte, ich sitze mit schwitzigen Händen auf meinem Holzstuhl und bibbere und hoffe. Und dann wendet sich tatsächlich plötzlich alles zum Guten. Und es gibt eine schöne, wirklich wunderschöne Szene zwischen den beiden Frauen, in der sie in einem großen, roten Bett liegen und sich lieben. Und dummerweise merke ich, wie sich mir der ganze Bauch zusammenzieht. Es ist so romantisch und liebevoll, und ziemlich sexy!

Ich sehe vorsichtig zu Lydia hinüber, betrachte kurz ihr Gesicht im Schummerlicht des Raumes. Sie ist völlig gefangen von den Bildern und lächelt ein bißchen. Schön sieht sie aus. Als sic den Kopf bewegt, sehe ich schnell weg. Aber aus dem Augenwinkel kann ich erkennen, daß sie mich anschaut. Hat sie meinen Blick gespürt, so wie ich jetzt ihren spüren kann?

Es sind Minuten, die sie mich anschaut. Und langsam bekomme ich einen steifen Hals. Vor lauter Anstrengung, bloß nicht zurückzuschauen. Dabei will sie das vielleicht? Vielleicht will sie ja, daß ich es merke, wie sie mich ansieht, und daß ich sie dann auch ansehe?

Nein, ich halte meinen Kopf gerade auf die Leinwand gerichtet und bewege ihn kein Stückchen zur Seite. Mein Puls rast. Und als sie schließlich den Blick wieder abwendet, ist mir wahnsinnig warm in meinem schicken Rollkragenpullover. Und ich bin etwas enttäuscht. Warum?

Als der Film zu Ende ist und die beiden Frauen glücklich miteinander die Straße entlangfahren, klatschen ein paar Leute im Publikum Beifall. Das habe ich noch nie erlebt. Schließlich hört weder eine der Schauspielerinnen noch sonst jemand den Applaus, der an dem Film gearbeitet hat. Aber auch ich habe Lust zu klatschen, so gut hat es mir gefallen!

Lydia und ich bleiben sitzen, bis alle anderen gegangen sind. Als hätten wir es verabredet, sitzen wir da und starren vor uns hin.

Schließlich schaltet sogar jemand von draußen das Deckenlicht aus, und es leuchten nur noch ein paar kleine Funzeln an den Wänden.

„Schätze, das war ein Rauswurf", meint Lydia und steht langsam auf.

Ich angele meine Jacke von der Stuhllehne und fühle mich ganz wirr im Kopf.

Das war ein Tag! Die Preisverleihung. Unsere intensiven Gespräche. Und jetzt noch dieser Film.

„Wie hat's dir gefallen?" fragt sie jetzt. Vor mir stehend, knöpft sie langsam ihre Jacke zu. Es ist eine von diesen etwas abgewetzten Wildlederjacken. Sieht gut aus.

„Toll", bringe ich nur heraus und finde das etwas mager. „Ich meine, ich fand es super, weil es gut ausging. Das war mein erster Film, in dem es …"

„… in dem es ein Happy-End gab? Was hast du denn sonst schon so gesehen?"

Wir stehen dicht voreinander. Das verwirrt mich, und plötzlich ist es mir auch peinlich zu sagen, daß es mein erster Lesbenfilm war, den ich gesehen habe. Lydia hat bestimmt schon zig gesehen. Aber weil ich nun einmal nicht wüßte, was ich sonst sagen sollte, antworte ich: „Nein, ich meinte, es war mein erster Film, in dem es um ein Frauenliebespaar ging."

Lydia strahlt mich an. „Oh, wirklich? Das ist toll! Ich meine, es ist toll, daß ich dabeisein konnte."

Ich nicke nur und schlage die Augen nieder. Kommt mir das nur so vor, oder beugt sie sich etwas vor? Vielleicht hat sie auch einen kleinen Schritt in meine Richtung getan. Ich bin mir nicht sicher. Ich merke nur, daß wir plötzlich noch viel näher voreinander stehen. Wirklich nah. Ihre Jacke berührt meine. Nicht nur so leicht, sondern richtig an der ganzen Vorderseite.

Ich hoffe nur, sie will mich nicht küssen.

Was mache ich, wenn sie mich küssen will?

Ich sollte mich umdrehen und weggehen, einen Witz machen. Nur nicht einfach so dumm stehenbleiben und abwarten, was als nächstes passiert.

Warum habe ich Alex immer noch nicht erwähnt?

„Gott sei Dank ist es nicht nur im Film so", sagt Lydia da mit leiser Stimme.

Ich hebe den Kopf und sehe ihr genau in die Augen. Mein Magen dreht sich.

„Ich kenne eine ganze Menge glücklicher Paare. Es ist also möglich", fährt sie fort, als seien wir in ein ganz normales Gespräch vertieft. Nur der sanfte Tonfall in ihrer Stimme könnte darauf hinweisen, daß wir eigentlich nur noch die Arme umeinanderlegen müßten, um uns dann zu umarmen.

Ich erwidere nichts.

Glückliche Paare. Würde sie auch Alex und mich dazuzählen? Spricht es dafür, daß ich glücklich bin, daß ich jetzt und hier so eng mit Lydia stehe? So eng, daß keine Hand mehr zwischen uns passen würde …

„Ich weiß", murmele ich. Ohne recht zu wissen, was ich damit eigentlich sagen will.

Ihr Gesicht ist so nah, daß ich ihren Atem spüren kann. Ich bin sicher, daß sie mich jetzt küßt. Und ich weiß nicht, ob ich es will. Ich will es – und ich will wieder überhaupt nicht.

Kleine Härchen auf ihrer Wange. Ihr Geruch ganz deutlich. Ein Haar kitzelt mich an der Nase.

„Komm", sagt sie plötzlich. Es kommt mir vor, wie nach einer Ewigkeit. „Komm, ich bringe dich nach Hause."

Ich öffne die Augen und merke erst jetzt, daß ich sie geschlossen hatte.

Wir haben uns nicht geküßt.

„Ja", sage ich, stecke die Hände in die Taschen und folge ihr. „Ist wohl besser so."

Lydia geht voraus und antwortet nicht. Vielleicht hat sie die letzten Worte gar nicht gehört.

„Hast du sie geküßt?“ will Mercedes angespannt wissen.

„N...nicht wirklich“, stammele ich.

Mercedes glotzt mich an, als hätte ich eindeutig eine Schraube locker. „Nicht wirklich? Was meinst du damit? Habt ihr, oder habt ihr nicht?“

Ich denke daran, wie Lydia vor mir stand, so nah ...

„Nein“, sage ich und komme mir ein bißchen so vor, als würde ich lügen. „Nein, haben wir nicht.“

„Gut“, stellt Mercedes erleichtert fest.

„Gut?“ wiederhole ich. „Macht das vielleicht einen Unterschied, ob wir haben oder nicht?“

„Natürlich macht das einen Unterschied! Sag mal, tickst du nicht mehr ganz richtig? Seit wann denkst du, es ist egal, ob du jemanden geküßt hast oder nicht?“

Vielleicht, seit ich solche Gedanken gehabt habe? Seitdem es in meinem Magen gekribbelt und geflattert hat, weil eine andere als Alex meine Hand nahm? Ich zucke die Achseln.

„Jetzt mal ganz von vorn: Bist du verknallt, Franzi?“

Ich mache den Mund auf, und heraus kommt ein Geräusch wie ein verunglückter Schluchzer.

„O.k, falsche Frage“, sagt Mercedes zu sich selbst, „fangen wir es anders an: Was empfindest du für Alex?“

„Ich liebe sie“, antworte ich geradeheraus – und meine es ganz genauso.

„Und was empfindest du für Lydia?“ fragt Mercedes.

Ich zögere. „Ich weiß es nicht“, sage ich dann leise. Und so ist es. Ich weiß es einfach nicht.

Mercedes läßt sich wieder auf den Teppich vor ihrer Musikanlage sinken.

Mit sicheren Fingern sucht sie ihre CDs durch und nimmt die von Sophie B. Hawkins heraus. Die haben wir früher immer zusammen gehört. Ich kenne die Lieder in- und auswendig.

Als die ersten Töne erklingen, muß ich schlucken. Es tut so gut, bei Mercedes zu sein. Jetzt wird mir erst richtig klar, wie sehr ich unter unserem Streit gelitten habe. Jetzt, wo ich einfach vor ihrer Tür stand, sie mich nur einmal kurz ansah und sagte: „Komm rein, ich mach' uns Tee." Sie hat nicht eine Sekunde gezögert, weil sie mir angesehen hat, daß es mir mies geht. Ich finde, daran erkennt man echte Freundschaft. Wenn man sich auch nach einem Streit noch vollkommen aufeinander verlassen kann. Und das kann ich. Das spüre ich. Ich hatte auch keine Hemmungen, Mercedes sofort alles zu beichten. Haarklein habe ich ihr vom gestrigen Tag erzählt. Alles, was passiert ist und alles, was dabei so in mir abging.

Sie hat es gleich gewußt, meinte sie. Gleich, als ich zum ersten Mal von Lydia erzählt habe. Aber sie hat nichts weiter gesagt als ihr „Paß bloß auf!" Nichts weiter als das, denn Fehler muß man eben doch selbst machen.

„Das ist es ja, Mercedes. Ich weiß nicht, ob es ein Fehler ist. Ich weiß gar nicht, was es ist! Was soll das alles bedeuten?"

„Jetzt wollen wir mal Tacheles reden", sagt Mercedes und nimmt meine Hand. Sophie singt im Hintergrund eines ihrer schnulzigen Liebeslieder. „Wir sind gerade mal siebzehn. Alles klar?! Ich meine, wir sind nicht fünzig oder so, wo schon alles fast vorbei ist. Kapierst du? Unser Leben fängt gerade mal an. Also wenn du jetzt feststellst, daß du Alex gar nicht mehr so sehr liebst wie früher, daß du unglaublich verknallt bist in Lydia ..."

Ich weiß, was sie sagen will. Ich weiß es ja. Und ich habe auch schon eine Sekunde lang daran gedacht. Als ich nämlich überlegt habe, was das ist, was mich so zu Lydia hinzieht, und ob es nicht doch sein könnte, daß sie die Richtige für mich ist. Wir haben so viele Gemeinsamkeiten. Das Schreiben und unsere Liebe zu Büchern. Sie ist auch eher ein bißchen schlunzig, was ihre Klamotten angeht, genau wie ich. Und Alex dagegen, immer frech rausgeputzt nach dem neuesten Mega-Trend. Immer mit ihrer Kamera auf Achse, um tolle Motive festzuhalten. Immer auf der Suche nach Neuem. Vielleicht, dachte ich in dieser einen Sekunde, in der ich tatsächlich kurz darüber nachdachte, vielleicht passen Alex und ich ja doch nicht so gut zueinander. Vielleicht „passen" Lydia und ich ja viel besser? Aber ehrlich: Das war nur eine einzige Sekunde, in der ich das dachte. Und die war verwirrend genug. Aber dann hätte ich fast über mich selbst gelacht, habe den Kopf geschüttelt und Alex' Gesicht ganz deutlich vor mir gesehen. Wie diese widerspenstige Ponysträhne ihr ins Gesicht und über die Augen fällt, die grünen Augen, die mich immer so ansehen, daß ich schmelzen muß ... Da habe ich plötzlich keinen Sinn mehr in dieser Überlegung gesehen. Denn schließlich ist es doch supersonnenklar, daß ich Alex liebe. Und was fragt Liebe schon danach, ob zwei „passen" oder nicht. Das ist der Liebe doch scheißegal.

„Nein, Mercedes, das ist es nicht", sage ich da mit fester Stimme. „Ich will Alex nicht gegen Lydia eintauschen. Nie im Leben würde ich das wollen."

Mercedes macht ein Gesicht, als hätte sie nichts anderes erwartet. Diese Allwissenheitsnummer fährt sie liebend gern, ich kenne das ja. Aber diesmal macht sie mich damit echt kribbelig.

„Mercedes, jetzt mach es nicht so spannend. Du tust so, als hättest du die Lösung für meine Situation. Hast du wirklich?"

Meine Freundin knetet meine Hand und wellt ihre

Lippen. „O.k., dann sag' ich dir mal, was ich dazu denke." Sie macht noch eine eindrucksvolle Kunstpause. „Zum einen denke ich daran, daß es nicht einfach nur eine blöde Schwärmerei ist. Das krieg' ich doch mit. Und du hast selbst gesagt, ihr hättet euch fast geküßt. Das bedeutet doch etwas!"

Ich schaudere. An diesen Fast-Kuß darf ich gar nicht denken. Mein schlechtes Gewissen beißt mir ein Loch in den Magen, ich kann es deutlich fühlen.

„Ich glaube, daß du denkst, du könntest bei ihr was haben, das du bei Alex nicht haben kannst", höre ich Mercedes langsam sagen. Sie sieht mich an, als müßte bei mir jetzt der Groschen fallen. Tut er aber nicht. Ich spüre nur eine dumpfe Leere.

„Du kennst Alex doch", sage ich lahm, „was soll sie denn um Himmels willen nicht haben?"

Mercedes rauft sich die Haare. „Liegt doch wohl auf der Hand, Franzi! Du hast gedacht, bei Lydia bekommst du etwas, was du bei Alex nicht haben kannst. Unterbewußt vielleicht. Muß dir ja gar nicht klar gewesen sein ..."

„Aber was denn, in drei Teufels Namen?" fluche ich ungeduldig.

Wir sehen uns einen Augenblick schweigend an. Dann fragt Mercedes: „Was nervt dich am meisten an Alex?"

„Ihre Sonnenbrille?" versuche ich es.

„Quatsch!" Sie muß lachen. „Ich meine: wirklich nerven. Was deine Nerven blanklegt, weil du es einfach nicht mehr aushalten kannst. Jedenfalls sagst du das immer so. Was ist denn das Thema, weswegen ihr in letzter Zeit so oft gestritten habt?"

Plötzlich macht es „Klack" in meinem Kopf.

Ich drücke die Hand meiner besten Freundin ganz fest. Da liegt der Schlüssel! „Alex' Vater!" stoße ich hervor. Und dann wird mir einiges sonnenklar. Ich höre wieder Lydias

Stimme, wie sie mir von ihrem Leben erzählt, von ihren Eltern, ihren Freundinnen, ihrem lesbischen Leben an der Uni ... „Du hast recht. Was Lydia so erzählt hat, das klang alles so easy peasy. Alle haben Verständnis, alle akzeptieren sie, so wie sie ist. Alles ist so ..."

„... unbeschwert", beendet Mercedes meinen Satz.

Meine Stimmung geht auf Talfahrt, ziemlich weit runter. „Ich glaube, es war eine schöne Vorstellung, selbst so unbeschwert zu sein. Endlich ehrlich zu sein, endlich nicht mehr Verstecken zu spielen, endlich frei zu sein von diesem Druck ... Das ist es, was ich bei Lydia suche. Weil ich es bei Alex nicht finden kann."

Keine von uns hat da noch etwas hinzuzufügen. Nur Sophie läßt weiterhin ihre Stimme durch den Raum tanzen.

Schließlich nickt Mercedes langsam und sieht mich ernst an. „Was machst du jetzt damit? So eine Erkenntnis ist ja gut und schön. Aber was passiert nun?"

Wenn ich das wüßte. Ich bin so traurig. Für einen Augenblick war ich erleichtert, weil mir klar wurde, was mein Gefühl für Lydia überhaupt zu bedeuten hat. Aber die Erleichterung hat in Sekundenschnelle der Trauer Platz gemacht. Trauer darüber, daß alles so ausweglos erscheint.

Alex wird sich nie, nie trauen, offen mit mir zu leben, solange ihr Vater sich derartig oberaffenblöde verhält. Und ich werde immer weiter und weiter diesen schrecklichen Druck auf mir lasten fühlen, werde immer wieder unglücklich sein. Ich werde mich von Alex' dunklen Zukunftsperspektiven und ihrer Angst immer weiter anstecken lassen. Bis es mir selbst irgendwann auch vollkommen unmöglich ist, mit Menschen darüber zu reden, wie ich wirklich fühle.

Seit Alex sich so einigelt, bin ich ja auch immer stiller und zurückgezogener geworden. Ich werde genauso stumm wie sie, und dann können wir uns nicht einmal mehr gegenseitig helfen.

„Es ist, als wären wir verdammt", murmele ich düster.

Mercedes schnaubt. „Unsinn. Du mußt nur endlich mal aus den Puschen kommen", sagt sie mit all der Selbstverständlichkeit, zu der sie bei diesem Thema immer fähig ist. „Hast nichts davon, wenn du jetzt ins Schneckenhaus kriechst und jammerst, daß Alex' Vater euch euer Leben versaut. He, es gibt auch noch andere Menschen. Und auf die könnt ihr euch verlassen! Krieg jetzt bloß keine Schreckstarre wegen dieser Lydia! Tu was!"

So etwas Ähnliches hat Lydia ja auch gesagt, als wir in der Pizzeria saßen. „Taten sind wichtiger als Gedanken." Meine Gedanken – das muß ich mir leider selbst eingestehen – sind nicht unbedingt so supertreu gewesen. Aber vielleicht, das will ich mir einfach zugestehen, gab es dafür auch nachvollziehbare Gründe. Und meine Taten sind ihnen nicht gefolgt. In Taten bin ich Alex gewiß nicht untreu geworden. Das ist so gesehen gerade noch einmal gutgegangen. Aber Mercedes hat recht, jetzt sollte ich etwas tun.

„Aber was?" brumme ich.

„Ist doch logo! Du mußt jetzt ran, Franzi! Du mußt deinen Eltern endlich sagen, was los ist! Sonst geht das immer so weiter und weiter. Und bei der nächsten Lydia bleibst du vielleicht nicht zwei Zentimeter vorher stehen ..."

Ich weiß, daß sie recht hat. Ich weiß, daß ich nicht Alex allein die Schuld geben kann an unserem Dilemma. Ich selbst muß mein Schicksal in die Hand nehmen.

„Gut", sage ich ruhig. Und es klingt genauso wichtig, wie ich mich fühle. „Gut. Ich mach's. Ich werde es Mama und Papa sagen."

„Wann?" will Mercedes atemlos wissen. Sie spürt, daß es mir diesmal wirklich Ernst ist.

„Warum noch lange vor mir herschieben?" antworte ich tapfer. Ja. Wann sonst, wenn nicht jetzt?!

Meine beste Freundin sieht mich an. Eine Mischung aus

Respekt, Freude und Erleichterung steht in ihren dunklen Augen.

Sie robbt die wenigen Zentimeter zu mir und legt ihre warmen Arme um mich, umschlingt mich und drückt mich ganz fest. Als sie dann plötzlich wieder den Mund öffnet, singt sie. Sie singt den Liedtext mit, der gerade aus dem CD-Player ertönt: „… I'm about ready to take my elbows off this table, I'm about ready to take the whole world all inside …"

Ich lausche ihrer Stimme. Sie kennt den ganzen Text auswendig und weiß, daß ich ihn liebe. Ich höre ihr zu bis zum Ende. Und obwohl ich den Mund nicht aufmache, singe ich jedes einzelne Wort mit.

Daß Alex nicht da ist, macht es einfacher für mich.

Wäre sie da, würde ich vielleicht der Versuchung erliegen, sie vorher noch anzurufen. Und vielleicht würde mich das Gespräch dann so sehr aufregen, daß ich gar keinen klaren Kopf mehr behalten könnte. So aber, wenn sie nicht da ist, kann ich mich ganz auf mich konzentrieren.

Auf dem Heimweg versuche ich, mir Sätze zurechtzulegen.

Zuerst werde ich Mama und Papa bitten, sich mit mir ins Wohnzimmer zu setzen. Ich werde das große Deckenlicht ausmachen und nur die Stehlampe in der Ecke anlassen. Und dann werde ich einfach zur Sache kommen. Nicht lange um den heißen Brei herumreden. Ich werde einfach mitteilen, daß ich ihnen schon lange etwas sagen wollte. Und heute sei mir klar geworden, wie wichtig es sei, es endlich hinter mich zu bringen. Und dann werde ich ihnen einfach sagen: „Ich habe im letzten Jahr festgestellt …", nein, nicht „festgestellt", das klingt so sachlich. Fast klinisch. Als ginge es dabei um eine wissenschaftliche Forschung. Nein, ich werde sagen: „Ich habe gemerkt, daß ich mich in Mädchen verliebe …"

Ne, ne, ne, meine Eltern leben nicht hinter dem Mond. Die kennen das Wort, ich muß sie nicht schonen. Ich kann es ruhig aussprechen. Dann ist auch gleich geklärt, daß ich damit selbstbewußt umgehen kann. Ich werde es sagen. Ich werde „lesbisch" sagen. „Ich bin lesbisch", werde ich sagen. Genau!

Ich schließe die Haustür auf und gehe hinein.

Mama sitzt im Arbeitszimmer am Computer.

„Hallo Spatz, schön, daß du da bist. Gehst du heute abend nochmal weg?"

Ich schüttele den Kopf.

„Super. Vielleicht hast du ja Lust auf eine Partie?"

Ich stutze. Mama will Karten spielen? Mit mir?

„Wo ist Papa?" erkundige ich mich geradezu mißtrauisch.

„Tübingen", knurrt Mama und haut auf die Tastatur. „Ich hab' ihn gerade zum Zug gebracht." Aber dann lächelt sie kurz. Tatsächlich! Sie lächelt! „Das nächste Mal fahre ich mit! Dank Doris."

Ich bleibe gedanklich bei Papa hängen. Er ist weg? Er hat sich gar nicht von mir verabschiedet. Als ich heute mittag zu Mercedes ging, habe ich ihm im Vorbeigehen einen Kuß gegeben, und er hat meine Schulter getätschelt, etwas gedankenverloren. Er hat gar nicht gesagt, daß er wegfährt. Oder doch? Habe ich ihm vielleicht einfach nicht zugehört? Weil ich schon so oft gesagt bekommen habe, daß er irgendwohin fährt für ein paar Tage?! Vielleicht hat er sich verabschiedet, und ich habe es nicht wahrgenommen. Weil ich so beschäftigt war mit meinen eigenen Sachen, mit dem bevorstehenden Treffen mit Mercedes und vor allem mit dem gestrigen Tag, mit Lydia. Ich nehme mir brennend fest vor, daß ich demnächst wieder mehr auf alles achten werde, was er mir sagt. Aber was wird jetzt aus meinem Plan? Wenn Papa nicht da ist, ist es doch irgendwie blöde.

„Franzi? Was starrst du mich denn so an?"

„Ach, nichts." Ich lache. „War nur so in Gedanken. Klar können wir eine Partie spielen. Ich muß noch ein bißchen Mathe machen. So um acht?"

„Acht ist fein. Dann bin ich hier auch fertig!" Mama lächelt mich noch einmal an und wendet sich wieder dem Bildschirm zu.

Ich wanke in mein Zimmer. Mut, bitte verlaß mich nicht! Was soll ich jetzt machen? Es Mama allein sagen? Wahrscheinlich würde das Papa ziemlich kränken. Oder? Sind Väter gekränkt, wenn ihre Tochter mit der Mutter ein wichtiges Thema erst einmal allein bespricht? Ich wäre gekränkt. Aber zugegeben: ich bin auch kein Vater …

Als Mama und ich uns dann endlich zu unserer Kartenpartie im Wohnzimmer treffen, bin ich echt ein nervliches Wrack, es ist abzusehen, daß ich diesen Abend wahrscheinlich nicht überleben werde.

Aber ich will zu meinem Wort stehen, das ich Mercedes und vor allem mir selbst gegeben habe: Heute soll es passieren! Nur muß es ja vielleicht nicht direkt vor der ersten Partie sein, oder?

Wir spielen.

Mama gewinnt haushoch und schaut mich mit hochgezogenen Brauen skeptisch an. Sie hat es gar nicht gern, wenn ich ihr das Gewinnen zu einfach mache.

Ich bin irrsinnig nervös. Kann mich nicht erinnern, wann ich das letzte Mal so nervös war, abgesehen von der Preisverleihung natürlich.

Eigentlich kann ich mir gar nicht vorstellen, daß Mama anders mit mir umgehen könnte als jetzt. Aber was, wenn doch?

Ich rutsche immer wieder nervös herum. „Mama?" piepse ich plötzlich. Ich erkenne meine eigene Stimme nicht wieder.

„Hm?“ macht Mama, vertieft in ihr neues Blatt. Sie schaut nicht hoch, und das macht mir Mut. Nie im Leben könnte ich das sagen, wenn dabei ihr prüfender Blick auf mir ruhen würde.

„Ich möchte dir schon seit längerem gerne etwas sagen. Dir und Papa. Aber irgendwie … ich hab’ mich nicht getraut …“

Ich schaue gebannt auf meine Karten, bloß nicht in ihr Gesicht, das jetzt dem meinem zugewandt ist. Das spüre ich. Ich weiß sogar, wie sie aussieht, gespannt und etwas besorgt.

„Nur weiter“, sagt sie jetzt aufmunternd. Ich kann die Unsicherheit in ihrer Stimme hören.

Ich versuche, mich an meinen Plan zu erinnern, den ich mir doch so schlau zurechtgelegt habe.

Wie war das noch? Einfach geraderaus? Aber ich kann ihr doch jetzt nicht einfach dieses Wort um die Ohren schlagen und dann hoffen, daß alles gut ist!

„Es hat damals mit Mercedes in Italien angefangen. Aber so ganz klar war es da noch nicht. Ich meine, ich dachte, es würde sich noch ändern. Aber dann kam es ganz anders. Ich weiß jetzt, daß es sich nicht wieder ändern wird. Und ich möchte euch so gern davon erzählen. Aber es ist nicht leicht, ich meine, es ist höllisch schwer, weil ich doch nicht wußte, wie ihr reagieren werdet. Deswegen habe ich lange überlegt. Vielleicht zu lange. Aber es ist ja angeblich nie zu spät. Also, was ich sagen will, ist …“

Es läutet an der Haustür.

Ich sehe auf und lese in Mamas Gesicht, daß ihr die Unterbrechung genauso ungelegen kommt wie mir.

„Wir sind nicht da“, entscheidet sie da und legt den Finger an den Mund.

Meine Beine zittern plötzlich. Wenn ich es nicht bald rausbekomme, dann breche ich hier zusammen, mitten auf unserem schönen Berberteppich. „O.k.“, sagt Mama und macht eine auffordernde Geste mit der Hand, „erzähl weiter!“

Im gleichen Augenblick läutet es noch einmal, lang und anhaltend.

Mama seufzt.

„Scheint jemand zu sein, der weiß, daß wir zu Hause sind.“

Sie sieht mich fragend an, und ich nicke. Was soll ich auch sonst machen? Ihr jetzt auf die Schnelle an den Kopf knallen, daß ich lesbisch bin?

Sie steht auf und geht zur Tür. Wenige Augenblicke später höre ich die Stimme meines Bruders im Flur. Leise und gedämpft. Das klingt nicht nach einem lustigen Besuch. Er kommt ins Zimmer und begrüßt mich mit einem nervösen Lächeln. Au weia, soll ich mal laut sagen, was ich denke, was jetzt kommt?

Ich fürchte, wir haben uns beide den gleichen Abend für unsere Offenbarungen ausgesucht.

Mama holt Cola und noch ein Glas aus der Küche. Obwohl sie von Chips gesprochen hat, vergißt sie die. Wahrscheinlich ist ihr auch klar, daß hier etwas Ernstes vor sich geht. Ich hoffe nur, sie wird das verkraften, was jetzt kommt.

Achim erzählt halbherzig eine Geschichte aus der Firma, in der er arbeitet. Aber wir sind alle drei nicht wirklich bei der Sache.

Mama kann es als erste nicht mehr aushalten. „Also, jetzt aber mal raus mit der Sprache, ihr zwei. Habt ihr irgendwas angestellt, daß ihr beide zum Beichtstuhl kommt? Ich werde das Gefühl nicht los, daß hier mächtig was im Busch ist.“

Achim sieht mich an, als sei bei ihm der Blitz eingeschlagen. „Wieso?“ fragt er drohend. „Wolltest du etwa …? Du wolltest es doch Mama nicht etwa sagen, oder?“

„Doch“, sage ich. Aber als ich sehe, wie seine Augen sich verengen, wird mir klar, daß dies ein Mißverständnis ist. „Nein!“ rufe ich deshalb rasch hinterher.

„Was denn nun?“

„Ich wollte ihr etwas sagen, aber nicht das, was du ihr sagen willst. Das solltest du ihr schon selbst sagen, denke ich.“

„Ah, toll, da sind wir ja einer Meinung. Nett von dir, daß du das so siehst!“ brummelt er mich an.

„Ich find's nur blöde, daß Papa nicht hier ist. Er müßte eigentlich dabeisein“, setze ich noch bedauernd hinzu.

„Schluß jetzt!“ sagt Mama entschlossen. „Jetzt hab' ich aber die Nase voll vom heißen Brei. Ihr spuckt jetzt beide auf der Stelle aus, was los ist!“

Achim und ich schweigen. Vielleicht ist es besser, wenn er anfängt, denke ich. Wenn Mama weiß, daß sie ein Enkelkind sicher hat, trifft es sie vielleicht nicht mehr so, daß ich keinen Schwiegersohn für sie im Sinn habe.

„Leg du los!“ fordere ich Achim auf.

Mama faltet die Hände in ihrem Schoß. Ihre sonst so heißgeliebten Karten liegen verlassen und unbeachtet vor ihr auf dem niedrigen Tisch.

Achim wird ein bißchen blaß. Aber dann reißt er sich zusammen und sagt mit kratziger Stimme: „Du sollst vorher wissen, daß ich nicht hier bin, um Almosen zu sammeln oder so. Wir schaffen das schon allein. Aber ich möchte auch nicht darüber diskutieren. Jutta und ich haben uns dazu entschlossen. Und weil wir uns einig sind, werden wir es auch so machen ...“

„Oh!“ macht Mama und hält sich die Hand vor den Mund.

Achim lächelt etwas schief. „Tja, ich nehme mal an, du ahnst jetzt schon, was kommt: Du wirst Oma.“

Mama starrt ihn wie hypnostisiert an.

Was sie wohl denkt? Sogar mich hat diese Offenbarung ein bißchen geschockt. Obwohl ich es ja schon wußte. Es ist einfach dieses offizielle Gehabe. Das wirkt so schwerwiegend. So wichtig. Und das ist es ja schließlich auch.

„Dann werd' ich wohl Tante", sage ich, weil Mama schweigt.

Mein Bruder grinst. Aber er wirkt irgendwie schüchtern.

„Ich …", beginnt Mama und bricht ab. Sie seufzt. „Ich verkneife mir jetzt alle Kommentare zu Verhütungsmitteln und Familiengründung mit Anfang Zwanzig. Das müßt ihr selbst wissen …"

„Tun wir! Wir haben uns das verdammt gut überlegt. Es war ein Unfall, nicht geplant. Und es wäre noch früh genug, aber wir … wir wollen das Kind. Beide." Er räuspert sich. „Es kann gutgehen mit uns. Wir mögen uns so sehr, daß wir es einfach wagen wollen. Und das ist doch das wichtigste, oder? Daß wir uns wirklich sehr mögen."

Mama antwortet nicht, nickt aber und streckt die Hand nach ihm aus. Er nimmt ihre Finger und drückt sie.

„Gut", trompetet Mama mit betont fröhlicher Stimme. „Nicht so leicht zu verdauen. Aber ich habe ja jetzt noch ein paar Monate Zeit, um mich an den Gedanken zu gewöhnen … Wieviele Monate habe ich denn noch?"

„Siebeneinhalb, wahrscheinlich", antwortet mein Bruder.

Sie schluckt. „Ich hoffe mal, ihr habt das mit dem Sternzeichen richtig hinbekommen. Schütze ist in Ordnung. Ich hoffe nur, es wird nicht noch ein Steinbock!" Sie selbst ist Steinbock.

„Ich werd's Jutta nochmal sagen. Vielleicht kann sie da was machen."

He, die beiden können ja schon wieder richtig Witze machen. Während mir immer noch das Herz auf halb acht hängt. Und da kommt es auch schon: „Aber was war denn nun mit dir, Franzi? Du hattest doch auch etwas auf der Seele?!"

„Ach, es ist nicht so wichtig", sagt meine spröde Stimme, ohne daß ich es will. Nein, denn ich will es doch endlich sagen. Ich will es hinter mich bringe. Ich will mein Versprechen halten. Aber ich kann es nicht. Ich bringe es einfach nicht fertig.

Mamas Augen sind dunkel und tief und fragend.

Achim hält immer noch ihre Hand.

„Hat es was mit Alex und dir zu tun?" fragt er.

Ich habe das Gefühl, ein nasses Handtuch klatscht gegen meinen Kopf.

„Alex und du? Was ist denn mit Alex?" hakt Mama sofort nach, mit besorgtem Blick auf mich.

Ich halte den Mund fest geschlossen. Wie war das noch? Ich wollte doch das Wort sagen! Ich wollte ihnen doch ganz selbstbewußt zeigen, wie gut ich damit umgehen kann!

„Ist schon o.k.", flüstere ich. „Muß nicht heute sein."

Ich kann spüren, wie ich in meinem Sessel zusammensinke. Wie kommt Achim dazu, das zu sagen? Wie kann er nur?

Mama schaut fragend von mir zu meinem Bruder. Doch der hält mit hochrotem Kopf den Mund geschlossen. Scheinbar ist ihm gerade noch ein Rest von Anstand eingefallen, bevor er es ganz vermasseln konnte.

Ich versuche, mich wie ein Hund zu schütteln und Mama offen ins Gesicht zu sehen.

„Hat Zeit bis morgen", flöte ich in leicht schiefer Tonlage.

Mama guckt mich an, daß ich genau weiß, sie glaubt mir meine Heiterkeit eh nicht. Sie ist so ernst, wie sie da Achims Hand hält und mich aufmerksam anschaut. „Seid ihr zusammen, Alex und du?" fragt sie da.

„Was?“ quieke ich. In meinen Ohren setzt ein großes Brausen ein.

Mama läßt Achims Hand los. „Ich will dir nicht zu nahetreten, Franziska, aber ... seid ihr ein Liebespaar? Du kannst mir das jetzt ruhig sagen, wenn es so ist. Ist es so?“

Ich verstehe die Welt nicht mehr. Woher weiß sie ...?

Doch dann nicke ich langsam und beginne stockend zu erzählen. „Seit letztem Jahr. Und deswegen ist Alex’ Vater auch so schlecht auf mich zu sprechen. Er hat es herausgefunden und war total sauer. Nicht nur sauer, ich meine, er war sauwütend. Er hat rumgebrüllt und geschimpft und hat gesagt, daß er sich ‚für so was‘ nicht krummschuftet. Es war so schrecklich. Die Tage danach hatten wir einen echten Schock, und dann ... na ja, dann hab’ ich mich gar nicht mehr getraut, euch was zu sagen ... ich hatte irgendwie Schiß ... ich meine ...“

Meine Stimme wird immer dünner und bricht dann völlig ab.

Mama schluckt und schluckt. Ihr Kopf ist so tief gesunken, daß ich ihr Gesicht nicht erkennen kann, weil es von den Haaren verdeckt wird. Ihre Schultern zucken ein bißchen. Oh, Gott, sie weint! Aber ich traue mich nicht, hinter sie zu treten und sie in den Arm zu nehmen. Plötzlich habe ich solche Angst, daß mein Hals ganz eng wird. Angst davor, daß sie mich fortstoßen könnte, wenn ich nahe an sie herantrete. Angst davor, Ablehnung in ihrem Gesicht zu lesen, Entsetzen. So, wie ich es damals bei Alex’ Vater gesehen habe.

Achim zögert genauso wie ich. Aber dann geht ein Ruck durch ihn. Vielleicht denkt er auch, daß es seine Aufgabe ist, weil er älter ist. Jedenfalls steht er auf, geht um den Sessel herum und legt den Arm um Mamas Schulter.

„So schlimm?“ fragt er mit kratziger Jungmännerstimme.

Mama schnieft. Langsam hebt sie den Kopf, blickt ihn mit feuchten Augen an und dann zu mir herüber. „Ich bin nur einfach für diesen Anlaß vollkommen falsch angezogen“, sagt unsere Mutter, die Boutiquenbesitzerin.

Ich schluchze auf und muß plötzlich so doll heulen, daß ich gar nichts mehr sehe. Die Tränen strömen nur so aus mir heraus, und in wenigen Sekunden ist mein Gesicht vollkommen verschmiert.

„Komm sofort hierher!“ höre ich Mama laut sagen, mit diesem Ton in der Stimme, der mich noch mehr weinen läßt, weil er mir sagt, daß sie mich liebhat und meine Heulerei rührend findet – und lächerlich.

Ich stehe auf und torkele schluchzend zu ihr, knie mich vor sie und vergrabe meinen Kopf in ihrem Schoß.

Ach, Alex, denke ich, und liebe Mercedes, und wenn Papa doch hier wäre, und habe plötzlich Sehnsucht danach, daß Papa mich mit seinem typischen After-Shave-Duft einhüllt und ganz, ganz festhält.

Es ist raus. Endlich ist es raus aus mir. Wo es gewuchert, geschmerzt und dann wieder betäubt hat. Es ist raus, und Mama hält mich im Arm, während Achim sie im Arm hält und wir alle drei wie ein festgezogener Knoten in unserem Wohnzimmer hocken.

Wie fühle ich mich? Wie in einem Traum. Und doch so erlöst, daß es nur die Wirklichkeit sein kann.

Mama packt mich an den Schultern und schüttelt mich leicht.

Ich sehe sie durch einen Tränenschleier an, erkenne das Lächeln und den Vorwurf darin.

„Warum hast du mir das nicht schon früher gesagt?“ flüstert sie.

Ganz leise, aber ich hab's trotzdem verstanden. Ich hätte es sogar verstanden, wenn sie gar nichts gesagt hätte.

„Ein bißchen, ein ganz kleines bißchen habe ich es ja

geahnt. Aber ich dachte immer, du würdest es mir ganz sicher sagen. Du mußt doch wissen, daß du mir alles sagen kannst. Und wie lange hast du es nun mit dir herumgeschleppt! Meine arme Maus!" Und wieder werde ich an sie gezogen und fest gedrückt.

Über ihre Schulter sehe ich in Achims Gesicht. Und da staune ich nicht schlecht. Denn auch dort sind ganz deutlich Tränenspuren zu sehen. Bei ihm, der mich früher immer Heulsuse genannt hat und behauptete, Weinen käme für ihn überhaupt nie in Frage. Aber jetzt denke ich gar nicht daran, ihn damit aufzuziehen. Nein, ich denke nur daran, wie unheimlich lieb ich ihn habe.

Nach einer Weile, die mir wie eine kleine Ewigkeit vorkommt, löst unser Knoten sich auf. Mama und ich putzen uns ausgiebig die Nasen und Achim verschwindet „mal für kleine Jungs" – wahrscheinlich, um seine Tränenspuren unauffällig zu beseitigen.

Mama und ich sehen uns unsicher an. Die erste Hysterie ist jetzt vorbei. Wir sind immer noch da, genau wie vorher. Eigentlich hat sich nichts verändert. Und doch ist es für mich so, als sei alles anders.

„Darf ich Papa das erzählen, wenn wir nachher telefonieren?" fragt sie mich.

Ich nicke und fühle mich plötzlich noch ein bißchen mehr erleichtert. Ein Coming-out vor der Familie reicht mir für die nächsten Tage. Es ist mir ganz recht, wenn sie mir diese aufregende Sache abnimmt.

„Du mußt mir dann aber genau erzählen, was er gesagt hat!"

„Mach' ich. Was denkst du denn, was er sagen wird?"

Ich zucke die Achseln. Papa hat noch nie viel mit den Liebesgeschichten seiner Kinder am Hut gehabt. Ich hatte immer das Gefühl, es ist ihm ein bißchen peinlich. Nun wird Mama ihm gleich zwei Neuigkeiten von Tochter und

Sohn zu berichten haben, bei denen er um das Wort „Liebe" wirklich nicht herum kommt. Der Arme.

Weil ich nicht antworte, öffnet Mama wieder den Mund. „Was mir ein bißchen wehtut, das ist die Tatsache, daß du nicht sofort zu uns gekommen bist. Ich dachte, wir hätten dir immer vermittelt, daß du bei uns mit allem auf offene Ohren triffst. Sogar als wir mitbekamen, daß der Rainer von Stregmanns beim Autoknacken erwischt wurde und einen Prozeß bekam ... sogar da haben wir zu euch gesagt: Wenn ihr mal Schulden habt, weswegen auch immer, dann kommt zu uns, bevor so was passiert. Und auch wenn ihr mal Unsinn gemacht habt, nichts ist so schlimm, daß ihr es uns nicht sagen könntet."

„Ach, Mama", seufze ich und fühle mich dabei ziemlich erwachsen. „Ich mußte es doch auch für mich erst einmal klarkriegen. Und jetzt habe ich es doch gesagt."

Sofort verschwindet der leise Vorwurf aus ihrem Blick, und sie lächelt. „Ja, das hast du."

Als Achim sich genug kaltes Wasser ins Gesicht geworfen hat, um Mutter und Schwester wieder unter die Augen treten zu können, müssen wir natürlich auch noch über seine Neuigkeit ausführlich quatschen.

Mama steigert sich richtig hinein.

Sie kramt Fotoalben aus dem Schrank, und wir blättern in ihnen herum, sehen uns, Mama, Papa, Achim und mich als Babys und Kleinkinder an. Mama bekommt so einen sanften Ausdruck.

„Ich hoffe ja, daß es Jutta ähnlich sieht, und nicht mir", sagt Achim mit einem leichten Räuspern.

„Deine Großmutter war eine Schönheit. Wenn es ein Mädchen wird, sollte es ihr ähnlich sehen", meint Mama.

„Ich fänd's am besten, wenn es mir ähnlich sehen würde", kichere ich. „Dann mußt du täglich an mich denken, Brüderchen."

So geht es den ganzen Abend – bis weit nach Mitternacht.

Wir reden über Kinderwagen und Wickelkommoden, hübsche Namen für Jungen und Mädchen.

Und irgendwann fragt Achim mich, wie ich es gemerkt habe, daß ich lesbisch bin. Er sagt wirklich „lesbisch", und es klingt aus seinem Mund so ungewohnt, daß ich am liebsten mit den Ohren schlackern würde. Doch ich sollte mich besser daran gewöhnen.

Mama und er hängen an meinen Lippen, als ich erzähle, wie ich mich vor zwei Jahren in den Sommerferien in Mercedes verknallt habe und deswegen meine Freundschaft zu Sven beendet habe, obwohl Mercedes meine Gefühle gar nicht erwiderte. Ich sage ihnen, daß ich aber trotzdem einfach wußte, daß diese Art von Verlieben für mich richtig ist, viel toller und umwerfender als alle Liebesgeschichten mit Jungs zusammen. Ich erzähle ihnen, wie Alex letztes Jahr neu in die Klasse kam, wir uns näher kennenlernten und ich es gemerkt habe: Daß es nicht nur Mercedes war. Daß es nicht an einer bestimmten anderen Person festzumachen war, sondern daß es wirklich ein Teil von mir ist.

Als ich ihnen schildere, wie Alex und ich mal in der Großstadt waren und dort einen riesigen Frauenschwof besucht haben mit Hunderten von Lesben, bekommt Mama diesen gewissen Ausdruck ins Gesicht, den ich im letzten Jahr immer mal wieder an ihr gesehen habe. Als Achim uns mitteilte, daß er ausziehen würde zum Beispiel. Aber auch manchmal, wenn ich mich rausgeputzt habe und mich dann von ihr verabschiede. Das ist ihr „Jetzt-seid-ihr-erwachsen"-Ausdruck. Und dieses Gesicht gefällt mir ziemlich gut.

„Aber Alex' Vater ist ein großes Problem", schließe ich endlich. „Wir waren einfach nicht darauf vorbereitet, daß er uns erwischen würde. Und wir haben wohl völlig falsch reagiert. Ich bin total kopflos weggerannt, und Alex hinter mir her. Wir hätten ihm zeigen müssen, daß es keinen Grund gibt, sich aufzuregen. Dann wäre es vielleicht ganz anders gekommen."

Mamas Blick ruht auf mir. Sie sieht stolz aus, und nachdenklich. „Wie ist es möglich, daß wir im selben Haus leben und so wenig voneinander gewußt haben?" murmelt sie leise, wie zu sich selbst.

„Mach dich nicht fertig, Mama." Achim stupst sie mit dem Finger an. „Franzi ist eben eine alte Geheimniskrämerin. Sollte sich mal ein Beispiel an mir nehmen. Ich weiß es ein paar Tage und rücke sofort damit raus."

Ich ziehe eine Grimasse. „Logisch, mein Lieber. Du hättest es ja wohl schwer ein ganzes Jahr vor uns geheimhalten können!"

Darüber müssen wir dann alle lachen.

Nach diesem Abend ändert sich einiges. Und es so auszudrücken, ist sogar noch untertrieben. Ich habe das Gefühl, mein Leben wurde in die Waschmaschine gesteckt, einmal kräftig durchgeweicht, trocken geschleudert, und dann wieder frisch und neu hinausgelassen.

Nicht, daß meine Tage anders verlaufen würden als bisher, oder daß die meisten Menschen mir anders begegnen würden als bisher. Nein, es ist ganz einfach die Tatsache, daß ich mich plötzlich so frei fühle wie ein Falke am Himmel, und so leicht wie eine seiner Federn.

Der Montag wird besonders anstrengend, denn ich bin total übermüdet von diesem heftigen Wochenende und komme mir vor wie in einem Traum.

Außerdem hatte ich noch keine Gelegenheit mit Alex zu sprechen und muß sie daher vor der Schule abfangen.

Wir prallen an der Straßenecke aufeinander wie zwei aufgeregte Hühner, beide mit hochroten Wangen.

„Hi", keuche ich atemlos und sehe auf ihren Mund.

Aber sie würde es nie zulassen, daß ich ihr auf offener Straße einen Begrüßungskuß gebe – egal, wie lange wir uns nicht gesehen haben. „Wie war's?"

„Gut", erwidert Alex. Ihre Augen leuchten, während sie mich ansieht. Und ich glaube ihr dieses schlichte Wort sofort. Denn wenn sie diesen James Dean-Blick drauf hat, dann geht es ihr immer gut. Und sie weiß genau, daß ich von diesem Blick weiche Knie bekomme. Genau das passiert nämlich jetzt, und Alex kann ungehindert sofort losplatzen mit ihren Wochenenderlebnissen. Sie redet ohne Punkt und Komma, während wir langsam den Weg zur Schule einschlagen: „Sie ist echt nett. Hätte ich nicht gedacht. Ich meine, du weißt ja, daß ich Schiß hatte, sie würde diese Mami-Nummer fahren. Aber das war gar nicht so. Das beste ist aber, wie sie mit Papa umgeht. Einmal war er sauer, weil wir uns verfahren hatten. Und sie nur ganz cool: ‚Ich weiß gar nicht, was du hast. Sonst kannst du nicht genug Zeit mit mir verbringen.' Er hat vielleicht geglotzt, kann ich dir sagen. Konnte ich genau sehen. Ich saß nämlich vorne. Sie hat mich vorn sitzen lassen, obwohl Papa meinte, ich soll hinten sitzen. Aber sie meint, hinten sei es für sie gemütlicher. Fand ich klasse von ihr. Auf der Rückfahrt hab' ich ihr dann den Platz vorn angeboten. War ja nur fair. Und sie macht so …" Alex kneift mir charmant ein Auge zu und lacht laut. „Papa hat so geglotzt. Ich glaub', der fand es irgendwie komisch, daß wir uns gut verstehen. Aber gefreut hat es ihn. Wir hatten richtig viel Spaß miteinander. Und Doris … ich darf sie Doris nennen, hab' ich das schon gesagt? Finde ich besser als immer mit ‚Sie' und dem Nachnamen und so, das ist doch blöde. Also, Doris hat sich immer nett mit den anderen unterhalten. Waren so typische Verwandtschaftsgespräche. Du weißt schon: ‚Wie geht es eigentlich Onkel Karl, und was macht Tante Herta … und deren Sohn studiert ja jetzt Medizin … und die Tochter bekommt ein uneheliches Kind …' Tratsch, Tratsch, Tratsch! Ich und Doris immer mittendrin. Aber gestern nach dem Essen zum Beispiel, da fragt sie mich plötzlich, ob ich mit ihr einen Verdauungsspaziergang mache. Nur mich hat sie gefragt. Auch wenn die anderen dumm geguckt haben. Wir also nix wie raus. Draußen hat sie einmal laut gekreischt. Ich hab' gedacht, ich krieg' einen Herzinfarkt vor Schreck. Sie meinte dann, sie hielte es nicht mehr länger aus, so brav zu tun. Alle würden sie anglotzen wie den Weihnachtstruthahn, so nach dem Motto: ‚Das ist also die Neue! Und ist die denn auch gut genug?' Ich konnte sie echt verstehen. Also sind wir ziemlich lange rumgelaufen. Alle haben sich schon Sorgen gemacht. War total lustig. Ich glaub', die ist echt nett."

Alex muß Luft holen. Ihre Wangen sind gerötet vom schnellen Sprechen und vom Bergauf-laufen. Um wieder Luft zu bekommen, bleibt sie kurz stehen und sieht mich munter an.

„Und du? Wie war deine Preisverleihung? Hast du den Text gut gelesen?" Sie ist so euphorisch. Ihre „Ich-umarme-die-Welt"-Laune.

„Die Verleihung war super. Aber das ist nicht alles, was am Wochenende passiert ist …" Ich kann es nicht lassen, sie einen kleinen Augenblick lang auf die Folter zu spannen.

Alex sieht mich an, als möchte sie mich am liebsten schütteln. Ihr ganzer Körper ist gespannt wie ein Flitzebogen.

„Ich hab's meinen Eltern gesagt", sage ich möglichst schlicht.

Alex hält die Luft an. Ihre Augen werden groß.

„Nee, ne?!" ist alles, was sie herausbekommt.

„Doch. Na ja. Eigentlich hab' ich es nur Mama und Achim gesagt, weil Papa nicht da war. Und Achim zählt nur halb, weil er es wohl schon von Carsten wußte. Aber immerhin. Mama hat es Papa am Telefon gesagt und … Was soll ich sagen? Es ist alles in Butter. Kein Problem. Sie hat nur geheult, weil sie nicht die richtigen Klamotten anhatte. Na ja, wohl eher, weil alles so plötzlich kam: Achim mit dem Baby, und dann noch ich …"

Alex schüttelt immer noch den Kopf. „Das glaube ich nicht! Das gibt's ja gar nicht! Wieso hast du das denn ausgerechnet an diesem Wochenende gemacht? Du hast doch vorher gar nichts gesagt …"

„Ich hatte es ja auch eigentlich gar nicht vor", beginne ich und breche ab. Denn mir fällt siedendheiß wieder ein, warum ich mich so plötzlich zu diesem großen Schritt entschlossen habe: Weil es mir plötzlich so schien, als sei das der einzige Weg, um meine Beziehung mit Alex zu retten. Aber das kann ich ihr doch so nun wirklich nicht sagen! Oder? Was soll ich ihr sagen?

Alex neben mir haut mit ihrer Faust in die flache Hand.

„Und Carsten hat gepetzt? Find ich ja superscheiße. So was kann doch voll ins Auge gehen. Wie lange wußte Achim es denn schon?"

„Weiß ich nicht. Aber ich fand es eigentlich nett. Bestimmt wollte Carsten uns nur helfen …"

„Schwachsinn! Als ob er uns damit helfen würde, daß er unsere geheimsten Dinge rumerzählt!" regt Alex sich auf.

Ich merke, daß sie gerade wieder ihre Mauer aufbaut. Das kenne ich schon. Dann werden in ihren Augen alle zu unseren Feinden. Alle wollen uns lynchen, niemand mag uns – nur weil wir zusammen sind. Wenn sie diese Mauer aufbaut, dann sieht sie nur noch Gespenster. Und was noch schlimmer ist: sie läßt dann auch mich nicht an sich heran. Sie denkt nur daran, wie sie sich selbst am besten schützen kann.

„Ich find's gut, daß es jetzt nicht mehr unser ‚geheimstes Ding' ist", erwidere ich langsam. Ich wiederhole absichtlich ihre komische Wortwahl, damit sie merkt, wie seltsam sich das anhört. Als hätten wir einen Grund, uns vor der ganzen Welt zu verstecken!

Alex sieht mich nur kurz von der Seite an. Fast erwarte ich, daß sie wieder etwas sagt wie neulich in einem Streit, als sie mir vorwarf, ich hätte eine rosarote Brille aufgesetzt. Aber es kommt nichts dergleichen. Ihr Ausdruck ändert sich von vorwurfsvoll zu unsicher, und dann schaut sie wieder fort. „Was haben sie gesagt?" will sie nach einer kurzen Weile des Schweigens wissen.

„Papa habe ich noch nicht gesprochen. Und Mama hat eigentlich nur gefragt, wieso ich es ihr nicht schon viel früher erzählt habe. Ich glaube, sie war ein bißchen enttäuscht, weil ich kein Vertrauen zu ihr hatte. Aber dann habe ich ihr von deinem Vater erzählt, und dann hat sie wohl verstanden, daß wir ..."

„Was? Du hast ihr das von Papa erzählt?" fährt Alex mich an. Wenn es überhaupt möglich ist, wird sie jetzt noch aufgelöster, als sie eh schon ist.

„Ja, hab' ich. Na und? So konnte sie wenigstens verstehen, wieso ich mich so lange nicht getraut habe, es zu erzählen."

„Und was ist, wenn sie das Doris erzählt?" Da ist dieser typische, panische Ausdruck auf ihrem Gesicht, den ich inzwischen schon so gut kenne. Feinde! Feinde! Das sind alles unsere Feinde! Total verrückt kommt sie mir dann vor.

„Wird sie nicht", verspreche ich ihr. Ich habe zwar mit Mama nicht darüber geredet, aber ich weiß, daß ich ihr vertrauen kann. „Die beiden kennen sich doch kaum. Ist doch eine rein geschäftliche Sache, ihre Bekanntschaft. Da wird Mama doch nicht hingehen und so was ausplaudern."

Meine Zuversicht beruhigt Alex nur wenig. Sie sieht

ziemlich zerzaust aus. Als ginge bei ihr ein gewaltiger, innerer Sturm um.

„Wie kommst du nur darauf, das so plötzlich zu machen?“ murmelt sie. Ich tue so, als hätte ich sie nicht gehört. Vielleicht hat sie es auch eher zu sich selbst gesagt.

Aber nach ein paar weiteren Schritten hebt sie den Kopf und sieht mich fragend an. „Sag doch mal!“ fordert sie mich auf.

Was soll ich jetzt machen? Meine Entscheidung – getroffen in wenigen Sekunden des Zögerns – kommt total aus dem Bauch heraus. Ich will ehrlich zu ihr sein. Ich will, daß wir es jetzt ganz neu versuchen. Damit es auch wirklich gutgehen kann mit uns. Ja, das will ich: Daß es mit Alex und mir gutgeht.

„Ist gar nicht so einfach, das zu erklären. Vielleicht dauert es auch ein bißchen länger ...“ Ehe ich mich versehe, hat Alex meinen Arm gefaßt und mich zur Seite geschoben. Mittlerweile sind wir fast an der Schulmauer. Rechts liegt der Eingang zum Fahrradkeller, und dorthin manövriert sie mich jetzt. Ich weiß, wo sie hin will: in den alten Abstellraum, wo die ausrangierten, gammeligen Sofas aus der Oberstufen-Raucherecke stehen. Als wir frisch zusammenwaren, haben wir diesem Raum ab und zu mal Besuche abgestattet, um ein bißchen ungestört zu sein. Einmal hätte uns der Hausmeister fast beim Knutschen erwischt.

Alex knipst den Lichtschalter an, und die Tür fällt hinter uns zu.

Wir stehen voreinander. Aufgeregt, verwirrt, mit blitzenden Augen und Morgenkälte auf den Wangen.

„Hallo, erst mal“, sagt Alex leise.

Ich habe so eine Sehnsucht nach ihr, daß ich nicht anders kann, als die Arme um sie zu schlingen. Unsere Lippen passen ganz genau zusammen. In meinem Bauch zieht es, weil ich sie so sehr vermißt habe. Wir küssen und küssen. Irgendwie ist alles andere vergessen. Immer, wenn wir zwischendurch mal die Augen öffnen und uns kurz ansehen, kribbelt alles in mir unter ihrem Blick.

Wir verpassen das erste Schellen.

Das Gesicht an Alex' Hals geschmiegt, wage ich schließlich zu beginnen: „Du, ich muß dir was sagen. Ich weiß, daß du darüber sauer werden könntest. Deswegen will ich dir vorweg unbedingt sagen, daß es für mich jetzt ganz klar ist, was ich will, und wo ich hingehöre. Aber ich schätze, ich sollte es dir sagen, weil es wichtig ist. Deswegen habe ich nämlich auch diesen Schnellschuß am Wochenende losgelassen. Also …" Mir fehlen plötzlich die Worte. Alex ist ganz starr geworden in meinen Armen. Ich will ihr doch nicht wehtun, aber das werde ich. Ich werde ihr wehtun, das steht fest.

„Du hast dich doch nicht verknallt?" flüstert Alex durch ihren Jackenkragen. Ihre Stimme ist ganz zittrig vor Anspannung und Angst.

„Nein", antworte ich schnell. „Nicht verknallt. Aber vielleicht war es nah dran. Ich meine, ich wußte erst nicht so richtig, was es genau ist …"

„Junge oder Mädchen?" unterbricht Alex mich.

„Was?"

„Ist es ein Junge oder ein Mädchen?" wiederholt sie stur.

Ich kann das gar nicht fassen. So tief sitzt ihre Furcht immer noch, ich könnte das mit ihr nur mal so „zum Ausprobieren" genutzt haben. Sie weiß ja, daß ich früher auch in Jungs verliebt war. Sie weiß aber auch, daß es mit denen nie so war wie mit ihr. Nie so intensiv und wundervoll, und nie so nah.

„Ein Mädchen", antworte ich ihr, und ich kann spüren, wie sie in meinen Armen aufatmet. Sie ist erleichtert. Weil es ein Mädchen ist. „Eigentlich eher eine junge Frau …"

„Lydia!" stößt sie hervor und löst sich aus der Umarmung.

Ich frage mich, wieso es anderen Menschen oft so schwerfällt, Geheimnisse über sich selbst preiszugeben. Mir kann es gar nicht schwerfallen, denn anscheinend wissen sowieso alle schon vorher Bescheid. Das scheint mein Schicksal zu sein: Ich bin durchschaubar wie ein Küchensieb.

Weil Alex – vollends verstört – nun vor mir steht und mich hilflos anschaut, rede und rede ich. Ich erzähle ihr, wie ich Lydia zu mögen begann, wie mir ihre Art zu leben imponierte, und wie ich mir wünschte, auch so leben zu können. Ich erzähle ihr, wie Lydia mich so durchschaut hat, und wie sie gesagt hat, daß ich wegen der Sache mit Silke damals kein richtiges Vertrauen mehr zu meinen Eltern habe. Ich erzähle von der Preisverleihung und von der Lehrerein Frau Schumann, die vielleicht auch lesbisch ist, und ich erzähle von meiner Verwirrung und der großen Frage in meinem Hirn: Was hat das alles zu bedeuten?

Ich erzähle von meinem Besuch bei Mercedes, und was sie mir gesagt hat. Und daß ich daraufhin so wild entschlossen nach Hause gegangen bin, um meinen Eltern endlich die Wahrheit zu sagen. Ich erzähle Alex wirklich so ziemlich alles, was passiert ist. Nur von der Situation im Kino, als Lydia und ich so nah voreinander standen, als wir uns fast geküßt hätten, davon erzähle ich nichts. Ich glaube, das andere reicht schon.

Alex sieht aus, als würde sie gleich zusammenbrechen. Und das kann ich echt nicht ertragen. Doch als ich den Arm ausstrecke, um sie an mich zu ziehen, weicht sie mir aus. Ihr Gesicht ist verschlossen und undurchschaubar.

„He", sage ich freundlich und liebevoll, „sei doch nicht dumm."

Alex kickt mit dem Fuß eine alte Coladose an die Wand, daß es laut scheppert. Sie zuckt selbst zusammen.

„Dumm bin ich sicher nicht“, brummt sie, „ich laß das nämlich nicht nochmal mit mir machen!“

Ich ahne Schlimmes, und richtig, da kommt es schon.

„So hat das mit René damals auch angefangen. Erst eine. Aber bei der war noch nichts, und dann die zweite ...“

„Aber kapierst du denn nicht? Es hat doch gar nicht viel mit Lydia selbst zu tun!“ jammere ich. „Deswegen habe ich dir das alles doch jetzt erzählt. Es hat damit zu tun, daß zwischen dir und mir etwas nicht gestimmt hat. Und es war mir nicht klar, wie wichtig das ist. Denn wenn etwas nicht stimmt, und wir unglücklich sind, dann ... denkt man vielleicht, mit einer anderen wäre das anders, besser ...“

„Ich habe keine Lust, nochmal betrogen zu werden.“

„Werde ich nicht machen.“

„Das hat René auch gesagt!“

„Ich bin nicht René!“

„Aber du verhältst dich genauso. Mir die Schuld in die Schuhe zu schieben dafür, daß du dich nach einer anderen umschaust. Miese Nummer.“

„Ich schiebe dir nicht die Schuld in die Schuhe. Ich weiß, daß ich auch Schuld daran hatte. Aber ich versuche, es zu ändern.“

„Ich kann aber nichts ändern. Oder hast du schon vergessen, wie Papa reagiert hat?“

Nein, das habe ich nicht. Aber ich will mich jetzt nicht wieder auf diese Diskussion einlassen. Denn so landen wir in einer Sackgasse. Das haben wir oft genug erlebt. „Alex, wir müssen doch irgendwie einen Weg finden, damit es uns beiden richtig gut miteinander gehen kann ...“ beginne ich.

„Ich war bis gerade der Meinung, daß es uns gutgeht – *miteinander.* Aber da hab’ ich mich ja wohl getäuscht“, schnappt sie ein.

Ich bin echt nah dran, die Nerven zu verlieren, das merke ich. Am liebsten würde ich jetzt auch einen auf stur machen, einfach abwinken und weggehen. Aber Mercedes hat es auf den Punkt gebracht: Bei der „nächsten Lydia" werde ich vielleicht nicht zwei Zentimeter vorher stehenbleiben.

„Wenn du ehrlich zu dir bist", sage ich sehr leise, „dann mußt du zugeben, daß wir in letzter Zeit nicht mehr sehr glücklich gewesen sind. Wir haben uns oft gestritten und uns gegenseitig das Leben schwer gemacht. Und der Grund dafür ist diese ewige Heimlichtuerei. Wenn du das nicht siehst, dann lügst du dich selbst an."

Alex blinzelt. „Wenigstens lüge ich aber nicht dich an!" Damit dreht sie sich um und legt die Hand auf die Klinke der schweren Eisentür.

„Fragt sich, was schlimmer ist", erwidere ich rasch.

„Wie meinst du das?" Alex' Stimme klingt, als hätte sie lange im Gefrierschrank gelegen.

Ich weiß, daß es jetzt sehr wichtig ist, was ich sage. Stoße ich sie jetzt vor den Kopf, wird sie einfach weggehen. Dann kann ich tagelang warten, bis sie wieder mit mir spricht. Ich darf keine Angst haben, verletzt zu werden. Denn nur, wenn ich jetzt selbst ehrlich bin, wird sie mir zuhören.

„Vielleicht habe ich dir in der letzten Zeit nicht immer alles von mir erzählt. Vielleicht habe ich dich sogar einmal angelogen. Aber ich war mir selbst die ganze Zeit über treu. Ich habe mich gefragt, was ich will, und was ich nicht will. Ich habe herausgefunden, was ich fühle. Und was dabei herausgekommen ist, das steht jetzt hier vor dir: ich will nichts von Lydia. Ich will dich. Aber ich will dich so, wie du bist, nicht hinter einer Maske. Und ich will dich in aller Freiheit, nicht in einem Versteck. Alex, ich hab' mich für dich entschieden, von ganzem Herzen. Aber weißt du was? Vielleicht mußt du dich auch erst noch entscheiden. Für mich. Und für dich."

Alex hat ihr Gesicht von mir abgewandt. Sie starrt auf die Tür. Aber sie hat mir zugehört. Sie steht ganz still. In ihren Augen schimmert es verdächtig. Sie ist sonst immer die Coole und Harte von uns, die, die alles wegstecken kann. Aber jetzt sieht das plötzlich gar nicht mehr so aus.

„Ich muß jetzt gehen", sagt sie leise. „Wir kommen beide viel zu spät in unsere Kurse. Können froh sein, daß wir die erste Stunde nicht zusammen haben." Dann nimmt sie rasch meine Hand und drückt sie kurz. Ihr Blick ist ganz anders als noch vor wenigen Minuten, scheu und ängstlich. „Ich denk' darüber nach, o.k.?"

Ich nicke, und mit einem Lächeln öffnet sie die Tür und läßt mich vorgehen. Dann winkt sie mir kurz zu und läuft rasch durch den Fahrradkeller davon. Ihr sonst so federnder Gang wirkt ein wenig schwer. Doch als sie sich im Gehen die Tasche über die Schulter wirft, erkenne ich darin ihre übliche Stärke und Entschlossenheit. Mein Herz wird weit, als ich das sehe. Miß Obercool, Miß Sonnenbrille, denke ich, wir schaffen das zusammen!

Am Abend kommt Papa nach Hause. Ich höre das Taxi, mit dem er vom Bahnhof kommt, in der Einfahrt halten. Dann klappt die Tür zu, und der Wagen fährt davon, während die Haustür geöffnet und geräuschvoll wieder geschlossen wird. In meinem Zimmer sitze ich über den Hausaufgaben. Und ich warte, daß Papa reinkommt und mich begrüßt und dann irgend etwas sagt. Er geht über den Flur, klopft kurz an meine Tür, ruft „Bin daha" und verschwindet in die Küche. So macht er das oft. Heute schlägt mir das Herz bis zum Hals. Ich lausche auf die Geräusche in der Wohnung. Mamas Stakkatostimme rattert über den Flur bis an meine Tür. Papas brummige Stimme antwortet ihr. Sie lachen. So ist es immer. Sie erzählen sich die Dinge, die sie erlebt haben, und freuen sich, wieder zusammen zu sein.

Eigentlich schön, daß sie sich noch so gut verstehen, schießt es mir plötzlich durch den Kopf. Immerhin gibt es so viele Ehepaare, die sich wieder scheiden lassen. Oder Paare, die einfach nur so nebeneinanderher leben. Ich weiß das viel zu selten zu würdigen, daß meine Eltern noch glücklich miteinander sind.

Aber warum kommt Papa nicht endlich in mein Zimmer und spricht mit mir? Sagt irgend etwas, das man als Vater zu seiner lesbischen Tochter eben so sagt. Keine Ahnung, was.

Als es nach zwanzig Minuten an meiner Zimmertür klopft, bin ich mit meinen Nerven schon ziemlich runter.

„Ja?"

Papa streckt seinenKopf herein. „Bist du beschäftigt?"

„Hausaufgaben ...", stöhne ich übertrieben, weil ich ganz normal sein will.

„Dann will ich nicht stören", sagt Papa und zieht den Kopf zurück.

„Doch!" rufe ich und muß selbst lachen. „Doch, stör mich doch bitte."

Er grinst und kommt rein, schließt die Tür hinter sich.

Das mit der Tür macht er nur, wenn es was zu besprechen gibt. Ich werde immer ganz aufgeregt, wenn er die Tür hinter sich zu macht. Und jetzt bin ich ja sowieso schon hypernervös.

„Wie war deine Preisverleihung? Erzähl mal", sagt er und setzt sich auf den kleinen Plüschsessel neben meinem Schreibtisch.

Preisverleihung. Das ist mal wieder typisch. Papa denkt, es macht mich locker, wenn ich erst über die Preisverleihung berichte, bevor wir auf „Wichtigeres" zu sprechen kommen. Und ich bringe es auch nicht über mich, von mir aus das andere Gesprächsthema anzusprechen. Es macht mich nervös, einfach so vor mich hin zu plappern. Eigentlich Wahnsinn.

Unter anderen Umständen würde ich diese Preisgeschichte bestimmt total auswälzen und jedes Wort genießen. Aber jetzt weiß ich ja, daß Papa bestimmt auch mit mir über diese „gewisse andere Sache“ sprechen will. Mama hat mir gesagt, es sei alles in Ordnung. Aber trotzdem rutsche ich auf meinem Stuhl herum und werde immer unruhiger.

Erst nach einer Viertelstunde ist Papa dann endlich der Meinung, ich sei jetzt wohl weichgekocht ... „Mama hat mir auch noch etwas anderes angedeutet ... von dir ... und Alex. Hast du Lust, mir davon zu erzählen?“ Daran, wie er seine Hände ineinander verschlingt, sehe ich, daß auch er ganz und gar nicht entspannt ist.

„Ach, Papa“, sage ich verlegen. „Ich wette, Mama hat dir nicht nur was angedeutet. Sie wird dir doch bestimmt alles haarklein erzählt haben.“

„Bestimmt nicht alles“, brummelt Papa und sieht auch recht verschämt aus. Ich wette, es ist ihm mindestens ebenso peinlich wie mir. „Ich würde mich einfach freuen, wenn du mir selbst etwas erzählen würdest. Als Mama mir nämlich gesagt hat, daß du und Alex ... daß ... ihr ein Paar seid, da ging mir auf, daß wir viel zu wenig miteinander reden.“

„Das hat Mama auch gesagt.“

„Dann muß es ja stimmen.“

Wir sitzen stumm voreinander.

Ich bringe wieder kein Wort heraus. Teufel nochmal. Hätte nicht gedacht, daß es mir so schwerfällt, einfach darüber zu reden. Er weiß es doch schon. Und er findet es o.k. Warum also kann ich nicht ganz locker etwas erzählen?

„Gar nicht so einfach für uns, wie?“, murmelt Papa schließlich. „Schließlich sehen wir uns manchmal tagelang nicht. Und eigentlich hat Mama sich immer um solche Dinge gekümmert. Ich weiß gar nicht, wie man so was anfängt.“

Ich finde es süß von ihm, daß er das sagt. „Mir fällt auch nichts ein, was ich sagen könnte“, gestehe ich.

Papa nimmt meine Hand und drückt sie. „Dann schlage ich vor, daß wir uns jetzt nicht wer weiß wie anstrengen. Was hältst du davon, wenn wir stattdessen am Wochenende mal einen schönen, langen Spaziergang machen? Und uns dann alles mögliche erzählen?"

Ich bin grenzenlos erleichtert. „Ja", lächele ich. „Das machen wir."

Vielleicht ist das ja ein guter Anfang.

Alex ist sehr verhalten, als ich ihr von dem Gespräch mit Papa erzähle. Sie kann es irgendwie nicht richtig glauben.

„Was hast du nur für ein Schwein, Franziska!" wiederholt sie immer wieder. „Solche Eltern hätte ich auch gern."

„Blödsinn", grunzt Mercedes, die auch dabei gestanden hat, um diese Sensationsgeschichte bloß nicht zu verpassen. „Meine Eltern wären auch so drauf. Da bin ich sicher. Ich denke eher, dein Alter hat da einen Schaden. Aber der kann auch behoben werden, da wette ich drauf!"

„Paß nur auf mit deinen Wetten, Mercedes", erwidert Alex gereizt. „Bei so was kann man arm werden."

Aber Mercedes lacht sie aus.

Den ganzen Tag setzen wir uns in den Pausen von den anderen ab und reden über nichts anderes als mein Comingout. Alex ist ganz versessen darauf, immer wieder zu hören, was Mama und Papa gesagt, wie sie geguckt und was sie getan haben.

Ich erzähle es gerne wieder und wieder, denn ich habe das Gefühl, daß sie von Mal zu Mal mehr aufsaugt. Vielleicht schöpft sie Hoffnung daraus. Hoffnung ist immer gut.

Nach der letzten Pause gehen wir zusammen aus der Pausenhalle zum Klassenraum.

„Ich muß mich nachher ziemlich beeilen, um den

Fotokurs zu schaffen", sagt Alex und nestelt an ihrem Jackenreißverschluß herum. „Gehst du heute auch wieder zur Schreibgruppe?"

Sie möchte sicher, daß es so klingt, als sei es eine nebensächliche Frage, nicht so wichtig. Aber ich kenne sie inzwischen so gut, daß ich das leise Zittern sofort erkenne. Ich weiß, was sie meint. Nicht zuletzt deswegen, weil auch mir ein wenig flau im Magen ist – genau deswegen: heute ist Schreibgruppe. Heute werde ich Lydia wiedersehen.

Und jetzt auch noch Alex' bange Stimme und diese große Bitte, die so deutlich in ihren Augen steht. Aber die kann ich ihr nicht erfüllen. Und das sage ich ihr auch. Ich versuche, es ihr zu erklären, so gut wie es zwischen Hunderten von anderen SchülerInnen eben möglich ist.

„Die Schreibgruppe bedeutet mit sehr viel – wegen des Schreibens. Wenn ich das jetzt aufgebe, nur damit du beruhigt bist, dann bekommt eine Person aus der Schreibgruppe ein Gewicht, das sie eigentlich gar nicht hat", formuliere ich vorsichtig.

Alex nickt langsam und verzieht ihren Mund. Bitter sieht das aus.

„Hab' ich mir schon gedacht. Schätze mal, jetzt muß ich einfach abwarten, was?!"

„Nein", antworte ich. „Du mußt auf gar nichts warten. Alles, auf das du warten könntest, ist ja schon längst hier, bei dir."

Da lächelt sie tatsächlich.

Dieses Lächeln habe ich immer noch vor mir, als ich zwei Schulstunden später neben Mercedes den gewohnten Weg gehe. Seit Jahren jeden Tag die gleiche Strecke. Ich kenne jede Unebenheit auf dem Weg, jeden Ausbesserungsteerfleck, jeden Gullideckel. Trotzdem scheint mir seit ein paar Tagen alles neu.

„Ist fast so, als hätte ich ein neues Leben angefangen",

murmele ich, weiß nicht einmal, ob zu mir selbst oder zu Mercedes.

„Hab' ich dir doch die ganze Zeit gesagt", meint sie mit ihrer Besserwisserinnenmiene. „Alles wird gut. Du mußt nur mal den ersten Schritt machen."

„Manchmal hab' ich einfach Angst, daß Alex stehenbleiben wird. Das ist eine Horrorvorstellung: Ich mache den ersten Schritt, und den zweiten, und immer so weiter. Und Alex bleibt stehen, und ich laufe ihr davon." Ich muß schlucken.

„Daß Menschen mit romantischer Ader immer alles so dramatisch sehen müssen", kommentiert Mercedes meinen Alptraum. „Schon mal was von Positivdenken gehört? Mal dir doch nicht aus, wie schlimm es werden könnte. Denk lieber daran, wie schön es werden wird. Alex liebt dich doch viel zu sehr, als daß sie dich einfach weglaufen lassen würde."

Ich lasse ihre Worte in mir nachhallen. Mercedes ist zwar meine beste Freundin, aber sie ist auch gnadenlos ehrlich. Wenn sie glauben würde, daß Alex und ich keine Zukunft hätten, dann würde sie mir das sagen.

Doch anscheinend ist sie davon überzeugt, daß wir unsere Krise überwinden und wieder richtig glücklich miteinander werden.

Vielleicht sollte ich mir ein Beispiel an ihr nehmen. Ich sollte mich nicht selbst immer so ins Bockshorn jagen lassen mit schrecklichen Zukunftsgedanken, sollte mich nicht anstecken lassen von Alex' Angst.

Trotzdem gibt es heute noch etwas Unangenehmes, das ich vor mir habe. Und als ob Mercedes es erraten hätte, fragt sie: „Was machst du denn jetzt mit Lydia?"

Ich seufze tief.

Mercedes lacht ihr tönendes Lachen und knufft mich in die Seite. „Mensch, Franzi, jetzt laß doch mal diese Trübsalnummer. Das paßt nicht zu dir. Ergreif einfach die nächstbeste Gelegenheit und erzähl eine Anekdote, in der es um Alex und dich geht. Dann kapiert sie schon, was du ihr damit sagen willst. Ist doch wohl nicht so schwer, oder?"

Das sagt meine schöne Freundin mit den schwarzen Locken und den dunklen Kohlenaugen, die wirklich schon ziemlich viel Erfahrung darin hat, irgendwelchen schwerverliebten Jungs einen einfühlsamen, aber deutlichen Korb zu geben.

Ich wiege den Kopf. „Klar. So wäre es am einfachsten, aber …"

„Aber?"

„Aber sie hat was Besseres verdient, als einfach so nebenbei zu erfahren, daß es Alex gibt. Ich meine, wir haben wirklich gute Gespräche geführt, verstehst du?"

Mercedes zuckt die Achseln. Wir sind an der Weggabelung angekommen, an der sie in eine andere Straße abbiegen muß.

„Dann mußt du in den sauren Apfel beißen und richtig mit ihr reden."

„Ja, das muß ich wohl", sage ich. Und wieder kneift mir etwas ins Zwerchfell.

Diese Beklemmung hält sich den ganzen Nachmittag. In meinem Hals sitzt ein Kloß und wächst und wächst. Immer habe ich das Gefühl, ich habe eine zu enge Bluse an, und der oberste Knopf raubt mir echt die Luft. Ich kann nicht richtig atmen.

Zum ersten Mal seit langer Zeit wünsche ich mir, daß Mama nicht immer nachmittags arbeiten würde. Vielleicht könnte ich ihr die Geschichte erzählen. Vielleicht würde sie mir einen Tip geben, wie ich mit Lydia umgehen soll. Obwohl ich das im Grunde ja schon selbst weiß …

Wie im Traum sitze ich heute im Bus, gehe die Treppe zum Seminarraum hoch. Ich begrüße die anderen, als seien sie eine Horde von Gespenstern. Klar und deutlich sehe ich nur Lydia, die auf der Fensterbank sitzt und mich anlächelt. Unser gemeinsamer Tag, der Kinobesuch, das alles scheint mir Wochen zurückzuliegen. Doch an ihrem Blick kann ich erkennen, daß es für sie noch ganz nah ist. Viel zu nah für das, was ich ihr sagen will …

Ich bin unkonzentriert, schreibe Unsinn zusammen und stammele beim Vorlesen. Gisela sieht mich verwundert an. Lydia grinst aufmunternd. Sie sitzt neben mir. Hin und wieder berühren sich unsere Füße unter dem Tisch, wenn wir beide zu doll auf unseren Stühlen runtergerutscht sind.

„Hast du Lust, anschließend noch in die Pizzeria zu gehen? Auf ein Tiramisu?“ frage ich sie in der Pause.

Lydia nickt begeistert. Mir wird noch flauer im Magen.

Wie wir später nebeneinander die Treppe runtergehen, bietet Lydia mir ein Kaugummi an. Ich nehme es und schiebe es in meinem Mund herum. Ich glaube, es klebt meinen Unterkiefer an den Oberkiefer oder umgekehrt. Ich habe das Gefühl, mein ganzer Mund ist voller Gummi, und ich werde keinen einzigen Ton herausbekommen.

„Du bist heute so still“, bemerkt Lydia wie nebenbei, als wir endlich in der Pizzeria sitzen.

Ich kaue wie hypnotisiert auf dem Kaugummi herum und weiß nicht, was ich antworten soll.

„Was darf ich bringen?“ fragt die Bedienung.

„Einmal Tiramisu“, bestelle ich.

„Für mich einen doppelten Espresso mit Gebäck, bitte.“ Lydia sieht mich an, während die Kellnerin eilig davonläuft. „Ich glaub’, ich brauche jetzt was für starke Nerven.“

Muß sie das sagen? Jetzt bin ich noch mehr durch den Wind.

Lydia ist nicht so wie Alex, die mich jetzt die ganze Zeit fixieren würde. So, als könnte sie die Gedanken aus meinem Kopf raussaugen, wenn sie nur lange genug hinschaut. Mercedes würde mich jetzt mit Fragen löchern. Sie hat immer schon zehn mögliche Antworten parat, was denn sein könnte, wenn ich mal verschwiegener bin.

Aber so ist Lydia auch nicht. Sie sitzt mir gegenüber, spielt mit den Bierdeckeln, starrt mich nicht an, fragt nichts, sagt nichts. Ich glaube, sie will mir die Chance geben, so zu tun, als sei nichts. Und kurz überlege ich wirklich, ob ich diese Chance nutzen soll. Aber dann sehe ich Alex' Gesicht vor mir. Ich höre ihre Stimme: „Dann muß ich jetzt wohl einfach abwarten ..." Und dann nehme ich endlich diesen dussligen Kaugummi aus dem Mund, wickele ihn in ein Papierchen und setze mich aufrecht hin.

„Ich stecke gerade mitten im Coming-out", sage ich und wundere mich, daß dies meine ersten Worte zum Thema sind. Aber sie sind doch ganz in Ordnung, finde ich.

„Schwierige Zeit?" erkundigt sich Lydia.

„Sehr schwierig", erwidere ich. „Du hast es ja hinter dir. Aber ich habe Probleme mit jeder und jedem. Ich hab's meiner Mutter und meinem Bruder gesagt ..."

„Glückwunsch!"

„Danke!"

Wir grinsen uns an.

„Mein Bruder wußte es schon, von seinem Freund, mit dem meine beste Freundin zusammen ist. Und meine Mutter hat ganz gut reagiert. Ich glaube, sie war etwas enttäuscht, daß ich es ihr nicht schon früher gesagt habe. Aber im großen und ganzen fand ich es gut, wie sie reagiert hat. Sie hat sogar gefragt, ob sie es meinem Vater sagen darf. Der war gerade auf Geschäftsreise. Und sie telefonieren abends immer. Sie hat es ihm also erzählt. Und er war super drauf. Ich meine, er hat richtig versucht, mit mir zu reden. Das hat er noch nie gemacht."

Wahnsinn. Das waren jetzt mehrere Sätze hintereinander. Aber von Alex war darin immer noch nicht die Rede. Wie mach' ich das bloß?

„Erleichtert dich das nicht?" will Lydia wissen.

„Wie?"

„Dein Coming-out. Ist das nicht befreiend?"

„Doch."

Die Bedienung kommt und stellt unsere Bestellung vor uns ab.

Lydia spricht erst weiter, als sie wieder verschwunden ist. „Du machst aber so einen bedrückten Eindruck. Als ginge es dir damit gar nicht gut."

„Echt?"

„Ja, echt."

Ich zögere kurz. Das ist doch der geeignete Moment, um es endlich auf den Punkt zu bringen. „Tja, bedrückt bin ich vielleicht wirklich ein bißchen. Aber das hat nichts mit meinen Eltern zu tun, sondern mit … mit Alex."

Lydias Augen flackern eine Sekunde lang. Es ist so ein Aufglühen. Aber im nächsten Augenblick ist es wieder verschwunden, als hätte ich es mir nur eingebildet. „Wer ist Alex?" fragt sie.

Das macht es mir sehr einfach. „Meine Freundin", antworte ich schlicht.

Diesmal bin ich sicher, daß da in ihrem Gesicht etwas passiert. Es zuckt zusammen, und dann wird es langsam klarer und klarer, als tröpfelte mit jedem Wimpernschlag ein bißchen mehr Verstehen in ihr Bewußtsein.

„Deine Freundin" … sagt sie nach ein paar Sekunden, in denen es ganz still zwischen uns war.

„Wir sind seit letztem Sommer zusammen. Sie kam neu in unsere Klasse, aus der Großstadt. Sie … ehm, sie fotografiert gerne."

Wieso ich so etwas Belangloses sage, weiß ich nicht. Vielleicht, um einfach irgend etwas zu sagen. Denn nur dazusitzen und zu schweigen, das bringe ich nicht. Nicht, wenn Lydia aussieht, als sei ihr Espresso mit einem Schuß Essig veredelt worden.

„Ich wußte gar nicht, daß du eine Freundin hast", sagt sie jetzt leise.

Dann sprechen wir beide eine Weile kein Wort. Es ist genau die Horrorsituation, die ich befürchtet habe.

„Ich weiß selbst nicht so genau, wieso ich sie nicht erwähnt habe", beginne ich schließlich, und es klingt nach einer echt kläglichen Entschuldigung. „Vielleicht muß ich mich erst noch daran gewöhnen, daß ich anderen von ihr erzählen kann, ohne daß gleich die Welt zusammenbricht."

Innerlich ärgere ich mich maßlos über mich selbst. Das ist doch jetzt genauso eine blöde Ausrede, wie Mercedes sie mir vorgeschlagen hat. Und wo bleibt jetzt meine sagenhafte Ehrlichkeit? Wo bleibt die Wahrheit, von der ich doch behauptet habe, daß sie sie verdient hat?

Ich bringe sie nicht heraus. Ich kann ihr einfach nicht erzählen, daß ich mich ein wenig in sie verknallt hatte, und daß ich gerade nochmal die Kurve gekriegt habe, bevor zwischen Alex und mir alles kaputt war. Das kann ich ihr doch nicht erzählen, wenn sie so aussieht, wie sie jetzt aussieht. Mir war vorher wohl gar nicht richtig klar, daß es ja vielleicht auch umgekehrt so sein könnte. Daß Lydia sich nämlich auch verliebt hat. In mich.

Bei dem Gedanken wird mir jetzt endgültig übel. Mein Tiramisu habe ich nicht mal angerührt.

Lydia rührt Zucker in ihren Espresso und probiert einen Keks. Ihre Hände zittern ein bißchen.

„Damit habe ich nicht gerechnet", meint sie und lacht ein bißchen zu laut. „Nicht nur Coming-out als Lesbe, sondern gleich Coming-out als ‚Lesbe mit fester Freundin'. Wow. Und deine Eltern, was sagen die dazu?"

Ich zucke die Achseln, schwafele ein bißchen herum. Aber ich kriege kaum mit, was ich sage. In meinem Kopf sitzt ein Gedanke: ‚Sie hat was Besseres verdient!' Das habe ich zu Mercedes gesagt. Und plötzlich unterbreche ich mich mitten im Satz. „Es war so schwer mit ihr in der letzten Zeit“, schieße ich einfach so heraus.

Lydia blinzelt. „Mit deiner Mutter?“

Denn von der habe ich wohl gerade gesprochen.

„Nein. Mit Alex.“

Und jetzt habe ich eine Tür geöffnet. Alles strömt aus mir heraus. Die furchtbare Situation, als Alex’ Vater uns erwischte. Alex’ Veränderung in den Wochen danach. Meine Unzufriedenheit. Unsere häufigen Streitereien. Wie unser gemeinsames Glück immer mehr und mehr in den Hintergrund trat. Und wie sogar unsere Liebe unter dem zu leiden begann, was in unserem Leben alles *nicht* möglich war.

Lydia hört zu, trinkt ihren Espresso und ißt mein Tiramisu. Ihr Ausdruck wechselt von Irritation und Traurigkeit zu Verständnis. Das bestärkt mich in meinem Entschluß, ihr doch die Wahrheit zu sagen. Nicht nur, daß sie es verdient hat. Sie weiß auch damit umzugehen.

„Ich konnte es dir irgendwie nicht sagen. Bei dir war alles so einfach. Deine Eltern, deine Freunde, sogar deine Dozenten an der Uni wissen, wie du lebst. Du bist glücklich und selbstbewußt. Und daneben sah ich dann immer mich mit meinem ganzen Unglück rund um Alex“, ende ich schließlich. „Kannst du das verstehen?“

Lydia sieht gedankenversunken auf das kleine Bierdeckelhaus, das sie gebaut hat. „Ich glaube, jetzt verstehe ich so einiges“, antwortet sie tiefgründig. „Auch wenn’s weh tut“, setzt sie hinzu und schluckt.

Wir schweigen wieder.

„Tut mir leid“, schaffe ich endlich zu sagen. „Ich wollte nicht ...“ und breche ab.

„Komm, ich bring’ dich nach Hause“, schlägt Lydia vor. Ihre Stimme klingt sehr traurig. Ich könnte mich ohrfeigen, daß ich es so weit habe kommen lassen.

Ein Blick auf die Uhr. „Ist nicht nötig. In ein paar Minuten kommt mein Bus. Da steige ich ein – und fast vor unserer Haustür wieder aus. Und für dich wäre es ja ein ziemlicher Umweg."

Lydia nickt, als stünde hinter meinen Worten noch viel mehr als das, das sie vordergründig aussagen. Und vielleicht hat sie ja recht damit. Es wäre wirklich nicht gut, wenn ich mich jetzt von ihr heimfahren lassen würde.

„Vielleicht das nächste Mal", sage ich schnell.

„Oder das übernächste Mal?" meint Lydia. „Irgendwann jedenfalls, oder?"

„Na klar!" sage ich.

„Jetzt solltest du aber aufbrechen, sonst ist dein Bus gleich weg, und ich muß dich doch heimfahren."

Wir bezahlen und gehen hinaus.

„Dann bringe ich dich aber wenigstens zur Haltestelle", entscheidet Lydia, als wir so unentschlossen vor der Tür herumstehen.

Wir schlendern los. Es ist einer der Abende im Frühling, die schon wieder richtig lange hell sind. Die Vögel zwitschern, daß es einem ganz schwindelig davon werden könnte. Dabei sind die doch einfach nur im Streß. Die müssen alle ihr Revier abstecken und den anderen Bescheid sagen, daß dieser Bezirk hier schon besetzt ist. Im Grunde haben die es auch nicht leichter als wir Menschen. Nur, daß sie nicht so nervenaufreibende Gespräche führen müssen, um zwischenmenschliche ... ehm ... zwischenvogelige Beziehungen zu klären ...

Als wir an der menschenleeren Haltestelle ankommen, fällt mir ein, daß ich Lydia unbedingt noch etwas sagen wollte.

„Du hattest übrigens recht, was meine Eltern angeht", falle ich gleich mit der Tür ins Haus. Bei diesem Thema brauche ich auch keine lange Vorrede. „Ich glaube, ich habe ihnen wirklich nicht mehr vertraut, seitdem das mit Silke war. Das werde ich jetzt aber ändern. Ein Coming-out ist schon mal ein erster Schritt, oder?"

Lydia trommelt mit den Fingern auf ihre Umhängetasche. „Hast du es ihnen gesagt?"

„Was?"

„Daß sie dich damals enttäuscht haben. Daß da was falsch gelaufen ist."

Mit so einer Erwiderung habe ich gar nicht gerechnet. Und es fühlt sich plötzlich ganz komisch an. So, als hätte ich die Sache mit Mama und Papa nur „fast" richtig gemacht. „Nein", antworte ich. Es klingt ein bißchen trotzig, obwohl ich das doch gar nicht nötig habe. „Das muß ja wohl nicht sein. Ist doch vorbei."

„Wirklich?" fragt Lydia. Es klingt aber nicht wie eine Frage.

„Ja", sage ich fest. „Ja, wirklich. Das ist vorbei."

Lydia sieht mich zweifelnd an, doch dann klärt sich ihre Miene, und sie lächelt. Das sieht ein bißchen so aus, als würde jemand mit Zahnschmerzen ein Lachen zustande zu bringen versuchen. Süß sieht das aus. Irgendwie rührend. Ich schaue weg.

„Ist das dein Bus, der da kommt?"

Ich sehe auf. „Ja."

Lydia atmet tief ein und sagt: „Darf ich dich noch etwas fragen? Ganz schnell?!"

Ich sehe dem Bus entgegen, der sich langsam nähert. „Klar."

„Ich möchte eigentlich nur eines wissen, Franziska", beginnt sie und hält noch einmal kurz inne. Ich schaue sie an, und ihr angespannter Gesichtsausdruck elektrisiert mich. „Dieser Abend neulich, im Kino … Hab' ich mir das nur eingebildet?"

Ich spüre, wie mir heiß wird. Nun werde ich doch noch rot und verliere meine Fassung. Ich schaue weg und wieder zu ihr hin. Ihr Gesicht ist auch erhitzt. Als hätte diese Frage uns beiden die Haut verbrannt.

Wir hätten es einfach so stehenlassen können. Wir hätten nicht drüber reden müssen, was war, oder was um ein Haar hätte sein können. Aber nun hat sie es doch angesprochen. Wahrscheinlich, weil sie diese Frage sonst immer mit sich herumgetragen hätte. Ich muß sie einfach mögen dafür, daß sie es gefragt hat. Und ich finde, sie hat eine aufrichtige Antwort verdient.

„Nein", sage ich ehrlich. „Das hast du dir nicht eingebildet."

Sie nickt. „Gut. Das wollte ich nur wissen."

Dann schweigen wir. Der Bus kommt näher und näher, hält vor meiner Nase und öffnet seine Tür. Ich steige ein und drehe mich auf der Treppe um.

„Bis nächste Woche?!"

„Logisch", sagt Lydia. Ihre Augen glänzen vedächtig. Ich schaue schnell weg.

Dann schließt sich die Tür und der Bus fährt an.

Ich bleibe im Gang stehen, bis er um die Ecke gebogen ist und ich Lydia in ihrer alten Jeansjacke nicht mehr sehen kann.

Dann suche ich mir einen Platz und schaue aus dem Fenster.

In mir ist mal wieder alles durcheinander gewürfelt, ein heilloses Chaos. Ich habe ihr weh getan, obwohl ich das doch nicht wollte. Und sie war trotzdem so verdammt mutig, das anzusprechen. Ich hätte es mich wohl nicht getraut. Aber ich bin ja auch noch jung. Jünger als sie. Vielleicht werde ich es in ein paar Jahren auch können. Und ich wünsche mir, daß ich Lydia dann immer noch kenne.

Wir könnten vielleicht einfach gute Freundinnen sein. Womöglich hat sie ja auch bald wieder eine Freundin. Dann könnten wir auch zu viert mal was unternehmen.

So sitze ich da und male mir die Zukunft aus. Ich sehe dort natürlich Alex und mich, Mercedes und Carsten. Mama und Papa sowieso, und auch Achim und Jutta und ihr Baby. Nun kommt auch Lydia dazu. Die Menschen, die mir am Herzen liegen, die ich nicht verlieren will.

Während ich das Gespräch in der Pizzeria noch einmal im Kopf durchgehe, merke ich, daß ich sehr erleichtert bin.

Jetzt kann nichts Schlimmes mehr passieren, denke ich.

Denke ich!

Zwischen Mama und mir hat sich was getan.

Seit dem Abend, an dem sie es erfahren hat, ist sie anders zu mir, und ich bin anders zu ihr. Es ist etwas ganz Neues, was da entsteht. Aber ein bißchen ist es auch so wie früher, als ich noch klein war und wie ein „oller Popel" an ihrem Rockzipfel geklebt habe. So bezeichnet sie das immer. Dieses Gefühl, daß Mama und ich etwas Besonderes füreinander sind.

Mercedes sagt, sie hat dieses Gefühl auch manchmal mit ihrer Mutter. Mercedes meint, das gibt es nur zwischen Müttern und Töchtern. Und deswegen will sie auch mindestens drei davon. Drei Töchter.

Ich weiß gar nicht, ob ich mal Kinder will. Möglich wäre es ja. Ich habe mal etwas gelesen darüber, daß in Amerika Schwule und Lesben Kinder adoptieren können. Oder daß Lesben sich von Samenbänken das nötige „Zubehör" kaufen können, um dann ein eigenes Kind zu bekommen. Der Gedanke ist komisch. Aber ein Kind, ja, das wäre doch vielleicht schon schön. Zumindest, wenn ich und mein Kind uns so gut verstehen würden wie Mama und ich in der letzten Zeit.

Seit sie weiß, daß ich seit fast einem Jahr eine feste Beziehung führe, behandelt sie mich ganz anders. Viel erwachsener. Wir reden gar nicht so wahnsinnig viel über Alex und mich, aber ich spüre, daß es das ist, was die

Veränderung ausmacht. Als hätte Mama Respekt davor, was Alex und ich miteinander erlebt und durchlebt haben. Ich finde das klasse. Es ist ein gutes Gefühl, nicht mehr das Küken zu sein.

Deswegen komme ich heute – mehr als eine Woche nach dem Coming-out-Abend – auf die Idee, sie zwischendurch mal in ihrem Laden zu besuchen.

Also gehe ich nach der Schule nicht mit Mercedes nach Hause, sondern mache den Umweg durch die Innenstadt, um auf einen Sprung in der Boutique vorbeizuschauen.

In der Mittagszeit ist eigentlich nie viel los. Oft schließt Mama auch einfach den Laden zu und kommt in der Pause nach Hause. Da ist also Zeit für ein kleines Schwätzchen.

Die Türglocke bimmelt melodisch, als ich in den Laden gehe. Mama steht gerade an einem der Regale. Als sie sich jetzt umdreht und mich sieht, beginnt sie zu strahlen wie ein Christbaumengel.

„Hallo, mein Schatz, was machst du denn hier?“ Sie kommt auf mich zu, gibt mir einen dicken Kuß auf die Wange und nimmt mir die Tasche ab, um sie neben einem Ständer mit Jacken auf den Boden zu stellen.

„Ich dachte, ich schau’ mal bei dir vorbei. Ich hab’ heute ’ne Zweiplus im Biotest wiederbekommen.“

„Hey, das ist ja super! War das nicht dieser Viruskram?“

Ich grinse. „Ne, Mama, das war doch letztes Jahr schon. Wir sind jetzt bei der Verhaltenslehre angekommen. Mein Spezialgebiet. Es geht um angeborenes und erlerntes Verhalten. Echt interessant.“

„Angeborenes und erlerntes Verhalten ist dein Spezialgebiet? Das wußte ich ja noch gar nicht.“ Mama macht große Augen.

„Du wußtest ja einiges nicht“, kann ich mir nicht verkneifen. „Das interessiert mich eben. Was ist Instinkt, und was ist Verstand? Was lernt ein Säugetier von seinen Eltern und Geschwistern, und was weiß es selbst dann, wenn es seine Familie nie kennenlernt? Was bedeutet eigentlich Intelligenz? Sind das nicht alles wahnsinnig spannende Fragen?"

Mama schüttelt ungläubig den Kopf und berührt meine Schulter, als müsse sie sich vergewissern, daß wirklich ich vor ihr stehe – und nicht eine außerirdische Erscheinung.

„Mit so was beschäftigst du dich?"

„Klar, du solltest mal Dian Fossey lesen. Oder Jane Goodall. Das sind berühmte Primatenforscherinnen, die Schimpansen und Gorillas in freier Wildbahn erforscht haben. Sie haben sie nur beobachtet und dadurch ganz viel gelernt. Vor einem Jahr wollte ich noch selbst so was mal machen ..."

Mama sieht mich aufmerksam an. „Und jetzt?"

Ich lache. „Jetzt immer noch."

Sie lacht auch laut heraus.

„Aber seien wir mal ehrlich", setze ich hinzu. „Das ist ja wohl etwas abgehoben, oder?!"

„Und so viele Tierarten gibt es ja gar nicht mehr, die noch erforscht werden müssen", meint Mama.

Ich schnalze mit der Zunge. Gar nicht so übel, wenn ich mal viel mehr weiß als sie.

„Das denken die meisten. Dabei gibt es noch Hunderte oder gar Tausende von Tierarten, die so gut wie gar nicht erforscht sind. Bei manchen weiß man gar nicht, wie sie sich fortpflanzen. Ich könnte mir wirklich gut vorstellen, Biologie oder Zoologie zu studieren und dann meinen Schwerpunkt auf Verhaltensforschung zu legen. Nur viel Geld kann man damit nicht verdienen."

„Geld allein macht nicht glücklich", weiß meine liebe Mutter weise zu sagen. „Allerdings frage ich mich gerade etwas anderes: Sind diese Tierarten zufällig welche, die nur im Dschungel von Südamerika oder in den afrikanischen Wüsten zu finden sind? Ich meine, solche Tierarten, die so selten sind, daß man mindestens sieben Monate braucht, um überhaupt mal ein Exemplar zu finden? Und während dieser Suche wird man zerstochen von giftigen Hornissen, Tsetsefliegen, die die Schlafkrankheit übertragen, und von malariaverseuchten Mücken? Meinst du solche Tierarten? Die willst du erforschen?"

Ihre Miene läßt darauf schließen, daß sie zwar Spaß macht, dahinter aber auch eine kleine Portion Ernst steckt.

„Ich werde euch regelmäßig besuchen, o.k.", verspreche ich deswegen vorsichtshalber. Es macht Spaß, so zu tun als sei meine Zukunft schon ganz klar, als stünde ich quasi kurz vor der Abreise ins Kongo-Becken.

„Ich hasse es, wenn meine Kinder erwachsen werden", seufzt Mama. „Das eine bekommt selbst ein Baby und macht mich frühzeitig zur Oma. Das andere will demnächst in Richtung Äquator verschwinden, um sich nachts von Pythons einwickeln zu lassen. Und hast du daran gedacht, daß es in den Ländern, wo es die unerforschten Tierarten gibt, von großen, behaarten Spinnen nur so wimmelt?"

Mama und ich teilen die Abscheu vor achtbeinigen Kuscheltieren und bekommen jetzt beide eine Gänsehaut.

„Die haben doch mehr Angst vor uns als wir vor ihnen", erwidere ich tapfer bei dem Gedanken an eine wahrhaftige, freilebende und auf meinem Feldbett sitzende Vogelspinne …

„Vergiß nicht, vor deiner Abreise jemanden vorauszuschicken, der den Viechern das schon mal erzählt", rät Mama mir mit einem leichten Schütteln der Schultern.

Wir sehen einander an und platzen plötzlich beide laut heraus. Es ist ein fröhliches Lachen, voller Albernheit und gegenseitiger Sympathie.

„Ach, meine Kleine …" gluckst Mama zwischendurch und will mir mit der Hand über die Wange streichen.

Da bimmelt die Glocke erneut, und wir drehen uns beide zur Tür um.

„Hier geht's ja lustig zu!“ sagt Doris Rotfuchs und kommt mit einer Plastiktüte herein, die verdächtig nach der Super-Salatbar am Ende der Straße aussieht. „Man hört euch bis auf die Straße.“

Dann steht sie vor mir und streckt mir die Hand hin.

Ich habe sie noch nie vorher gesehen. Aber ich weiß, daß sie es ist. Weil keine Kundin sich so selbstverständlich hier bewegen würde. Und weil sowohl Alex als auch Mama mir inzwischen so viel von ihr erzählt haben, daß ich sie unter Hunderten herausgefunden hätte.

Sie trägt eine witzige Leopardenmusterjacke, von der ich nie gedacht hätte, daß die zu der feinen Seidenhose passen würde. Sie sieht echt super aus. So frisch und blühend. Selbst wenn ich das mit Alex' Vater nicht wüßte, würde ich jetzt erraten, daß sie verliebt ist.

„Ich hab' uns was zu essen mitgebracht. Du hast doch sicher auch noch nichts im Bauch, oder?“ fragt sie meine Mutter, und ich erstarre kurz. Wußte gar nicht, daß sie sich duzen.

„Lieb von dir. Ich hoffe, diesmal nichts mit Thunfisch?“

Doris wehrt mit beiden Händen in gespielter Dramatik ab. „Thunfisch? Iiich? Nie wieder werde ich Thunfisch anrühren nach dem Vortrag neulich. Wußtest du, daß deine Mutter eine echte Delphinschützerin ist?“ wendet sie sich dann an mich. „Schlimmer als diese Greenpeaceleute, die sich mit Eisenketten an irgendwelche Walrücken ketten.“

Ich muß lachen. „Die ketten sich doch nicht an die Wale. Sie ketten sich an die Walfängerschiffe oder versuchen, die Schußlinie der Harpunen zu kreuzen.“

Doris spitzt kurz den Mund. „So?“ macht sie und tut so, als müsse sie nachdenken. „Na, wenn das so ist, finde ich sie nur noch halb so mutig, wie ich eigentlich angenommen hatte."

Mama packt währenddessen die Tüte aus und trägt Salate und Baguettebrötchen nach hinten ins Büro. Doris und ich folgen ihr, während Doris mir erzählt, daß sie sich nie vorher Gedanken um in Thunfischnetzen zu Tode gekommene Delphine gemacht hat. Aber daß sie jetzt sofort rigoros in die Anti-Thunfisch-Liga einsteigt, finde ich toll. Sie scheint wirklich nett zu sein. Alex war ja auch ganz angetan von ihr. Wohl nicht zu Unrecht. Mir ist sie auch sympathisch.

Ich bin nur immer wieder etwas irritiert, wenn ich mitbekomme, wie vertraut Mama und sie miteinander umgehen. Mama holt die Teller aus dem Schrank, Doris die Gabeln und die Gläser. Mama verteilt den Salat auf drei Teller, während ich noch höflich beteuere, keinen Hunger zu haben, und Doris schneidet die Baguettes klein, damit wir uns alle bedienen können.

Im Gespräch stellt sich heraus, daß Doris mitlerweile fast jeden Tag früher in die Boutique kommt, als ihre Arbeitszeit es verlangt. Sie bringt dann immer etwas anderes zum Essen mit. Jetzt weiß ich auch, woher Mama das Rezept von diesem geilen Nudelsalat hatte, den sie neulich mal ausprobiert hat und auf den wir uns zu Hause alle nur so gestürzt haben.

Die beiden wirken auf mich schon ziemlich eingespielt und als würden sie sich richtig gut verstehen. Eigentlich mehr wie Freundinnen als Geschäftsleiterin und Angestellte. Aber genau das hat Mama ja gesucht. Ich muß mich wohl erst noch mit dem Gedanken anfreunden, daß auch ich bestimmt nicht alles über meine Mutter weiß.

Weil Doris so nett erzählt und einfach die ganze Zeit strahlt, fällt mir erst nach einer Weile auf – ich bin bereits nach dem ganzen Leckerkram bei der untersten Schicht

Blattsalat angekommen –, daß sie ein Problem mit ihrem rechten Auge hat. Das Augenlid hängt ein bißchen herab, und ich glaube, dadurch hat sie so einen leichten „Silberblick“. So nennt Papa das immer, wenn jemand zwar nicht richtig schielt, aber fast.

Seltsam, daß ich es zuerst gar nicht bemerkt habe. Ich finde es sogar irgendwie nett. Denn mit diesem Auge zwinkert sie hin und wieder im Gespräch, als würde etwas sie ganz besonders amüsieren.

Nach einer Stunde erhebe ich mich, bedanke mich artig und verabschiede mich.

„Hausaufgaben warten.“

„Und auf uns wartet die Auszeichnung der neuen Ware“, jammert Mama. Diese Arbeit haßt sie.

„Ich mach' das schon“, meint Doris. „Du kannst dich ja schon mal an die Buchhaltung setzen. Wahrscheinlich ist hier sowieso in einer halben Stunde die Hölle los.“ Mit einem Blick auf die Uhr wendet sie sich noch einmal an mich: „Wußtest du schon, daß unsere Kundinnen sich immer hinter der nächsten Straßenecke verabreden? Sie sammeln sich da in der Mittagszeit, um dann alle gemeinsam in den Laden zu stürmen, so daß wir gar nicht wissen, welche wir zuerst beraten sollen. Mieser Trick, oder?“

Ich grinse. Diese unerklärliche Stoßzeit kenne ich aus Mamas Erzählungen zur Genüge.

„Na, dann viel Spaß“, sage ich noch, bekomme von Mama einen dicken Schmatzer und von Doris einen festen Händedruck.

Die beiden bleiben im Büroraum, während ich durch die Boutique nach vorn gehe, meine Tasche einsammele und die Tür öffne. Die Glocke bimmelt. Und da fällt mir ein, daß ich vergessen habe, Mama zu sagen, daß ich heute abend mit Alex zum Kino verabredet bin. Wir wollen mit dem Bus hinfahren. Ich werde also weg sein, wenn Mama nach Hause kommt, und sie mag es nicht, wenn sie nur einen Zettel findet. Lieber hat sie es, wenn ich es ihr vorher gesagt habe. Dann kann sie sich drauf einstellen, meint sie immer. Also lasse ich die Tür unter dem Gebimmel der Türglocke wieder zufallen. Leider bleibe ich mit dem Verschluß meiner doofen Schultasche schon nach ein paar Schritten an einer Bluse hängen, die dort auf einem Einzelständer zur Schau gestellt wird. Mein Herz setzt fast aus, denn diese Einzelstücke sind meistens ziemlich teuer. Und Mama fände es sicher nicht besonders klasse, wenn ihre tollpatschige Tochter eine Dreihundertmarksbluse zerfetzt.

Vorsichtig löse ich den zarten Stoff vom Klettverschluß und sehe mir den Schaden an. Mist! So ganz ohne Folgen ist der kleine Unfall nicht geblieben. Ich reibe ein paarmal über den Stoff, aber das ändert nichts daran. Im Geiste fluche ich leise. Jetzt muß ich das Mama wohl oder übel beichten.

Das Geräusch meiner Schritte nach hinten wird von dem dicken Teppich vollkommen verschluckt. So wundert es mich gar nicht, als ich höre, wie Mama und Doris sich ungezwungen unterhalten. Weil sie die Glocke gehört haben, denken sie wahrscheinlich, daß ich weg bin.

Ich weiß gar nicht, was mich plötzlich hier innehalten läßt. Vielleicht ein einzelnes Wort oder der ernste Tonfall, der in krassem Gegensatz steht zu dem locker-flockigen Ton, der eben beim Essen herrschte.

Ich habe wirklich nicht vor zu lauschen. Aber dann höre ich auch noch meinen Namen, und mich überkommt einfach die Neugier.

Ich schleiche vor bis zur Ecke und spitze meine Ohren, verborgen hinter einem Ständer mit Sommermänteln.

„… mit solchen Überraschungen muß man eben rechnen, wenn man Kinder in die Welt setzt“, höre ich Mama gerade sagen. Vor Schreck rutscht mir das Herz in die Kniekehlen. Sie spricht doch nicht etwa von … ?

„Oder wenn man es plötzlich mit ihnen zu tun bekommt, weil der neue Lebenspartner aus der früheren Partnerschaft eines hat", ergänzt Doris da. „Ich habe ja auch gar kein Problem damit. Sollte man heute nicht mehr, oder? Und davon abgesehen habe ich eine gute Freundin, die auch mit einer Frau zusammen lebt. Wieso denn nicht?!"

Mir zieht es alles zusammen. Sie reden über uns, über Alex und mich. Mama hat es ihr erzählt. Ich stehe wie versteinert und kann das nicht fassen. Seit wann weiß Doris es? Hat Mama es ihr jetzt gerade erzählt? Oder vielleicht schon letzte Woche? Mir wird abwechselend heiß und kalt.

„Ich weiß nur manchmal nicht, wie ich damit umgehen soll, daß Werner so ein verbohrter Dickschädel ist. Er ist ziemlich pingelig, was seine Alexandra angeht. Sie soll nur das Beste vom Besten bekommen. Die tollsten Klamotten, den teuersten Fotoapperat, die beste Ausbildung ... Und dafür soll sie aber bitteschön auch genau so sein, wie er es sich vorstellt. Sie soll seine Wünsche erfüllen, auch wenn es nicht ihre eigenen sind. Ich denke, Alex hat es nicht geschadet, ohne Mutter aufzuwachsen. Aber ihm hat es nicht gutgetan. Er hängt mehr an ihr als an irgend etwas sonst ..."

„Das ist doch normal", unterbricht Mama sie. Vielleicht, weil sie auch an ihren Kindern hängt. Doris hüstelt trocken, und ich kann mir von meinem Lauscherposten aus vorstellen, daß sie eine Grimasse zieht.

„Ich weiß, was zwischen Eltern und Kindern normal ist, aber *das* nicht! Glaub mir. Wie kann er denn der felsenfesten Überzeugung sein, daß er besser weiß, was sie glücklich macht, als sie selbst?! Das geht doch nicht. Schließlich ist sie siebzehn, fast volljährig. Sie muß doch wissen, wie sie leben will, und auch mit wem. Das darf er ihr doch nicht vorschreiben!"

Mama summt leise. Das macht sie manchmal, wenn sie nicht weiter weiß. „Vielleicht hat er Angst, daß sie zu sehr darunter leidet, unter der Diskriminierung vor allem? Vielleicht will er sie davor beschützen?"

„Indem er sie behandelt, als sei ihre Liebe nichts wert? Nein, also wirklich! Ich sage dir: Wenn er so weitermacht, dann wird Alex in zwei Jahren ihre Koffer packen und auf und davon ziehen, dann kann er ihr gerade noch nachwinken. Und weißt du was? Ich könnte es ihr nicht mal verdenken."

Mama schweigt länger. Ich überlege schon, ob sie vielleicht gleich aus dem Büro herauskommt. Vielleicht sollte ich lieber sofort zur Tür zurückschleichen. Aber dann höre ich sie: „Hast du mit ihm darüber gesprochen?"

Doris lacht heiser einmal auf. „Wo denkst du hin? Dieser Vater-Tochter-Bund ist heilig für ihn. Er würde bestimmt ziemlich ungehalten, wenn ich mich da einmische. Nein, da lasse ich lieber die Finger davon. Schließlich will ich ihn nicht gleich wieder vergraulen, weil er findet, ich mische mich ein in Dinge, die mich nichts angehen."

„Aber gehen sie dich denn nichts an?"

„Natürlich nicht."

Wieder Schweigen. Ich höre Tellerklappern. Eine von ihnen ist aufgestanden und räumt das Geschirr zusammen.

„Oder?" fragt Doris dann. „Oder was meinst du? Meinst du, es geht mich was an?"

„Ich meine, daß du dabei bist, in diese Idylle einer Vater-Tochter-Familie vorzudringen. Du solltest aufpassen, daß du nicht zum Störfaktor wirst", erklärt Mama ihr.

Doris gibt ein zustimmendes Brummen von sich.

„Aber", fährt Mama fort, „vielleicht ist es ja auch eine großartige Möglichkeit für dich."

„Wie meinst du das?"

„Ich glaube, daß du recht hast: Wenn dein lieber Werner so weitermacht, dann wird er Alex über kurz oder lang verlieren. Und wenn du ihm die Augen öffnen könntest, indem du ein Gespräch mit ihm führst, und er einsieht, daß er etwas ändern muß … Alex wäre dir bestimmt sehr dankbar dafür."

Doris antwortet nicht. Ich höre den Wasserhahn am Spülbecken. Die Teller werden abgespült. Aber wenn ich noch länger hier stehe, wird gleich eine von ihnen um die Ecke kommen und mich entdecken. Und dieser Begegnung wäre ich jetzt nicht gewachsen.

So schnell ich kann, schleiche ich auf leisen Sohlen zur Tür zurück. Die lädierte Bluse hängt mahnend im Weg. Aber das ist mir jetzt völlig egal. Ich öffne die Tür ganz vorsichtig, nur einen Spaltbreit, dann quetsche ich mich hindurch, ohne daß die Glocke läutet. Als ich draußen bin, klemme ich meine Tasche fest unter den Arm und beginne zu rennen.

Ich renne und renne, bis ich ganz außer Atem bin.

Zu Hause angekommen, kann ich nicht anders, als sofort zum Telefon zu greifen. Alex geht nach dem vierten Läuten ran. Mein Stottern und Stammeln unterbricht sie nicht. Sie ist bestimmt selbst völlig von den Socken. Als ich geendet habe, herrscht so lange Schweigen in der Leitung, bis ich denke, sie ist gar nicht mehr dran.

„Hallo? Bist du noch da?"

„Ja, ja, ich bin noch da", erwidert sie langsam.

Dann kommt wieder nichts.

„Bist du geschockt?" will ich wissen.

„Megageschockt."

„Shit. Ich dachte, du könntest mich vielleicht ein bißchen aufbauen?"

„Wie denn? Ich sitze hier auf einem Pulverfaß. Immer muß ich Schiß haben, daß Papa wieder in die Luft geht. Dreimal darfst du raten, ob ich Bock darauf habe. Daß deine Mutter aber auch den Mund nicht halten kann!"

„Ich bin so enttäuscht von ihr. Ich bin total fertig …"

Und dann muß ich weinen. Nicht nur ein bißchen, sondern richtig doll. Ich schluchze und heule, und Alex macht immer „Na na“ oder so was Ähnliches. Schließlich sagt sie: „He, ich komm zu dir, o.k.? Ich bring’ Mathe und Englisch mit. Können wir ja zusammen machen. Und dann gehen wir von euch aus zur Haltestelle, ja? Oder hast du jetzt keine Lust mehr auf Kino?“

Ich schniefe: „Ich laß mir doch nicht jeden Spaß verderben!“

„Na, also“, macht Alex, „ich bin gleich bei dir.“

Das ist sie tatsächlich.

Aber wir machen natürlich nicht wirklich die Hausaufgaben für Mathe und Englisch gemeinsam. Denn als erstes legen wir uns nebeneinander auf mein Bett. Alles will noch einmal haarklein durchgekaut werden. Und dann, ja, dann schaut Alex mich plötzlich so an. Auf diese ganz bestimmte Art, die mir immer durch Mark und Bein geht. Und natürlich dauert es dann nicht lange, bis wir eng aneinander und übereinander liegen, uns küssen und streicheln und die ganze Welt für diese Zeit vergessen.

Ich glaube, das ist es, was mir gefehlt hat. Wenn ich das alles habe, dann kann nichts mir etwas wirklich anhaben. Nicht Lydia, die zwar noch in meinem Kopf sitzt, aber jetzt nicht mehr an der Tür meines Herzens. Und auch nicht Mama, die mich – wieder – verraten hat. Wenn Alex und ich uns nah sind, dann kann mir einfach nichts passieren. Und es ist so schön, daß das jetzt möglich ist. Obwohl wir keine besonders gute Zeit hinter uns haben. Und obwohl wir jetzt noch diesen Streß im Rücken haben, weil Doris das über uns weiß und wir keinen blanken Schimmer haben, was Alex’ Vater davon halten wird.

Wir genießen unsere Gemeinsamkeit so sehr, daß wir unsere Kinopläne leichten Herzens an den Nagel hängen und die Zeit auskosten.

Erst kurz bevor Mama nach Hause kommen wird, bricht Alex schließlich auf. Ich sehe ihr mit einem klammen Gefühl in der Brust von der Haustür aus nach, wie sie die Straße entlanggeht und dann hinter der Ecke verschwindet.

Heute finde ich es besonders schlimm, mich von ihr trennen zu müssen. Klar, wir sind es nicht anders gewöhnt, aber manchmal träume ich davon, mit ihr zusammenzuwohnen. Keine von uns müßte nach einem solchen Nachmittag den Heimweg antreten. Keine müßte zurückbleiben und sich fürchten vor der Begegnung mit denen, die gleich heimkommen werden.

Ich habe nämlich tatsächlich Angst. Natürlich werde ich nichts sagen. Gelauscht zu haben, ist einfach megapeinlich.

Es wäre anders, wenn ich die Traute gehabt hätte, einfach hinzugehen und zu sagen: „He, Entschuldigung. Ich hab' gerade etwas von eurem Gespräch mitbekommen. Was hat das zu bedeuten?"

Aber das konnte ich einfach nicht. Seit ich mit Alex gesprochen habe, ist mir auch klar, wieso nicht: Ich konnte es einfach nicht ertragen, daß sie es getan hat, unser Geheimnis einfach weitergetratscht, als sei es gar nicht wirklich wichtig. Es kommt mir vor wie ein Verrat. Und mein Hals ist wie zugeschnürt, wenn ich daran denke.

Dummerweise hatte ich nämlich gedacht, jetzt sei alles gut. Ich dachte, daß ich meinen Eltern jetzt endlich wieder etwas von mir anvertrauen kann. Etwas, das bei ihnen gut aufgehoben ist. Und jetzt muß ich feststellen, daß dies leider eine falsche Vermutung war.

Muß so etwas denn notgedrungen passieren? Daß man vertraut und dann verraten wird?

Immer wieder denke ich an Silke. Als sie damals Schwierigkeiten bekam, mit seltsamen Typen, die sie weiß der Geier wo kennengelernt hatte, da bin ich auch zu Mama gegangen. Und das Ergebnis war nicht etwa, daß sie Silke geholfen hätten. Oh nein, im Gegenteil. Sie haben gesagt, da können sie wohl nichts tun. Das sei im Grunde die Sache von Silkes Eltern. Aber ich durfte Silke nicht mehr sehen. Sie haben uns voneinander getrennt. Zu meinem eigenen Schutz, haben sie gesagt. Lydia hat recht gehabt. Sie haben mich damals im Stich gelassen. Und Silke auch.

Aber ich hätte nie im Leben gedacht, daß das wieder geschieht. Mama muß doch wissen, wie schwer es mir gefallen ist, es ihr zu sagen. Wie kann sie da einfach losgehen und es überall ausplaudern? Und erst recht Doris gegenüber. Die wird doch sicher sofort zu Alex' Vater rennen und es ihm weitererzählen. Und dann wird genau das passieren, wovor Alex solche Angst hat, und was sie mit aller Macht zu verhindern versucht: Er wird wieder herumtoben. Und vielleicht wird er Alex verbieten, mich zu sehen ... nein, so weit will ich nicht denken.

Aber meine Gedanken lassen sich einfach nicht im Zaum halten. Ich sitze am Schreibtisch über diesen bekloppten Englischhausaufgaben und kann mich einfach nicht konzentrieren. Ich sage mir immer wieder dieselben Verben auf, aber anscheinend fallen sie aus meinem Kopf hinten wieder raus. Ob unser Englischlehrer Enttäuschung durch Eltern als Entschuldigung für nicht erbrachte Leistungen akzeptiert? Langsam und allmählich wandelt sich mein Gefühl. Aus dem Schrecken und der Traurigkeit, die ich am Anfang empfunden habe, wird Wut. Echte Wut. Ich frage mich immer und immer wieder, wie sie das tun konnte. Ob sie gar nicht darüber nachgedacht hat, daß sie Alex' und mein Leben damit noch schwerer macht, als es ohnehin schon ist?

Als ich Mama irgendwann an der Haustür höre, bin ich schon so in Rage, daß ich mich nur mit eisernem Willen am Schreibtisch festhalten kann. Am liebsten würde ich ihr entgegenstürmen und sie anschreien.

Aber ich will ja nichts sagen.

Nein, ich werde nichts sagen. Ich werde ganz cool hier sitzenbleiben, meine doofen Aufgaben machen und so tun, als sei nichts.

Mama ruft nur kurz „Bin da“ durch die angelehnte Tür. Ich sehe, daß sie zwei Einkaufstüten trägt, und folge ihr in die Küche. Sie sieht müde und abgespannt aus. Aber heute tut sie mir nicht leid. Und ich komme bestimmt nicht auf die Idee, ihr beim Auspacken der Tüten zu helfen. Ich sehe sie einfach nur an. Aber ich werde nichts sagen. Kein Wort zu dem belauschten Gespräch! Das habe ich mir vorgenommen …

„N’abend“, sagt sie, während sie vor mir durch die Küchentür geht und zu mir zurücklächelt. „Hast du ein Gespenst gesehen?“

Ich habe das Gefühl, jemand löst den Korken aus einer Flasche Sekt oder so. Bevor ich auch nur einen Gedanken fassen kann, platze ich heraus: „Wie konntest du das nur machen? Ihr von uns erzählen?!“

Mama bekommt riesige Augen vor Überraschung.

Und ich wünsche mir, ich könnte mein Leben zurückspulen wie eine Kassette. Nochmal neu aufnehmen. Ich wollte doch nicht …

„Wie meinen?“ erkundigt Mama sich und bleibt genau da stehen, wo sie gerade steht: vor dem Kühlschrank.

„Du hast Doris von Alex und mir erzählt!“ fahre ich mit ungeminderter Schärfe fort. Ich kann einfach nicht anders. „Ich hab’s zufällig gehört. Und ich find’ das superscheiße.“

„Franziska!“ rügt Mama mich. Eine Art Reflex von ihr, der immer beim Benutzen von Kraftausdrücken einsetzt.

„Ach, wenn ich mal ‚scheiße‘ sage, dann sagst du ‚Franziska‘“, äffe ich sie nach. „Aber selbst Geheimnisse in der Weltgeschichte rumerzählen!“

„Ich habe überhaupt gar nichts in der Weltgeschichte herumerzählt", beginnt Mama.

„Lüg doch nicht!" fauche ich. „Ich hab's doch mit eigenen Ohren gehört. Ich wollte nochmal zurückkommen, weil ich vergessen hatte, dir was zu sagen. Und dann bin ich mit meiner Tasche an dieser blöden Bluse hängengeblieben, diese grüne, vorne am Eingang auf dem Ständer. Und als ich nach hinten kam, habt ihr euch gerade darüber unterhalten ..." Ich muß eine Pause machen, weil ich kaum noch Luft bekomme, so sehr rege ich mich auf. „Vertrauen zwischen Eltern und Kindern ist nicht einfach so da", fahre ich dann fort, „man kann es auch kaputtmachen. Verstehst du das denn nicht?!"

Mama hat inzwischen ein flammendrotes Gesicht. Ich weiß nicht, ob vor Scham oder vor Wut. Vielleicht ist es ihr peinlich, daß ich sie belauscht habe, vielleicht findet sie mich unverschämt. Ist mir echt egal.

Jetzt setzt sie die Einkaufstaschen ab. An ihrer mühsam beherrschten Stimme kann ich erkennen, daß auch sie kurz vorm Ausrasten ist. Von Null auf Hundertachtzig sozusagen.

„Was habe ich denn getan, das dein Vertrauen zerstören könnte?" fragt sie, auch ein bißchen lauter als nötig. „Du willst doch offen leben und dich nicht länger verstecken. Oder haben wir uns da mißverstanden?" Ihre Augen blitzen dunkelbraun. Diese Farbe haben sie nur, wenn sie sich wahnsinnig aufregt.

Aber ich halte mich nicht mehr zurück. Das ist ja jetzt wohl die größte Unverschämtheit! „Du hättest mich fragen müssen! Das ist mein Leben!" brülle ich.

„Ah, ja? Und ich nehme daran wohl nicht teil?" donnert sie.

Meine Hände ballen sich so fest zu Fäusten, daß mir die Nägel ins Fleisch stechen. „Es gibt einfach Sachen, die nur mich was angehen. Und wenn ich dir etwas im Vertrauen sage, dann will ich nicht, daß du's rumklatscht."

„Vorsicht!" droht Mama und hebt die Hand. Sie hat mir noch nie eine gelangt und wird das jetzt auch nicht tun. Aber die Geste reicht schon aus. Sie bringt mich damit endgültig zur Weißglut.

„Vorsicht?" echoe ich. „Oder was? Was willst du mir denn tun? Bin ich nicht langsam aus dem Alter raus, in dem du mir irgendwas verbieten kannst? Ich entscheide jetzt selbst, was wichtig ist für mich. Nicht wie damals mit Silke, als ihr noch über mich bestimmen konntet."

Mama wird bei diesen Worten plötzlich kreidebleich. Ihre Hand sinkt herab. Ihr bereits geöffneter Mund schließt sich wieder. „Was?" macht sie schließlich nur.

„Ja. Ich hab' keinen Bock darauf, daß wieder irgend etwas den Bach runtergeht, nur weil ihr euch unbedingt einmischen müßt. Ihr hättet mir damals einfach helfen können. Aber ihr habt euch nur eingemischt und genau das Falsche gemacht. Und dann habt ihr mich einfach stehenlassen. Das war ... superscheiße!" Ein anderes Schimpfwort fällt mir einfach nicht ein, also wiederhole ich es.

Diesmal achtet Mama gar nicht darauf. „Aber wieso fängst du denn jetzt damit an ...?" Mamas Stimme bricht ab.

„Weil es genau dasselbe ist! Immer, wenn es drauf ankommt, laßt ihr mich im Stich. Und das hätte ich schon längst mal sagen sollen. Schon längst! Ihr denkt ja bestimmt nicht mehr daran. Aber ich, ich denke noch oft daran!"

„Aber das weiß ich doch", sagt Mama, plötzlich mit leiserer Stimme. Sie wirkt von einer Sekunde auf die andere nicht mehr wütend, sondern bekümmert. „Ich weiß doch, daß du immer noch an sie denkst. Du hast uns doch deine Geschichte vorgelesen. Und wie kannst du glauben, daß es uns nicht mehr interessiert? Es ist zwar schon vier Jahre her, aber die Zeit heilt eben nicht alle Wunden. Glaub mir, wir … ich …“

Sie sieht mich irgendwie fassungslos an. Als könnte sie es nicht glauben, was ich gesagt habe. Oder als könnte sie es nicht glauben, was sie gesagt hat.

„Ist doch egal!“ stoße ich immer noch sauer hervor. „Behandle mich einfach nicht länger wie ein Kind. Ich bin fast erwachsen!“

Damit drehe ich mich um und knalle die Tür hinter mir zu. Auch meine Zimmertür fällt laut ins Schloß. Ich kann meinen eigenen Puls in den Ohren hören, so wütend bin ich, und so aufgeregt.

Nach ein paar Minuten beruhige ich mich langsam. Mein Atem wird wieder normal, und in meinen Ohren rauscht es nicht mehr. Ich habe die Wortfetzen noch im Kopf, die gerade hin und her geworfen wurden. Und ich hab' das Gefühl, mir wird schlecht. Entschieden zuviel Aufregung in den letzten Tagen.

Nach einer Weile ertappe ich mich dabei, wie ich in den Flur hineinlausche. Das geht nur schwer, weil ich doch gerade die Zimmertür zugedonnert habe. Mist. Jetzt könnte ich nicht mal hören, wenn Mama aus der Küche über den Flur kommt. Aber vielleicht kommt sie gar nicht?

Was ist, wenn sie nicht kommt? Vielleicht ist sie so sauer, daß sie nicht mit mir sprechen will. Könnte ich mir gut vorstellen, denn immerhin habe ich sie ganz schön zur Schnecke gemacht. Außerdem hatte ich das letzte Wort, und Mama kann es überhaupt nicht leiden, wenn jemand anderer als sie das letzte Wort hat.

Aber soll ich deswegen nachgeben? Ich überlege. Na, wenigstens nachschauen, wie sie unseren Streit so verdaut hat, könnte ich doch.

Ich stehe auf und gehe zur Tür. Die Klinke drücke ich runter und öffne … da steht Mama vor mir, auf der anderen Seite der Tür. „Wollte gerade klopfen", sagt sie. Und es klingt wie der Beginn einer Entschuldigung. Sie kommt herein.

Und dann wissen wir beide nicht weiter.

„Da war ganz schön hart, was du da gesagt hast", fängt sie vorsichtig an. Vielleicht will sie erst mal checken, ob ich immer noch oben auf der Palme sitze. Als ich nicht gleich wieder explodiere, fährt sie fort: „Ich glaube, man kann gar nicht verstehen, daß wir so gehandelt haben, wie wir gehandelt haben, wenn man selbst noch keine Kinder hat. Wir haben uns schreckliche Sorgen gemacht. Ich hatte Angst, daß ... daß dir etwas Schlimmes zustößt. Und wenn eine Mutter Angst um ihr Kind hat, setzt vielleicht manchmal der gesunde Menschenverstand aus."

Dazu sage ich nichts. Noch weiß ich nicht genau, worauf sie hinaus will. Ich weiß nur, daß sie begriffen hat. Sie spricht von damals. Und daher weiß ich, daß sie kapiert hat, worum es geht.

„Dieser gesunde Menschenverstand hätte mir vielleicht gesagt, daß ich dir auf andere Art viel mehr geholfen hätte. Und vielleicht hätte ich auch Silke noch helfen können ... Du glaubst nicht, wie oft ich mir das schon selbst gesagt habe! Wie oft ich mich schon gefragt habe, ob ich ihr Leben hätte retten können, wenn wir uns anders verhalten hätten ..."

Ich muß schlucken. Das hat sie sich gefragt? Das klingt, als trüge sie Schuld daran. Schuld an Silkes Tod. Aber das wollte ich ihr nun wirklich nicht sagen. „Ihr hättet ihr wahrscheinlich nicht helfen können", sage ich rasch, bevor sie noch mehr solche schrecklichen Dinge von sich geben kann. „Aber ihr hättet *mir* helfen können."

Mama zuckt ein bißchen zusammen. Ich fürchte, daß sie gleich weinen wird, und ich weiß nicht, ob ich das schon wieder verkraften könnte.

„Ich weiß“, sagt sie aber nur schlicht. „Später ist man immer klüger.“

Das ist ein Spruch, den ich von ihr gut kenne. Und auf einmal kommt mir in den Sinn, daß sie vielleicht irgendwann mal bitter gelernt hat, was er wirklich bedeutet? Vielleicht hat sie es damals gelernt, nachdem Silke tot war?

„Mein Schatz, ich wußte nicht, daß du das noch so sehr mit dir herumträgst. Ich hatte keine Ahnung, daß du ... Vielleicht ist es manchmal zu spät, um um Entschuldigung zu bitten. Aber kannst du uns verzeihen, was wir *nicht* getan haben?“

Ich habe mit allem gerechnet, jedoch keinesfalls mit so einer offiziellen Entschuldigung.

Bin ganz durcheinander, nicke nur und sage kein Wort.

Mama umarmt mich, und ich murmele an ihrer Schulter: „Warum ist Papa nicht da? Nie ist er da, wenn etwas Wichtiges passiert.“

Mama seufzt sehr tief, als täte ihr etwas weh, und dann drückt sie mich an sich. „Das ist noch eine andere Geschichte“, sagt sie leise.

Das Telefon klingelt.

„Das ist er bestimmt“, sage ich. Meine Stimme klingt immer noch belegt, als hätte ich Schnupfen.

„Er spürt immer genau, wenn wir von ihm reden“, meint Mama und lächelt. Ich weiß es, obwohl ich sie nicht ansehe.

Das Telefon klingelt und klingelt.

„Geh doch endlich ran. Sonst macht er sich Sorgen“, brumme ich.

Mama läßt mich los und geht zur Tür. Dann dreht sie sich nochmal zu mir um. „Übrigens: ich habe Doris gar nichts von dir und Alex erzählt. Sie wußte es von Alex' Vater. Der hat es ihr gesagt. Und sie hat mich heute darauf angesprochen.“

Ich sehe in Mamas braungrüne Augen und könnte plötzlich echt im Erdboden verschwinden. Mein Gesicht muß dementsprechend schuldbewußt aussehen, denn sie schüttelt nur leicht den Kopf: „Mach dir jetzt bloß keine Gedanken. Ich bin froh über das Mißverständnis. Sonst hätte ich vielleicht nie erfahren, was dir noch so auf der Seele lag."

Dann hastet sie zum Telefon.

Ich hocke ziemlich belämmert auf meinem Bett und starre die Tür an, die sie einen Spaltbreit offengelassen hat. Ziemlich lange sitze ich so da und denke darüber nach, daß es im Leben nie ohne Verletzungen geht. Entweder wir selbst werden verletzt, oder wir selbst verletzen die Menschen, die wir lieben. Daß Mama mich so verletzt hat, ist jetzt Jahre her. Dafür habe ich ihr heute mit meinem unberechtigten Mißtrauen bestimmt sehr wehgetan. Und warum passiert uns das nur mit denen, die wir so wahnsinnig gernhaben?

Weil sie uns nun mal wichtig sind, deswegen.

Und jetzt muß ich auch noch Hausaufgaben machen.

Die Aussprache mit Mama ist jetzt schon fast zwei Wochen her.

Alex war gerührt, als ich ihr davon erzählte. Mercedes hat aber den Vogel abgeschossen. Sie hat es tatsächlich fertiggebracht, in der großen Pause mitten auf dem Schulhof loszuheulen. Hinterher meinte sie, daß diese Mutter-Tochter-Geschichten sie immer zum Weinen bringen. Mir tun ihre zukünftigen Töchter jetzt schon leid, ehrlich …

Mama und Papa sind auch hammerhart drauf. Die haben jetzt den Überflieger, weil so viel Neues auf sie einprasselt, glaube ich. Papa meinte neulich, als Achim und Jutta bei uns waren und zufällig gerade Alex vorbeikam, daß er so stolz sei, *zwei* so nette „Schwiegertöchter" bekommen zu haben. Achim brummte etwas von „Hochzeit nicht in Sicht“, während Mama in den höchsten Tönen gackerte und Alex und ich nicht wußten, wohin wir schauen sollten vor lauter Peinlichkeit.

Wenn Eltern der Meinung sind, sie müßten sich ganz locker geben, kann es eigentlich nur in die Hose gehen, finde ich.

Aber es war lieb gemeint von ihm. Und ich bin gerade in den letzten Wochen echt dankbar, daß ich meinen Papa zum Vater habe. Er ist echt spitze. Auch, wenn ich knallrot werde, wenn er solche Dinge sagt ... es passiert dann auch noch was anderes mit mir. Mein Herz bläht sich auf wie ein Frosch seine Backen. Und ich merke, wieviel Platz ich da drin habe. Und wieviel Liebe. Da passen noch einige rein, auch die, die erst noch groß werden müssen. Wir alle hoffen, daß das Baby ein Mädchen wird. Ich glaube, wenn ich eine kleine Nichte bekomme, dann freue ich mir ein Bein aus. Natürlich freue ich mich auch über einen Neffen, logisch. Aber ich bin ganz sicher, daß es ein Mädchen sein wird. Jutta sagt das auch.

Und deswegen habe ich heute in einem Anfall von Irrsinn zwei winzige, rosafarbene Schühchen gekauft. Die wollte ich Alex eigentlich nur kurz zeigen. Aber sie war gerade dabei, das Modell für den Kunstunterricht zusammenzusetzen. Und da bin ich halt irgendwie hängengeblieben bei ihr. Nun sitzen wir hier schon seit Stunden, kleben und bemalen. Und das Ding sieht richtig gut aus, richtig nach Kunst.

Alex schaut auf die Uhr und seufzt. „Heute abend ist mal wieder Ausgehen mit neuer Freundin angesagt. Wir wollen uns im Kino ‚Drei Engel für Charlie‘ ansehen.“

„Oh, geil“, sage ich, allerdings ohne rechte Begeisterung. Den Film hätte ich mir auch gern angeschaut – mit Alex zusammen.

„Wahrscheinlich fahren wir gleich. Ich hab' gerade die Haustür gehört. Das werden sie sein."

Ich pinsele noch ein wenig Rot auf eine helle Stelle und betrachte unser Werk. Es gefällt mir, etwas mit Alex gemeinsam zu machen.

In diesem Moment klopft es an der Tür. Aber sie wird nicht sofort geöffnet, wie Alex' Vater es getan hätte.

Alex und ich schauen uns fragend an.

„Herein?!" ruft Alex.

Da steht Doris vor uns im Türrahmen. Sie lächelt.

Alex wird ein bißchen unsicher. Das sehe ich an ihren Händen, die an dem Lederband fummeln, das sie um den Hals trägt. „Hm?" macht sie nur.

„Ich wollt' nur kurz Bescheid sagen, daß es bald Zeit zum Aufbruch ist", sagt Doris. Auch ihre Stimme ist nicht so fest, wie ich sie von der Begegnung in der Boutique her kenne.

„Ich bin gerade dabei, mich vom Acker zu machen", murmele ich rasch, als hinter Doris auch Alex' Vater auftaucht. Hastig greife ich nach meiner Jacke über den Schreibtischstuhl.

„Darum geht es ja gerade", sagt Doris. „Wenn du nichts vorhast, würden wir uns freuen, wenn du mitkommst. Ich hab' sogar schon vorhin im Laden bei deiner Mutter angekündigt, daß es später werden kann. Natürlich nur, wenn du Lust hast."

Alex bekommt tellergroße Augen. Ich weiß auch nicht, was ich sagen soll. Deswegen nicke ich einfach nur. Wie betäubt stehen wir beide auf und ziehen im Flur unsere Jacken an. Wir sprechen gar nicht miteinander, werfen einander nur immer wieder fragende Blicke zu. Alex wirkt fast verschreckt. Aber hinter diesem Schreck blitzt noch etwas auf. Etwas, das ich an ihr schon lange nicht mehr wahrgenommen habe. Etwas, das sich trotz Mißtrauen und Zweifel nicht verbergen läßt, das immer größer wird, mit jeder Minute: Hoffnung.

Alex' Vater öffnet uns das Auto. Doris hält er sogar die Tür auf. Die beiden unterhalten sich, als ob nichts wäre.

Alex und ich schweigen und reden nur mit unseren Augen. Verstehst du das? fragen ihre. Das hat vielleicht was mit dem Gespräch zwischen Mama und Doris zu tun, sagen meine. Ob er nochmal drüber nachgedacht hat? hoffen ihre. Und das hoffe ich auch. Ich hoffe es so sehr, daß ich richtig zusammenzucke, als er plötzlich die Stimme erhebt und nach hinten zu uns sagt: „Was seid ihr denn so still? Sonst schnattert ihr doch die ganze Zeit." Dabei schaut er uns nicht an, weil er ja die Straße im Auge behalten muß. Aber sein Blick streift den Rückspiegel, in dem er unsere Gesichter sucht.

Mir liegt auf der Zunge, daß es schon so manchen anderen Leuten vor Überraschung die Sprache verschlagen hat. Aber natürlich sage ich das nicht. Ich sage gar nichts, schaue nur hilflos Alex an. Die sagt: „Wir müssen uns seelisch auf den Film vorbereiten. Das solltet ihr auch. Du weißt doch, daß diese Art von Film nicht so gut zu verkraften ist."

Doris lacht. Und ich denke: Alle Achtung! Das wäre mir jetzt nicht eingefallen!

„Das haben wir uns auch überlegt. Deswegen haben wir uns umentscheiden. Wir gehen nicht in den Actionfilm, sondern in den neuen Walt Disney", kontert Alex' Vater.

Alex rollt mit den Augen. „Wie schade. Ich dachte, wir sitzen alle vier zusammen im gleichen Kino. Aber meinetwegen. Wir holen euch dann nach der Vorstellung am Kinosaal vom Disneyfilm wieder ab."

Diesmal lachen wir alle.

Doris dreht sich zu mir um und zwinkert mir mit ihrem rechten Auge verschwörerisch zu. „Reizend, die beiden miteinander, nicht?"

„So ist das eben zwischen Vater und Tochter“, erwidere ich.

Im Rückspiegel trifft mein Blick den von Alex' Vater. Er wendet die Augen rasch wieder ab. Aber dann schaut er doch noch einmal in den Spiegel und – ich kann's nicht fassen – er lächelt sogar! Sieht etwas krampfig aus, aber er versucht es.

Überhaupt gibt er sich Mühe, nett zu mir zu sein. Das fällt richtig auf. Besonders als Alex und Doris vor dem Film nochmal unbedingt zur Toilette müssen, ist es ganz komisch zwischen uns. Wir stehen dumm mit Eiskonfekt und Getränken herum, und er versucht, ein Gespräch mit mir anzufangen. Ich glaube, wir reden über die Schule, über Leistungsfächer. So genau kann ich das nachher nicht mehr sagen, weil es in meinem Kopf schwirrt wie in einem Hornissennest. Ich bin so wortkarg wie nie, grinse jedoch wie ein Honigkuchenpferd. Dabei möchte ich einfach nur besonders liebreizend lächeln. Aber ich stehe so unter Spannung, daß ich das Gefühl habe, eine einzige Grimasse zu fabrizieren.

Erst als ich mir vorstelle, ich würde Alex' Vater noch gar nicht kennen und hätte noch nichts Schlimmes mit ihm erlebt, erst dann wird es besser, und ich schaffe es, ihn offen anzusehen, ohne nervös zu werden.

Wir gehen natürlich alle in den gleichen Kinosaal und suchen unsere Plätze. Doris und Alex sitzen in der Mitte zwischen Alex' Vater und mir. Eine Weile sind wir alle mit unseren Naschereien beschäftigt, dann beginnt die Werbung.

Alex sitzt kerzengerade in ihrem Sitz. Nicht wie sonst, wenn wir im Kino sind und die Dunkelheit um uns herum nutzen, um ein wenig enger zusammenzurücken. Sonst schiebt sie sogar manchmal ihre Hand unter meine, aber daran ist jetzt natürlich nicht zu denken. Noch nicht jedenfalls. Vielleicht in einem Jahr. Vorausgesetzt, dieser Abend hier ist der Anfang von etwas und nicht etwa ein Ausrutscher, der dann nie wieder vorkommt. Aber das glaube ich nicht. Ich glaube, irgendwas ist passiert. Keine Ahnung was, aber das wird sich ja wohl noch herausstellen.

In mir geht es ganz schön drunter und drüber. Wahrscheinlich werde ich mich nicht eine Minute auf den Film konzentrieren können. Mir ist beinahe ein bißchen übel vor Aufregung. Alex aber leuchtet wie ein Blitz am Himmel. Ich kenne das. Es ist eine von ihren euphorischen Stimmungen, in denen ihr nichts, aber wirklich gar nichts die Petersilie verhageln könnte.

„Ich glaube, ich könnte süchtig werden nach dem Coming-out", wispert sie mir sehr leise zu.

Ganz sicher habe nur ich es gehört. Ich lache. Eigentlich kann sie mich immer anstecken, wenn sie in dieser Ich-umarme-die-Welt-Laune ist.

„Du spinnst", flüstere ich. „Das geht doch gar nicht. Irgendwann hast du eh alle durch. Dann bleibt keiner mehr übrig, dem du es sagen könntest. Die in der Klasse wissen es eh alle schon. Meine Eltern. Dein Vater und seine Freundin ..."

„Was ist mit Marion?" schlägt sie munter vor.

„Coming-out vor der Deutschlehrerin?" überlege ich. „Ja, wieso nicht?"

„Ich wette, sie findet es obercool", versichert Alex mir.

Ich sehe sie kurz von der Seite an. Ob ich sie aus der Reserve locken kann? „Und dann kommen deine Verwandten in Hessen dran. Die verdauen gerade noch, daß dein Vater eine feste Freundin hat. Wenn du es jetzt hinterherschiebst, dann können sie es in einem Abwasch betratschen. Damit würden sie unheimlich Zeit sparen."

Alex ist aber gar nicht geschockt, sondern quietscht vor Vergnügen. „Gute Idee! Ich werde mir was Schönes einfallen lassen, damit sie auch richtig was zum Klatschen haben. Aber dann mußt du dein Coming-out in der Schreibgruppe haben. Du solltest irgend etwas schreiben, bei dem dann alle Bescheid wissen."

Bei dem Gedanken muß ich einen Augenblick schlucken, aber dann nicke ich abenteuerlustig: „O.k., mach' ich. Und was ist mit deinem Fotokurs?"

Alex kichert. „Da würde es sich ja anbieten, daß ich einen ganzen Film mit dir verknipse und den dann im Kurs entwickele. Das ist ein schöner Anlaß, die Katze aus dem Sack zu lassen."

„Hauptsache, es sollen keine Nacktfotos werden", werfe ich ein. Bei ihr weiß man nie ...

„He, das ist gar keine üble Idee!" ruft Alex prompt.

„Was ist keine üble Idee?" fragt Alex' Vater und beugt sich aus seinem Kinosessel zu uns herüber.

„Nichts", sagen Alex und ich rasch wie aus einem Mund.

Er lehnt sich wieder zurück und brummelt Doris etwas ins Ohr, das sie offenbar amüsiert.

„Weißt du, was ich dir noch sagen wollte?" wispere ich Alex zu.

„Psst!" macht sie übertrieben. „Der Film fängt an."

Nie im Leben will ich wieder ohne dich sein, denke ich also nur. Aber das kann ich ihr ja auch nachher noch sagen.

Oder morgen.

Oder übermorgen.

Mirjam Müntefering

Flug ins Apricot

Roman. 239 Seiten. Serie Piper

Als die Neue in die Klasse kommt, ist Franziska sofort hin und weg: Alex heißt die supercoole Schöne aus der Großstadt. Daß Franzi Herzflattern bekommt, sobald sie mit Alex zusammen ist, ist ja wirklich verrückt genug. Aber Alex' tiefe Blicke ... Ob sie bedeuten, daß es ihr genauso geht? Ein realistischer, facettenreicher Einblick in das Leben zweier starker sechzehnjähriger Frauen, die sich endgültig von ihrer Kindheit verabschieden. Und eine wunderbare Liebesgeschichte, romantisch und aufregend, kompliziert und federleicht zugleich.

»Stell dir vor, wir hätten Flügel und könnten direkt hineinfliegen ins Blau des Himmels.«
Ich sehe hinauf. Es ist verdammt hoch.
»Ich würde lieber ins Apricot fliegen«, sage ich.

05/1492/01/L

Mirjam Müntefering

Wenn es dunkel ist, gibt es uns nicht

Roman. 288 Seiten. Serie Piper

Madita liebt Julia. Aber vergeblich. Fanni wartet auf Elisabeth. Schon viel zu lange. Greta jagt nach dem Glück. Doch wohin? Jo schaut in den Spiegel und sieht nur noch Anne. Es sind vier Freundinnen, die man sich unterschiedlicher nicht vorstellen kann. Nur in der Liebe, da ähneln sie sich: Sie verlieren den Boden unter den Füßen. Eines Abends dann ein Experiment: ein stockfinsteres Restaurant, in dem nichts zu sehen ist, nur zu riechen, zu schmekken, zu hören, zu tasten ...
Ein Roman, der die Alltäglichkeiten der Liebe als Schlachtfeld zeigt, auf dem nur gewinnen kann, wer mit sich selbst eins ist.

05/1606/01/R

SERIE PIPER

Stephan Niederwieser

Eine Wohnung mitten in der Stadt

Roman. 395 Seiten. Serie Piper

Bernhard wünscht sich nichts mehr vom Leben als eine harmonische Beziehung, Ruhe und viel Zeit zum Lesen. Seinem Freund Edvard dagegen kann es nicht turbulent genug zugehen. Als dessen Neffe plötzlich vor der Tür steht und sich auch noch Bernhards Mutter für längere Zeit bei den beiden einquartiert, kommt es zu vielen Konflikten, die nicht ohne Komik verlaufen …
Mit Wärme und Humor beschreibt Stephan Niederwieser die Höhen und Tiefen von zwischenmenschlichen und gleichgeschlechtlichen Beziehungen.

»Eine zeitgemäße Geschichte, in der man garantiert jemanden wiedertrifft.«
Bayerischer Rundfunk

05/1605/01/L

Edith Einhart

Die Champagnerkönigin

Roman. 249 Seiten. Serie Piper

Was tun nach seinem Seitensprung? Soll frau erst Geschirr werfen oder ihn gleich rausschmeißen? Charlotte Schlusenbaum, Anfang Dreißig, verzichtet auf beides und fährt mit ihrem untreuen Erich erst mal Richtung Venedig – in den Versöhnungsurlaub. Heimlich aber schwört sie Rache. Noch in Hamburg trifft das Paar auf die sechzigjährige Gräfin Mickie von Höhenstayn. Sie hat überstürzt ihre Villa verlassen, weil sie ihren Verlobten in flagranti erwischt hat – mit einer Jüngeren. Charlotte gewinnt die weltfremde Gräfin als Verbündete: Wir zahlen es den Kerlen heim! Mickie führt ihre neue Freudin in die piekfeine Gesellschaft ein, wo Charlotte sich ausgesprochen wohlfühlt. Doch plötzlich stirbt Mickies Verlobter im venezianischen Luxushotel, und Charlotte gerät unter Verdacht. Ein virtuoser, doppelbödiger und erotischer Roman der allerfeinsten Sorte.

05/1037/01/R

Karin Scholten

Und dann wirst du wach

Roman. 224 Seiten. Serie Piper

Gibt es so etwas? Eine Art psychische Schlafkrankheit, die einen jahrelang in einer Welt leben läßt, die es so gar nicht gibt? Und dann wird man wach und ist blaß und reist mit einem Sarg nach Hause zurück. Carla jedenfalls ergeht es so – sie ist Mutter der aufgeweckten zehnjährigen Julia, verheiratet mit einem erfolgreichen Anwalt und auf dem besten Weg, Karriere zu machen. Nur in ihrer Ehe kriselt es seit längerem, und das kann sie gerade jetzt nicht gebrauchen. Carla plant, ihre angeschlagene Ehe während des Weihnachtsurlaubs auf der Antillen-Insel Curaçao in Ordnung zu bringen. Sie hat sich gut vorbereitet. Doch auf Curaçao begegnet sie Ev. Auch Ev hat einen Plan, und der hat mehr mit Carla zu tun, als diese ahnen kann ... Ein Roman über die lähmende Macht des Vertrauten und die Kraft des Erwachens.

05/1470/01/L

Sybille Schrödter

Auroras Abgründe

Roman. 238 Seiten. Serie Piper

Ausgerechnet mit dem Beschuldigten in einem Mordfall beginnt die junge ehrgeizige Staatsanwältin Aurora eine heftige Affäre. Und das nur, weil er ihrer großen Liebe Mark ähnelt, der sie vor Jahren verlassen hatte – zugunsten ihrer Cousine! Die Affäre erweist sich schnell als fataler Fehler. Aurora wird in die Provinz strafversetzt, obendrein in ihre verhaßte Heimatstadt. Dort begegnet sie jedoch nicht nur ihrer ungeliebten Familie, sondern auch einem faszinierenden Mann, der sich über alle Widerstände hinwegsetzt und Aurora zu einer neuen Sicht der Dinge zwingt ...
Ein spannender und rasanter Roman von Sybille Schrödter.

05/1451/01/R

SERIE PIPER

Franziska Stalmann

Annas Mann

Roman. 192 Seiten. Serie Piper

Annas geliebter Mann stirbt bei einem Autounfall. Für Anna geht die Welt unter. Sie sucht Zuflucht in Jochens Ermittlungsbüro und findet Hinweise, dass sein Tod kein Unfall war, sondern Mord. Naiv und unerfahren beginnt sie zu ermitteln. Dabei trifft sie auf Andreas, in dessen Bett sie Jochen für eine Weile vergessen kann. Hin und her gerissen zwischen neuer Leidenschaft und alter Liebe, ermittelt sie weiter, bis sie in einen unheimlichen Irrgarten aus Spurensuche und Bedrohung gerät … Franziska Stalmanns neuer Roman besticht durch Wärme, Ironie, Spannung und den schwebenden Ton, in dem sie vom Verlust einer großen Liebe erzählt und davon, wie Anna den Boden unter den Füßen zurück gewinnt.

Von der Autorin des Bestsellers »Champagner und Kamillentee«

05/1503/02/L

Eva Demski

Goldkind

Roman. 278 Seiten. Serie Piper

Das »Goldkind« ist ein verwöhnter und eigenbrötlerischer Junge, dessen Schicksal Eva Demski stellvertretend für die Geschichte der bundesdeutschen Nachkriegsgeneration schildert. Dabei gelingt ihr das Kunststück, bei ihrem Rückblick auf die Zeit zwischen Krieg und Studentenbewegung nicht nur Atmosphäre und Zeitgeist dieser Umbruchphase mikroskopisch vor Augen zu führen, sondern dabei auch hoffnungsvolle, bisweilen heitere Elemente aufscheinen zu lassen.

»Das ›Goldkind‹ von Eva Demski ist ein lesenswertes, ein beachtliches Buch.«
Marcel Reich-Ranicki

05/1421/01/R